講談社文庫

奈落の偶像

警視庁殺人分析班

麻見和史

講談社

目次

第一章　ショーウインドウ …… 7
第二章　ICレコーダー …… 119
第三章　ギャラリー …… 199
第四章　マネキン …… 283
解説　小栁治宣 …… 393

奈落の偶像

警視庁殺人分析班

◉おもな登場人物

〈警視庁刑事部〉

如月《きさらぎ》塔子《とうこ》……捜査第一課殺人犯捜査第十一係　巡査部長

鷹野《たかの》秀昭《ひであき》……同　警部補

早瀬《はやせ》泰之《やすゆき》……同　係長

門脇《かどわき》仁志《ひとし》……同　警部補

徳重《とくしげ》英次《えいじ》……同　巡査部長

尾留川《びるかわ》圭介《けいすけ》……同　巡査部長

吉富《よしとみ》哲弘《てつひろ》……刑事部長

神谷《かみや》太一《たいち》……捜査第一課　課長

手代木《てしろぎ》行雄《ゆきお》……捜査第一課　管理官

鴨下《かもした》潤一《じゅんいち》……鑑識課　警部補

河上《かわかみ》啓史郎《けいしろう》……科学捜査研究所　研究員

飯田《いいだ》祐未《ゆみ》……ブティック・ヤマチカ　従業員

磯原《いそはら》……磯原商事　社員

黒田《くろだ》剛士《たけし》……演出家

黒田《くろだ》利之《としゆき》……剛士の弟

鈴谷《すずや》しのぶ……劇団しぐれ座　主宰者

秋吉《あきよし》尚子《なおこ》……東邦テレビ　レポーター

朝倉《あさくら》果穂《かほ》……女優

上岡《かみおか》友代《ともよ》……女優

茂木《もぎ》芳正《よしまさ》……加賀屋百貨店　課長

茂木《もぎ》佳也子《かやこ》……芳正の妻

高森《たかもり》貞道《さだみち》……加賀屋百貨店　部長

利根川《とねがわ》泰子《やすこ》……劇団２５６《にごろ》　女優

矢口《やぐち》……演劇ファン

新井《あらい》……演劇ファン

笹木《ささき》由希子《ゆきこ》……笹木鞄店　経営者

竹内《たけうち》憲一《けんいち》……牧原美術館　職員

兼松《かねまつ》雅臣《まさおみ》……秀和ギャラリー　経営者

坂井《さかい》清《きよし》……坂井ドール店　人形製作者

第一章　ショーウインドウ

1

橙色《だいだいいろ》の電灯に照らされた室内で、私は腕時計を確認した。

午前二時を少し過ぎたところだ。カーテンをめくると、窓の外には深夜の町並みが広がっている。この時刻になっても、まだあちこちに明かりが灯《とも》っていた。自動車の青白いヘッドライトや、赤いテールランプがゆっくり動いていくのも見える。

今日は八月十二日——いや、もう日付が変わっているから十三日だ。

ここしばらく南からの風が吹いて、暑い日が続いていた。今は夜だからまだいいが、日中、町に出ていったら大変なストレスを感じるに違いない。喉《のど》の渇きを覚えて水分を取れば、汗をかいて不快になる。水分を取りすぎれば体調を崩すこともある。

日本人というのは本当に真面目《まじめ》だ。クールビズが推奨されていても、会社員たちの多くはスーツを着ている。暑い中、ふうふう言いながらハンカチで汗を拭《ぬぐ》う者が大勢いる。

みんな、もっと余裕を持って生活すればいいのに、と私は思う。

ノートパソコンの電源を入れ、テレビ局や新聞社のウェブサイトを順番にチェックしてみた。まだ特別な情報は何も出ていないようだ。だがあと十時間もたてば、ネット上は大騒ぎになるだろう。

私の頭の中に、あるものが浮かんでくる。忘れようとしても忘れられない、強烈な記憶。

それは男性の遺体だった。白目を剥《む》き、口からはだらりと舌を出している。体中の筋肉という筋肉がすべて弛緩《しかん》して、まるで人形のようだった。

――あいつは私をさんざん苦しませてきた。

こちらが女だからと、奴は今までずっと私を侮辱《ぶじょく》してきたのだ。

これでよかったんだ。あいつは死ぬべき人間だったんだ。私はそうつぶやいた。だが胸に手を当ててみると、心臓の鼓動は異様に速いままだ。

ペットボトルを手に取り、ミネラルウオーターを口に含んでみた。慌てていたせいか、少し噎《む》せてしまった。

みっともない。こんなことで、私は目的を果たせるのか？

落ち着け、と自分に言い聞かせる。もう計画はスタートしてしまったのだ。今さら後戻りをすることはできない。やるしかないのだ。

平常心を取り戻すため、私は立ち上がってルーティンの行動をとった。スポーツ選手が大事なシーンの前に見せる、まじないのような動作。あれと同じだ。

まず目を閉じる。大きく息を吸い込んだあと、右手、左手の順に胸のペンダントを押さえ、ゆっくり息を吐く。

徐々に鼓動は落ち着いてきた。そうだ、これでいい。もう本番は始まっているのだ。迷わず行動していけばいい。

――あいつは死んで当然なんだ。それが世の中のためになる。

自信を持って、私はそう考えた。次第に気持ちが高ぶっていくのがわかった。

生真面目な日本人たちは、事件の発生を知って大いに驚くことだろう。最初は戸惑うかもしれないが、じきに興味を持ち、身を乗り出して成り行きを見守るに違いない。人間の心の底には、非日常を求める気持ちがある。それが不謹慎なことであればあるほど、彼らは注目してしまう――。

私は一ヵ月かけて計画を練《ね》り上げてきた。これは私ひとりが満足するための行動ではなく、一般市民にも衝撃を与えるものだ。退屈な日常を打ち壊す、大きな事件となるはずだった。

さて、とつぶやいて私は再び椅子《いす》に腰掛けた。

この計画を実行するに当たって、何かコードネームのようなものが必要だ。私が考えたのは「タロス」という名前だった。それはギリシャ神話に登場する青銅人間、いわば自動人形だ。人間らしい感情に振り回されず、計画を進めていく。そういう勇気が、自分にもほしかった。

もう一度ミネラルウオーターを飲んだあと、私はリュックサックを引き寄せた。ファスナーを開き、中に入っているものを慎重に取り出す。意外と重量があるから注意が必要だ。落としてはならない。決して傷つけてはならない。

テーブルに広げたビニールシートの上に、私は丸い物体をそっと置いた。タオルを当てて、転がらないようにする。

ボウリングのボールほどの物体。上部から背面にかけて、黒い毛が生えている。まっすぐにこちらを見る眼球も付いている。そして形のいい鼻、耳、唇。

指先で、その物体の頬《ほお》を撫《な》でてみた。つるりとした、いい感触だ。

静かな部屋の中で、私はひとりその頬を撫で続けた。

2

八月十三日、午前八時五十五分。飯田祐未《いいだゆみ》は東京メトロ・銀座《ぎんざ》駅の改札口を抜け、急ぎ足で階段を上った。

地上に出ると、そこは銀座四丁目交差点だ。通りの両側には隙間なくビルが並んでいるが、銀座地区に突出して高い建物は存在しない。景観を大事にする銀座ルールというものがあって、高さ制限が設けられているからだ。

暑さに顔をしかめながら、飯田は中央通りを急ぎ足で歩きだした。

盆休み中ということもあって、銀座の町には寝ぼけたような雰囲気があった。買い物客が増えてくるのは、四丁目の角にある加賀屋《かがや》百貨店が開店する、午前十時半ごろからだろう。

腕時計に目をやり、途中から飯田は小走りになった。規則では九時までに出勤し、タイムカードを押さなければならないのだ。あと数分しかない。

――ああもう、先週遅刻して叱られたばかりなのに。

あのときは電車の事故で遅れたのだが、頭の固い社長にそんな話は通じなかった。ぎりぎりに出社するからいけないのだ、まったく最近の若い奴はこれだから……。今日も、そんな話が延々続くことになるだろう。

飯田は中央通りの歩道を、新橋《しんばし》方面に進んだ。前方左手に茶色いビルが見えてきた。あれは「ケルン」という老舗《しにせ》のビアホールが入った建物だ。会社の帰りに何度か寄ったことがあるが、あそこのアイスバインとジャーマンポテトはかなり美味《おい》しかった。

ケルンの手前で左に曲がり、幅七メートルほどの道を進んでいく。左右には七、八階建てのビルがずっと先まで並んでいる。

残り三十メートルほどになったところで、飯田はあらためて腕時計を見た。そこで立ち止まり、深いため息をついた。今ちょうど九時になったところだ。もうアウトだった。

交差点を渡って、飯田は薄いグリーンのビルに向かった。ここは沖津《おきつ》第三ビルといって、物販店や飲食店が一フロアに一店舗ずつ入っている。飯田の勤務先は、その一階にあるヤマチカというブティックだ。通りに面した部分にはショーウインドウが設けられていて、今はシャッターが下りている。

飯田はビルの裏に回った。沖津第三ビルには、エレベーターの設置されたエントランスのほかに裏口がある。普段はそこから出入りするようにしていた。

ドアの前に立つと、飯田は鍵を取り出した。鍵穴に挿《さ》して回そうとしたとき、何かいつもと違った感触があった。

——もしかして、開いてる？

首をかしげながらノブをひねってみた。やはりそうだ。ドアは施錠されていない。

昨夜のことを思い返してみた。午後八時の閉店のあと、表のシャッターを閉めて、店内の清掃やら何やらをした。レジの精算をして、現金やクレジットカードの控えなどを社長に渡し、お先に失礼しますと言って退出した。タイムカードを押したのはたしか午後八時四十分ごろだったはずだ。そのあと社長が何時まで店に残っていたかはわからない。

もしかしたら今日、社長は早めに出社したのではないだろうか。困ったな、と飯田は思った。たまたま社長が早く出てきた日に遅刻するとは、本当に運が悪い。

「おはようございます……」店内に向かって飯田は声をかけた。「社長、いらっしゃるんですか？」

しかしここで、おかしいと気がついた。もし社長がいるのなら、明かりを点《つ》けているはずだ。それなのに店内は薄暗い状態だった。エアコンも入っていないため、中はひどく蒸し暑い。

壁に手を伸ばして照明のスイッチを入れた。すぐに蛍光灯が点き、店内が明るく照らし出される。広い店ではないが、銀座という場所柄、内装には高級感があった。

売り場にはハンガーラックが設置され、シャツやカットソー、チュニック、ワンピースなどが取り揃《そろ》えてある。トルソと呼ばれる、胴体部分だけの人形がいくつか並んでいた。ディスプレイ用のテーブルにはファッション雑貨なども展示されている。売り場の隅には全身を映せる鏡やフィッティングルームも用意してある。

見慣れた光景のはずだったが、少し違和感があった。何がおかしいのだろう、と考えるうち気がついた。

中央右手にあるハンガーラックの位置が、いつもと少し違っている。夜の間に誰かが触ったのだ。

飯田は慌てて、展示されている商品を調べてみた。しかし特に問題はないようだった。奥の事務所を覗《のぞ》いてみたが、金庫がこじ開けられた形跡もない。レジはゆうべ精算したから、もともと空だ。

いったい何だろう、と飯田は首をかしげた。窃盗犯が忍び込んだものの、金庫を開けることができず、そのまま逃げたのだろうか。商品に手を出さなかったのは、現金に換えるのが面倒だと思ったからか。

いや、被害がなかったとは限らない。よく調べてみたら商品が何点か盗まれているかもしれない。社長と一緒に、詳しく確認してみなければ。

そんなことを考えているうち、飯田ははっとした。

——犯人は、まだ店の中にいるのでは？

そうだ。店内の物陰に隠れている可能性がある。この店から逃げ出そうと、今もどこからか自分を凝視《ぎょうし》しているのではないか。

呼吸を止めて、飯田は辺りを見回した。フィッティングルームや倉庫、トイレ。人が隠れられる場所はいくつもある。

飯田は足音を立てないように歩きだした。早くここを出なければ。安全な場所に逃げなければ。

裏のドアに向かう途中、かち、かちと何かの音がした。飯田は息を呑《の》んだ。身を固くして、ゆっくりとうしろを振り返る。

自分がそばを通ったせいだろう、空のハンガーが揺れていた。ほっと胸をなで下ろしたとき、じじじ、と妙な音が響いた。あれはたぶん事務所のほうからだ。誰かいるのだろうか？

怖くなって飯田は裏口へと走った。

表の通りに戻ると、そこにはいつもと変わらない光景があった。携帯電話を見ながら歩く会社員、ガラス戸を拭いているレストランの従業員、路肩に停車している宅配便のトラック。そんな当たり前のものを見て、飯田はようやく安心できた。気持ちが落ち着くと同時に、先ほど事務所から聞こえたのはファクシミリの音だと気がついた。

とにかく、このことを社長に知らせなければならない。バッグから携帯電話を取り出し、社長の番号をメモリーから呼び出した。

「はい、もしもし？」少し機嫌の悪そうな声が聞こえた。

「おはようございます、飯田です。社長、今ちょっとよろしいですか」

「電車に乗るところだよ。あとにしてくれないか」

「あの！　待ってください。お店に泥棒が入ったみたいなんです」

「泥棒？」相手の声の調子が変わった。「それで、店の状況は？」

「金庫は無事でした。売り場も荒らされていないようですけど、詳しいことは調べてみないと」

「すぐ警察に電話してくれ。私はあと十五分ぐらいで店に着くから」

「警察、ですか。……わかりました」

通話を終えたあと、飯田は携帯の画面をじっと見つめた。警察に通報するなど、生まれて初めてのことだ。

ひとつ深呼吸をしてから、飯田は一一〇番に電話をかけた。


制服を着た男性警察官たちがやってきたのは、七分ほどたったころだった。

ひとりは二十代後半、もうひとりは三十代だと思われる。どちらも落ち着いた様子だったから、それだけでも心強くなった。

「通報してくださった方ですか」

「あ、はい、飯田といいます。さっき出勤してきたら、ドアの鍵が開いていたんです」

これまでの状況を説明したあと、飯田は警察官たちをビルの裏手に案内した。念のためだろう、警察官たちは中に声をかけてから店に入っていく。おっかなびっくり、飯田もあとに続いた。

「レジも金庫も大丈夫でした」飯田はあらためて店内をゆっくりと見回す。「でも、商品が全部無事かどうかはわかりません」

警察官たちはメモをとりながら店の中を調べている。しばらくして、年上の警察官が飯田のそばにやってきた。

「確認する場所はここだけですか？　売り場と、それから奥の事務所と……」

「そうですね。あとは表のショーウインドウぐらいです」

「念のため、開けてみてもらえますか」

わかりました、とうなずいて飯田は店の外に出た。鍵を使って開錠したあと、シャッターに手をかけ、一気に引き上げた。

正面入り口の左側に、全面ガラス張りのショーウインドウがある。昨夜、異状がなかったことは飯田自身が確認している。

だが今、ショーウインドウの中をひとめ見て、飯田は息を呑んだ。

上部から紐《ひも》が垂れていた。その下に、見知らぬ男性がぶら下がっている。目を見開き、だらりと舌を出して宙を睨《にら》んでいる。

彼は、狭いショーウインドウの中で首を吊《つ》っていた。

飯田は悲鳴を上げた。それを聞いて、通行人たちが集まってきた。あちこちで驚きの声が上がる。少し遅れて、店内から警察官たちが飛び出してきた。

店の前は騒然となった。

3

——今日も暑くなりそうだな。

窓の外に目をやりながら、如月塔子《きさらぎとうこ》は机の上に書類を置いた。

桜田門《さくらだもん》にある警視庁本部で、塔子たちは待機番を務めている。ここは「大部屋」と呼ばれる捜査一課の執務室で、捜査員たちに与えられた机がずらりと並んでいた。しかし今、ほとんどの人員は現場に出ているため、室内は閑散とした状態だ。

警視庁捜査一課には複数の係があり、事件が起こったとき短時間で現場に臨場できるような態勢をとっている。今週は塔子たち十一係がその当番に当たっていた。

塔子は今二十七歳だ。凶悪事件を担当する捜査一課に、若手の女性刑事が所属するケースはきわめて稀《まれ》だとよく言われる。

亡き父・功《いさお》が捜一の刑事だったということは、たぶんこの人事と無関係ではないだろう。しかし、少なくとも塔子自身は父の名前に頼ることなく、地道に、真面目に働いてきたつもりだ。きちんと試験を受けて警視庁に入り、その後、昇任試験を受けて巡査部長になった。周りはいろいろ勘ぐるかもしれないが、誰に恥じることもないと考えている。

――まあ、身長のことはあるけれど……。

警視庁の採用基準では、女性の身長はおおむね百五十四センチ以上ということになっていた。塔子は百五十二・八センチしかないのだが、たぶん「おおむね」という言葉に救われたのだと思う。身長以外は努力でカバーできる。そういう塔子の意気込みを、採用担当者が買ってくれたのではないだろうか。

十一係の自分の席に腰掛け、塔子は辺りを見回した。

普段現場を駆け回っている先輩たちも、今日は比較的のんびりしているように見える。だが待機番といっても黙って座っていればいい、というわけではない。資料整理や最新情報の収集など、やるべきことはいくらでもある。

ふと見ると、向かい側の席で徳重英次《とくしげえいじ》巡査部長が難しい顔をしていた。手元の本に目を落とし、熱心に読んでいるようだ。

徳重は五十四歳のベテラン捜査員だ。ぽっこり出た太鼓腹の様子から、七福神の布袋《ほてい》さんのようだと言われている。刑事らしからぬ温厚な性格で、表情もやわらかく、人当たりがいい。そんな彼のことを、塔子たちは「トクさん」と呼んでいる。

その徳重が今、何かの本を見て唸《うな》っているのだ。そっと覗くと、どうやら問題集のようだった。

「もしかして、それ」塔子は声を低めて徳重に尋ねた。「昇任試験の問題集ですか？」

「あ、いや、これは……」

驚いたという様子で、徳重はこちらを見た。ほかの資料の下に本を隠そうとする。

徳重は現場の仕事が好きだと言って、巡査部長になったあとは昇任試験を受けなかったそうだ。その彼が試験合格を目指すというのなら、後輩としては応援しなくてはならない。

「え？　トクさん、試験を受けるんですか」

横から先輩が首を突っ込んできた。塔子の三つ年上、三十歳の尾留川圭介《びるかわけいすけ》だ。いつも身だしなみに気をつかっていて、お洒落《しゃれ》な印象の男性だった。生地にこだわってスーツを仕立て、ベルトの代わりにサスペンダーを使うのがポリシーだという。

「ええと、これはその……」徳重は頭を掻《か》きながら言葉を濁した。

「俺、前から思ってたんですよ。トクさんが係長になったら、そのチームはすごい成果を挙げるんじゃないかって」

「そうですよ」塔子もうなずいた。「トクさんほどの人がずっと巡査部長のままでいるのは、もったいないと思います」

いやいや、違うんだよ、と徳重は言った。

「昇任試験を受けるわけじゃないんだ」

彼は隠していた本を出して、表紙をこちらに向けてくれた。就職試験でよく使われる適性検査の問題集だ。「え?」と塔子は声を出してしまった。

「トクさん、転職するんですか?」

「私じゃないよ。娘だよ」

その言葉を聞いて、塔子は首をかしげた。

「娘さん、まだ就職したばかりですよね」

「自分には別の生き方があるんじゃないか、なんて言い出したんだ。私も驚いちゃってさ」

「でも、そんな問題集を買ったということは……」

「うん。本人はもう転職する気でいるんだよね。どんなものかと思って、私も読んでいるというわけで」徳重はため息をついた。「まあ、過保護だよね」

普段、家庭の悩みを打ち明けたりしない人だから、今回はかなり深刻な状況なのだろう。

なるほど、と言って尾留川は腕組みをした。

「転職先の業種は決めているんですか？」

「教えてくれないんだよ。生き甲斐《がい》の感じられる仕事がいい、とは言うんだけど」

「もしかして、トクさんの後を継いでサツカンになるとか」

「たしかに、人の役に立つ仕事が好きみたいだね。でもこの前はっきり言われたよ。『残念だけど、私はお父さんみたいにはなれない』って。小さいころから私の生活を見てきて、警察官を嫌っているんじゃないかな。運動会にもなかなか行ってやれなかったし……」

しばらく考えたあと尾留川は、ぽん、と手を打った。

「トクさん、一度娘さんと会わせてもらえませんか」

「は？　なんで？」徳重はまばたきをする。

「相談に乗ってあげたいんですよ。本当にその会社を辞めるべきなのか、それとも、もうちょっと頑張ったほうがいいのか……。今の仕事も、もしかしたら自分のスキルアップに役立つかもしれないし」

「それは私も言ったんだけどね」

「トクさんの言うことは聞かなくても、俺の言うことなら聞くかもしれませんよ。人生の先輩として、いろいろアドバイスできると思います」

尾留川は自信ありげな顔をする。しばらく様子をうかがっていたが、そのうち徳重は首を横に振った。

「やっぱり嫌だなあ」

「どうしてですか。俺、女性への対応は慣れてるんですよ」

「いや、だからそういうところがね……」

横で聞いていて、塔子には徳重の気持ちがよくわかった。普段から尾留川は情報収集だと言って、いろいろな女性と会っているらしい。とにかく性格が軽いのだ。

「俺だって、ちゃらちゃらしているだけじゃないんですよ。日々勉強してるんです」

そんなことを言いながら、尾留川は机の上に雑誌を広げた。女性向けに刊行されているファッション誌だ。

「服装を見れば、その人のことは八割方わかります。今、女性の間でどんなファッションが流行《はや》っているのか、これからどんなものが人気になるのか……。しっかり理解していないと、踏み込んだ話はできません」

「ファッションの話をすると、相手が心を開くのかい？」徳重は怪訝《けげん》そうな顔だ。

「いえいえ。ファッションの話は最初のきっかけですよ。そこから始めて、趣味とかグルメ、仕事の話につなげていくんです。わかりますか、お父さん」

「いや、お父さんじゃないから。やめてほしいな、まったくもう」

冗談めかしてはいるが、徳重は本当に嫌がっているようだ。塔子は思わず笑ってしまった。

「楽しそうだな、如月」

背後からの声を聞いて、塔子は振り返った。背の高い、ひょろりとした男性がこちらにやってくる。十一係のエースというべき捜査員、鷹野《たかの》秀昭《ひであき》警部補だった。

「今、尾留川さんから捜査の心得を教わっていたところです」

鷹野は資料ファイルを机に置きながら、塔子の顔を見た。彼は身長百八十三センチぐらいで、塔子との差は三十センチほどもある。十一係の先輩はみな塔子より背が高いが、鷹野は特別だ。

「いろいろ教わるのはいいが、慎重に行動してくれなくちゃ困るぞ。だいたい、如月は現場で無茶をすることが多いんだ。自分は組織の一員だということを意識してだな……」

「まあ、いいじゃありませんか」徳重が執り成すように言った。「如月ちゃんは、きちんと結果を出しているわけだし」

指の先でこめかみを搔いてから、鷹野は塔子のほうを向いた。

「トクさんはこう言ってくれるが、甘えては駄目だからな。係長にも言われている。

我々は警察官だ。どこで誰に見られているかわからないってな」

「見られるって、どこからですか」尾留川が口を挟んできた。「ここは六階ですよ」

「意識の問題だ」鷹野は言った。「そういう油断が一番危ないんだよ」

尾留川を軽く睨んだあと、鷹野は椅子に座ってパソコンの電源を入れた。


やることはいろいろあったが、今日、塔子は机の整理から始めることにした。

引き出しを開け、突っ込んだままになっていた書類やレシート、文具などを分類していく。申請し忘れた領収証が出てきたので、塔子は慌てて日付を確認した。もう提出期限が過ぎているから、今さら出すことはできないだろう。これは痛いミスだ。

引き出しを順番に片づけたあと、塔子は椅子をうしろに押して、机の下に潜り込んだ。足下には段ボール箱や大判の封筒、クリアファイルなどが積んである。腰を屈めてごそごそやっていると、男性の声が聞こえた。

「調子はどうだ、十一係」

それに答える徳重の声がした。

「お疲れさまです、吉富《よしとみ》部長」

刑事部長がやってきたらしい。塔子は慌てて頭を上げようとした。その直後、ごん、と大きな音がした。机の引き出しに後頭部をぶつけてしまったのだ。

「如月くんがいないようだが……」

そんな声が聞こえたので、塔子は急いで机の下から這《は》い出した。鷹野たちは直立不動の姿勢をとっている。それにならって、塔子も背筋を伸ばした。

大柄というわけではないし、声が大きいわけでもない。しかしその場の誰よりも強い存在感を持った男性が、塔子たちの前に立っていた。

たしか今、四十八歳だと聞いている。均整のとれたスポーツマンのような体に、糊《のり》の利《き》いた白いシャツと高級そうなスーツ。これが塔子たちの上司、刑事部長の吉富哲《てつ》弘《ひろ》だ。

「いたのか、如月くん」吉富はこちらを向いて言った。「大きな音がしたが、大丈夫だったか？」

「あ、はい、失礼しました」塔子は姿勢を正して答えた。

吉富の前に出れば、誰でも緊張するはずだ。塔子の上司としてはまず係長がいて、その上が管理官、そして課長となる。吉富刑事部長はさらにその上の立場で、塔子たちから見れば、雲の上の人だ。

そういう立場にある吉富が、小さな捜査チームである十一係にわざわざ声をかけてくれたのだ。塔子だけでなく、鷹野や徳重も緊張しているようだった。

「如月くん、最近仕事のほうはどうだ」

「はい、自分なりにいろいろ考えて動くようにしています」

「『女性捜査員に対する特別養成プログラム』を開始してから、ずいぶんたつ。トレミーといったかな。奴の起こしたモルタル連続殺人事件から数えても、すでに一年半ほどたっているはずだ。もう君のことを半人前扱いする人間はいないんじゃないか？」

「そうだといいんですが……」

「あのプログラムは私が立案したものでね。こうした計画には当然、結果が求められる。引き続き頑張ってもらわないとな」

「はい、努力します」

ここで吉富は、何か思い出したという表情になった。

「十一係には期待しているんだが、口で言うだけでは無責任かもしれないな。今後、何か緊急事態が起こったときには、私に相談してくれてかまわない。もちろん、それが必要な場合に限るがね」

吉富はポケットからメモ用紙を取り出し、ボールペンで何か書き付けた。

「徳重巡査部長……トクさん、だったね」

急に話しかけられて、徳重は身じろぎをした。慌てた様子で、

「あ……はい、いいえ、徳重英次です」

「君に渡しておこう。まあ、お守り代わりだ」

メモ用紙には、携帯電話の番号とメールアドレスが記されていた。刑事部長の個人情報ということになる。

「部長。こういったものは私ではなく、ぜひ鷹野警部補に」

「とんでもない」鷹野は胸の前で、手を左右に振った。「トクさんが適任です」

徳重は戸惑う様子だったが、断るわけにはいかないと思ったのだろう、頭を下げてメモを受け取った。

――やっぱり十一係は特別扱いなんだろうか。

前々からそんな噂《うわさ》があることを、塔子は知っていた。このチームにはもともと、捜査能力に秀でた鷹野が所属していた。そこへ刑事部長主導の養成プログラムによって、塔子が配属された。出る杭《くい》は打たれるという言葉のとおり、集団の中で目立ってしまう者は妬《ねた》まれる。鷹野や塔子が部課長から優遇されているのではないか、とささやかれているらしかった。

吉富部長が廊下へ出ていくのを見送ったあと、塔子たちはため息をついた。いつもは温厚な徳重が、珍しく真顔になっていた。

「こんなものをもらっても困りますよね」

「たしかに……。くれるんなら、何か差し入れでも持ってきてくれればいいのに」と鷹野。

「トマトジュースですか？」

尾留川がからかうような調子で訊いた。鷹野はトマトジュースが好きで、普段からよく飲んでいる。

「じゃあ、今度はそう頼んでみますかね」

そんなことを言いながら、徳重はメモを折りたたみ、財布にしまい込んだ。塔子たちは苦笑いを浮かべて各自の席に戻っていく。

そこへ廊下のほうから声が聞こえてきた。

「十一係、集まってくれ」

眼鏡《めがね》をかけた男性が十一係の島に近づいてくる。中間管理職として塔子たちを指揮している、早瀬《はやせ》泰之《やすゆき》係長だ。あまり顔色がよくないのは、ストレスで胃を悪くしているせいだろう。

「うちに順番が回ってきた」早瀬は眼鏡の位置を直しながら、部下を見回した。「死体遺棄事件だ。臨場するぞ」

それを聞いて、塔子たちは表情を引き締めた。もう待機番ではなくなったのだ。のんびりしてはいられない。

「場所はどこです？」鷹野が訊いた。

「中央区銀座七丁目だ。ブティックで男性の遺体が見つかった」

――あんな場所で死体遺棄事件が？

塔子はこれまでいくつもの事件に関わってきたが、銀座に臨場するのは初めてのことだ。

「すぐに出発する。急いでくれ」

わかりました、と答えて捜査員たちは外出の準備を始めた。

塔子は肩からバッグを斜めに掛けた。子供っぽく見えるが、これが普段のスタイルだ。こうしておくと両手が使えるから動きやすい。

先輩たちとともに廊下に出る。少し離れた場所で、吉富部長が立ち話をしているのが見えた。

軽く会釈をしてから、塔子たちはエレベーターホールに向かった。

4

銀座七丁目にあるビアホールの前で、タクシーを停めてもらった。

外に出ると、熱い空気に包まれた。今日の気温は何度ぐらいになるのだろう。塔子はちらりと空を見てから、鷹野や徳重と一緒に歩道を進んでいった。

前方、百メートルほどのところに警察車両が何台か停まっていた。辺りに人だかりが出来ていて、一部は車道にまではみ出している。ワゴン車がクラクションを鳴らして注意したが、それが通り過ぎると野次馬たちはまた車道に出た。ざっと数えても五十人ほどはいるだろう。

塔子たちが現場に到着したのは、午前十時十五分のことだった。

七階建てのビルの一階にブティックが入っていて、看板には《ヤマチカ》と書かれている。シャッターの下りた店の正面には立ち入り禁止テープがあり、立ち番の警察官が目を光らせていた。

鷹野はポケットからデジタルカメラを取り出し、ビルの外観を撮影している。彼は記録魔だ。現場で何十枚も写真を撮り、あとで分析して事件の筋読みに活かすことが多い。

早瀬係長が先に立って、立ち入り禁止テープに近づいていった。作業をしていた鑑識課員を呼び止め、何か言葉を交わしている。やがて話がついたのだろう、早瀬は建物の裏手に回った。十一係のメンバーも彼のあとに続いた。

裏口から店の中に入っていく。途中、狭い通路で何人かの鑑識課員とすれ違った。

「カモさん、状況はどうだ？」

早瀬が売り場に声をかけると、癖っ毛の鑑識課員がこちらを向いた。深くかぶった帽子から、撥《は》ねた髪の毛が見えている。鑑識課の主任・鴨下潤一《かもしたじゅんいち》警部補だった。

「ああ、お疲れさまです。店内の採証活動はおおむね終わりました」

鷹野がフラッシュを焚《た》いて、売り場の写真を何枚か撮った。

塔子は辺りをぐるりと見渡す。さすが銀座のブティックだ。店内の装飾には高級感があり、ハンガーラックに掛かっている衣類も、普段塔子が見ているものより一桁《けた》値段が高い。

「どうした如月、落ち着かないみたいだな」目ざとく見つけて、鴨下が話しかけてきた。「俺たち男よりは、こういう店に慣れているんじゃないのか？」

慌てて塔子は首を振った。

「まさか。銀座で洋服を買ったことなんて一度もありませんよ」

「まあ、そうかもな。こんな店で買い物をしていたら、ひと月分の給料が飛んでしまいそうだ」

周囲の緊張をほぐすためか、鴨下は軽い調子でそんなことを言った。だが、すぐに彼は表情を引き締めた。

「では早瀬さん、遺体の確認をお願いします」

「ホトケさんは奥の事務所か？」

「いえ、ショーウインドウの中で見つかりました。朝、店員がシャッターを開けて大騒ぎになったそうです」

「ショーウインドウ？」と早瀬。

こちらです、と言って鴨下は一同を案内した。シャッターの下りた正面入り口の内側に、男性の遺体が横たえられていた。ショーウインドウで発見されたあと、売り場に運ばれたのだろう。

身長は百六十センチ程度と、比較的小柄だ。年齢はおそらく四十代半ば。くたびれたブルージーンズに黄色いポロシャツを着て、足には灰色の靴下を穿《は》いている。男性にしては髪が長めで、顎ひげを生やしていた。服装はともかく、その髪やひげを見ると、一般の会社員ではないように思われる。

遺体に手を合わせたあと、早瀬係長と尾留川が床にしゃがんで外傷を調べた。

「顔面が蒼白《そうはく》ですね」尾留川が言った。「頸部《けいぶ》に索条物の痕跡……」

「窒息死です。首を吊った状態で発見されました」鴨下が言った。

遺体から少し離れた場所に、アクセサリーなどの棚が設置されている。そのそばの、売り場から見えにくい場所に細長いドアがあった。

「ここからショーウインドウの展示替えをするそうです」

細いドアを開けて、鴨下は中に入っていく。塔子たちはドア付近から首を伸ばして、鴨下の姿を目で追った。

畳一枚分ほどのスペースがあり、三着の婦人服が展示されている。前面はガラス張り、背面はパネルで装飾されていて、高さは人ひとりが立つのに充分だ。前面にあるガラスの外側にはシャッターが下ろされている。野次馬から見えないようにするためだろう。

「手は腰のうしろ、足は揃えた形で縛られ、首にロープを掛けられて吊るされていました」手振りを交えて鴨下は説明した。「ロープはあそこに引っかけられていたんです」

ショーウインドウの上には、水平に建材が渡してあった。そこにロープを掛け、輪になった端を被害者の首へ。そして反対側の端を、犯人が引いたということだろう。そのロープの先端は、床近くにある別の建材に結びつけられていたそうだ。

「犯人は思い切りロープを引っ張って、短時間でマル害を窒息死させたということか」

早瀬がつぶやくと、鴨下は狭い展示スペースの中で首を振った。

「いえ、それが違うようなんです。というのも、足の位置が問題でして……。最初はこんなふうに爪先立ちで、ぎりぎり立っていられたんじゃないかと思います。しばらく頑張っていたでしょうが、そのうち疲れて首が絞まり、死亡したんじゃないかと」

「まるで処刑ですね」

鷹野がぽつりと言った。それを聞いて、早瀬係長がまばたきをした。

「どういうことだ？」

「足が届くか届かないかという位置に吊るされ、被害者は苦しんでいた。微妙な高さの調整が必要でしょうから、犯人はそばについていたと思われます。そして被害者が力尽き、窒息死するのをじっと観察していたんじゃないでしょうか」

「そういうことか」早瀬は唸った。「この犯行現場は気に入らないな。犯人はいったい何を考えているんだ？」

塔子は発見時の様子を想像した。「ウインドウショッピング」という言葉もあるように、本来ショーウインドウは美しく飾られ、客を楽しませるものであるはずだ。それなのにこの店のショーウインドウには、ひどい方法で殺害された遺体が残されていた。

犯人の狙いは何だったのか。ここが銀座であることを考えれば、大勢の目撃者が出ることは織り込み済みだったはずだ。

「愉快犯的な犯行、ということも考えられますよね」

塔子が言うと、早瀬はガラスの外のシャッターに目をやり、何度かうなずいた。

「朝シャッターを開けたら、首を吊った遺体が見つかるわけだ。ショックだろうな」

ショーウインドウの確認が終わると、塔子たちは店の隅の狭い場所から、遺体のそばに戻っていった。

「犯人はピッキングで裏のドアを開け、店内に侵入したようです。犯行後は同じドアから出ていったと思われます」

鴨下の報告を聞いてから、早瀬は尋ねた。

「被害者はこの店の人間なのか？　経営者とか、従業員とか」

「財布はありましたが、身元がわかるようなものは入っていませんでした」

塔子たちは被害者の遺体を見下ろし、それぞれ考えに沈んだ。この異様な事件現場には、いったいどんな意味が隠されているのだろう。

「いくつか気になるものが見つかっています」鴨下が、証拠品保管袋を早瀬のほうに差し出した。「被害者が穿いていた靴下の右側から、黒いアルミホイルの切れ端が出てきました。海外に行く旅行者が紙幣を隠しておくような感じで、しまい込んであったんです」

「何だそれは……」

早瀬は眼鏡のフレームに指を当てて、袋を見つめた。たしかにそれはアルミホイルではあるが、両面ともつや消しの黒色だった。

「これが、右の靴下から出てきたのか？」早瀬は首をかしげた。「被害者が自分で入れたんだろうか。しかし、おかしな話だ」

「もうひとつあります。同じ靴下の内側に、こんなものが貼り付いていました。蓄光《ちっこう》テープの切れ端です」

別の袋の中に、幅一センチ、長さ二センチほどのテープが入っていた。

「蓄光テープというのは？」

「光に当てておくと、暗い場所でも光るというものです」と鴨下。

「これと同じですね」

塔子は自分の腕時計を指し示した。父が使っていた男女兼用の時計で、暗い場所でも文字盤が光るという性質がある。塔子には少し大きめだったが、身につけていると父に見守られているような気分になれた。実際、塔子はこの時計にずいぶん助けられてきた。

「テープの粘着面には靴下とは別の、黒いカーペットの繊維が付着していました。この店のカーペットではないですね。店内をくまなく調べましたが、こうしたアルミホイルやテープは見つかっていません」

鴨下の報告を受けて、早瀬は眉をひそめた。

「妙なものばかり出てくるな。この被害者はどういう人物なんだろう」

ドアのほうから制服警官がやってきて、早瀬に話しかけた。

「店の経営者が、今後の営業について相談したいと言っています。どうしましょうか?」

「ちょうどいい。我々も訊きたいことがあるから連れてきてくれ」

制服警官はうなずいて、外に出ていった。

塔子たちは遺体にシートをかぶせたあと、売り場で待機した。ややあって先ほどの制服警官が顔を見せ、中年の男性と若い女性を紹介した。

ひとりはヤマチカの経営者、山藤《やまふじ》千佳夫《ちかお》、四十八歳だった。ブティックの経営者にふさわしく、高級そうなスーツを身に着けている。ただ、肥満の気《け》があるようで、しきりにハンカチで額の汗を拭っていた。

「お世話になります、山藤です」ぎょろりとした目で早瀬を見ながら、彼は言った。

「彼女は販売担当の飯田といいます」

飯田は緊張した表情で頭を下げた。彼女は二十六歳で、勤務を始めてから約一年半になるそうだ。

「今朝、九時過ぎに出勤したらドアの鍵が開いていて……」飯田は落ち着かない様子で、状況を説明した。「……というわけで私、ショーウインドウの中を見たあとは混乱してしまって。ひとりじゃ何もできなかったと思いますけど、お巡《まわ》りさんたちがすぐにシャッターを下ろして、男の人を隠してくれたんです」

「これを見ていただけますか」早瀬はコピー用紙を差し出した。

早瀬は鑑識の鴨下から、すでに遺体の写真を入手していた。生々しくならないよう、その紙にはモノクロで遺体の顔がプリントされている。

「亡くなっていたのはこの男性です。ご存じですか？」

山藤と飯田は、おそるおそるという感じで紙を覗き込んだ。しばらく見ていたが、ふたりとも首を横に振った。

「お客様の中にこういう方はいらっしゃらなかったと思います」

飯田がそう言うと、山藤もうなずいて、

「うちの従業員でもないですね。取引先にもこういう人はいません」

山藤の表情を観察しながら、早瀬は尋ねた。

「この店に恨みを持っているような人はいなかったでしょうか」

「とんでもない。今までお客様とトラブルになったことなんて、一度もありませんよ」

山藤ははっきりした口調で答えた。

商売をやっていて、トラブルが一度もないということがあるだろうか――。塔子はそう思ったが、本人が何もないと言うのであれば信じるしかない。

ほかにも早瀬は質問を重ねた。だが今の段階では、有力な情報は出てこないようだ。

「刑事さん、お店の捜査はいつまで続きますかね」

不安げな顔で山藤が尋ねてきた。早瀬は腕時計を見たあと、咳払いをした。

「まだ何とも言えません。目処《めど》がついたらお知らせしますので」

「本当にまいりましたよ。なんで、見たこともない人がうちの店で……」

そこへ、うしろから鴨下主任の声が聞こえた。

「社長さん、すみませんが事務所を見てもらえますか。持ち去られたものがないか、確認してほしいんです」

「ああ……今行きます」

山藤と飯田は事務所に向かった。

店内を見回すと、鑑識課員たちはみな忙しそうだった。写真を撮る者、資料をチェックする者、電話をかける者などがいて、慌ただしい雰囲気になっている。

「よし。現場は任せておいて、おまえたちは近隣で情報収集してくれ」と早瀬。

「了解しました」

指示を受けて、塔子たちは聞き込みを始めることにした。

5

今、外の気温はどれぐらいなのだろう。

私は腕時計に目をやった。まもなく午前十一時になるところだ。今日もよく晴れているから、最高気温は三十四度ぐらいになるのではないだろうか。

人口の密集。自動車の排気ガス。エアコンの室外機から放出される熱風。東京の都心部には、気温が上昇する条件がいくつも揃っている。そこで暮らす人間は知らず知らずのうち、地球温暖化の片棒を担いでいると言える。もちろん私もそのひとりだ。

部屋の窓からは、東京の町並みが見えた。

真夏の日射しを受け、人々がアスファルトの上を歩いている。盆休みだというのに、スーツ姿で先を急ぐ者もいる。宅配便のドライバーたちは、時間を気にしながら走っていく。誰も彼もが汗をかいている。

だがこの部屋は快適だった。室温の設定は二十六度。少しひんやりするぐらいが私の好みだ。その涼しい部屋で、私は温かいコーヒーを飲んでいる。

満員の通勤電車に苦しめられることもなく、営業のノルマに縛られることもない自由な生活。私は今、それを満喫している。

生きていくには仕事をしなくてはならない。わかってはいるが、この窓から見ていると、やはり日本人は働きすぎではないかと思えてくる。たまには休暇をとり、仕事以外の目的で町を歩いてみたらどうだろう。そうすれば、辺りの景色も変わって見えるのではないか。

——とはいえ、誰もが私のように生きられるわけではないんだ。

私の生き方は、かなり特殊なものかもしれない。そう考えると、無闇にほかの人たちを焚きつけるのはよくないことだ、と思えてきた。人には、向き不向きというものがあるのだ。


私は椅子に腰掛けると、ノートパソコンに向かった。

キーボードを操作し、《銀座》《男》《死体》といったキーワードでSNSを検索していく。やがて私ははっとした。目的の情報が、早くもネットにアップされていたのだ。

場所は銀座七丁目のブティック。ショーウインドウで、男性が首を吊っているのが発見された。場所が場所だけに、目撃者は四、五十人いたようだ。その中の何人かが携帯電話で写真を撮り、ネットにアップしていた。ほとんどは鑑識課が到着したあとの画像で、ショーウインドウにはすでにシャッターが下ろされている。

さらに検索を続けるうち、私は身を乗り出した。ごく早い段階で現場を見た者が、貴重な写真を撮影していたのだ。シャッターの開いたショーウインドウのそばに、従業員らしい女性と警察官が立っている。ややわかりにくかったが、ショーウインドウの中に人の姿らしきものが見えていた。

「すごい……」

思わず私は口に出していた。これは予想以上の成果だった。銀座で事件を起こした甲斐があったというものだ。

どれほど残酷で悪辣《あくらつ》なものだとしても、人は犯罪に興味を抱く。彼らは刺激に飢えている。衝撃的な犯罪が身近で起こることを待ちわびているのだ。

そうでなければ、こんな画像がネットにアップされるわけがない。誰もが常識人だというのなら、遺体の画像が拡散されることなどあり得ないだろう。

大きな興奮が全身を駆け巡る。急に心臓の鼓動が速くなってきた。私は、自分のしたことの重大さを噛《か》み締める。

罪の意識──。いや、そんなものはない。ないはずだ。悪いのはあの男ではないか。あいつのせいで私はここまで追い込まれたのだ。

膨らんできた不安を抑えるため、私はルーティンの動作をとる。目を閉じ、息を吸い込んで胸のペンダントに触れる。それから息を吐く。

これでいい。私は落ち着くことができた。いつもの冷静さをもって、行動することができるはずだ。

しばらくパソコンの画面を見つめたあと、私はテーブルに手を伸ばした。タオルの上には球形の物体が置いてある。濡《ぬ》れたような黒い髪、真珠のように見える白い肌。世界にふたつとない美しいもの。

私は指先を動かし、頬から顎へと「それ」を撫でていく。この滑らかさがいい。陶器か何かに触れているような感触だ。

これ以上の美は、この世のどこにもないだろう。白い肌に触れながら、私はそう思った。

6

沖津第三ビルの各フロアには、さまざまな業種の店舗や事務所が入っている。本格的な捜査はこれからだが、取り急ぎ、塔子と鷹野は地下から三階までを訪ねることにした。

エレベーターで地下一階に下りると、エスニック料理の店があった。メインの営業時間帯は夜だが、ランチも提供しているということで、店内には三人の従業員がいた。ひげを生やした三十代ぐらいのチーフが、事情聴取に応じてくれた。

「このビルで起こった事件について、ご存じでしょうか」

塔子が尋ねると、チーフは緊張した面持ちでうなずいた。

「聞きました。一階のヤマチカさんで男の人が首を吊っていたとか……」

「今、その件について捜査をしているところです。今日、出勤なさったのは何時ごろでしたか」

「私が店を開けたのは九時半ごろです」

塔子は腕時計を確認した。今は十一時七分だ。

「店に入るときも、お巡りさんにいろいろ訊かれたんですよ。まだ捜査は続いてますよね。こんな状態じゃランチの営業は無理かなあ」

ランチタイムが始まるのは十一時半ぐらいだろうか。営業ができないのなら、仕込みをした食材が無駄になってしまう可能性がある。

「現場の確認作業はまだしばらくかかると思います」横から鷹野が口を挟んだ。「申し訳ありませんが、今日のランチの営業は難しいかと……」

「まいったなあ」チーフはため息をついた。「八月は売上が厳しいんですよね。ランチタイムといっても、おろそかにはできなくて」

愚痴が続きそうだったので、塔子は話題を元に戻した。

「ゆうべ、お店を出たのは何時ごろだったでしょうか」

「閉店したのは午後十時で……ええと、後片づけをして最後に私が店を出たのは、十一時少し前だったと思います」

「お店を出たあとは、エレベーターで一階へ？」

「いえ、従業員はいつも階段を使います」右手を伸ばして、チーフはドアのほうを指差した。「階段はふたつありまして、ひとつはエントランスのエレベーターの横に出ますが、私たちは別の階段を使っています。ビルの裏に出るんですよ」

先ほど塔子たちが出入りしたのも裏口だった。従業員は目立たないよう、裏手の階段を使うというわけだ。

「一階に上がったとき、ヤマチカさんのドアを見ましたか？　何か気がついたことはありませんでしたか」

チーフは記憶をたどる様子だ。

「うーん、すみません、何も気がつきませんでした」

「ヤマチカの社長や従業員の方たちと、面識はありますか」

「顔は知っていますが、つきあいはなかったですね」

ほかにも質問を重ねたが、これといった情報は得られなかった。礼を述べて、塔子たちは店を出た。

「これが、彼の使っている階段だな」

鷹野は狭い階段に向かった。塔子もあとに続く。

階段を上っていくと、ビルの裏手に出た。急に現れた塔子たちの姿を見て、鑑識課員たちが、おや、という顔をした。

「あそこで犯人がピッキングしていたとすると……」ヤマチカのドアを見ながら、鷹野はつぶやいた。「表の通りからは見えにくいが、今の階段を上ってくれば目に入るはずだな」

階段は上のフロアにもつながっている。上にいた誰かが下りてきたとしたら、やはり不審者には気づくだろう。

鷹野とともに、塔子は二階に上がった。ワインバーがあったが、営業時間は午後五時半からとなっている。ランチタイムの営業はしていないため、ドアは施錠されていた。

続いて三階に上ってみた。そこは天ぷらの店で、すでに営業しているようだ。ドアを開けて中に入ると、「いらっしゃいませ」という声が聞こえた。

前掛けをした五十歳ぐらいの男性が、こちらにやってくる。塔子は会釈をしてから警察手帳を呈示した。

「警視庁の者ですが、少しお時間よろしいですか」

「え、警察の人？」前掛けの男性は怪訝そうな表情になった。「事件の捜査ですか。一階のブティックで、男の人が死んでたっていう……」

「ええ。近隣で話を聞いているところです」

それは大変ですねえ、と言ったあと、男性はテーブル席を勧めてくれた。

「私はここの店長でして……」彼は振り返って大きな声を出した。「ねえ、ちょっと、お茶持ってきてくれる？」

厨房《ちゅうぼう》の中にいた店員たちが、はあい、と返事をする。

「どうぞおかまいなく」そう言ってから塔子は質問を始めた。「ゆうべは営業されていましたよね？　何時ごろお店を閉めましたか」

「営業は十時までですから、十時半ごろには全員帰ったと思いますけど」

「裏の階段を使いましたか？」

「よく知ってますね。私どもはみんなあそこを使います」

「帰りに何か気づいたことはありませんでしたか？　いつもと様子が違っていたとか、何か物音が聞こえたとか」

「いやあ、覚えてないですねえ。帰るときはいつも疲れているので」

「ブティックの人たちのことを、何かご存じではないでしょうか」

「私は男ですからブティックには行きませんし……」

そうですか、と塔子が言おうとしたとき、鷹野が口を開いた。

「あそこにいらっしゃるのは女性ですよね」彼は厨房のほうを指差していた。「少し話をうかがいたいんですが、よろしいですか」

ああ、とうなずいて店長は立ち上がった。厨房に行き、彼は女性の従業員を連れて戻ってきた。

まだ二十歳ぐらいだろうか、前掛けをしたその女性はとてもおとなしい印象だった。うしろで髪を結んで、銀縁の眼鏡をかけている。伏し目がちで、ときどき様子をうかがうように塔子たちの顔を見ていた。

「警視庁の者です」軽く頭を下げたあと、鷹野は尋ねた。「一階にブティックがありますが、あなたは買い物をしたことがありますか？」

「……いえ、あの、私は……」

眼鏡の女性は聞き取りにくい声で答えた。

「ほら、アコちゃん、はっきり言わないと」店長が横からアドバイスをする。

「ええと……買い物をしたことは、ないです」彼女は言った。「ああいう店には、縁がないですから」

「しかし女性なら興味があるのでは？　見るだけならタダでしょう」と鷹野。

――それは違いますよ、鷹野さん。

塔子は口を出したくなった。あの店の商品は三、四十代がターゲットだと思われるから、アコというこの女性には似合わない。それに、女性なら誰でもブランド品に興味があるというのは大きな勘違いだ。塔子も高級品には縁のない生活をしているから、この眼鏡の女性の気持ちはよくわかる。

「私は……洋服を見るのも、好きじゃないので……」

「わかりました」鷹野は小さくうなずいた。「これからも警察の者がお邪魔すると思います。もしあの店について何か思い出したことがあれば、捜査員に……」

そのとき、眼鏡の女性がぱくぱくと口を動かした。

「どうしました？」鷹野は眉をひそめる。

「あのお店の奥に……変わったマネキン人形があったんです。店の外から、ちらっと見えて……。すごくリアルで、怖くて」

塔子は記憶をたどった。先ほどヤマチカの店内を見たとき、リアルなマネキン人形などは見当たらなかった。洋服の展示に使われていたのはハンガーと、胴体部分だけのトルソだ。ショーウインドウの中にもマネキンは置かれていなかった。

この女性の話を信じるなら、あの店にはマネキン人形があったのだ。それはいったい、どこへ消えてしまったのだろう。

ご協力ありがとうございました、と謝意を伝えて、塔子たちは天ぷら店を出た。

一階のヤマチカに戻ると、鑑識課員たちの人数が減っていた。作業の済んだ者から順番に引き揚げているのだろう。彼らのそばを通って、塔子と鷹野は店の奥に向かった。

ノックをして、鷹野は事務所のドアを開けた。室内では山藤たちが現金や書類、伝票などをチェックしているところだ。早瀬や鴨下がその横で記録をとっている。

「作業中にすみません」鷹野は山藤社長と飯田に問いかけた。「店にマネキン人形があったと聞いたんですが、本当ですか？」

「あ、そうなんですよ」山藤は書類をめくる手を止めた。「さっきほかの刑事さんには話したんですが、一体だけ飾っておいたマネキンがなくなっていて……」

「マネキンが？」と早瀬。

首をかしげている早瀬をそのままにして、鷹野は山藤に尋ねた。

「どんなマネキンでした？　写真はありませんか」

「ええと……たしかここに……」

キャビネットの中から、山藤は資料ファイルを持ってきてくれた。しばらくページをめくっていたが、やがて彼は一枚のコピー用紙を抜き出した。

鷹野は紙を受け取り、じっと見つめる。塔子と早瀬も、揃って横から覗き込んだ。

そこにはカラー写真がプリントされていた。

――これが人形？

マネキン人形だと聞かされていたからよかったが、そうでなければ人間だと思ってしまったかもしれない。写っているのは蠟人形《ろうにんぎょう》のようにリアルなマネキンだった。細く涼しげな目、すっきりした高い鼻と、ふっくらした両耳、そして今にも喋《しゃべ》りだしそうな唇。

人工的な美しさなら、いくらでも作り出すことができる。だがそこにあるのは計算されたものではなく、おそらく自然が生んだ美しさだ。

塔子は驚いていた。自分の記憶の中にあるマネキン人形は、こんなふうに肌のやわらかさまで感じさせるようなものではない。これは明らかに従来のものとは異なるマネキンだった。

「すごいな。生身の人間そっくりだ」感心したように早瀬が言う。

「話題になるかな、と思ったんですよ」山藤が顔を上げた。「でも何日かショーウインドウに飾ったら、あまり評判がよくなかったんです。リアルすぎて怖い、と言われましてね。それで店の中に置くようにしました」

「朝、なかったということは、犯人が持ち去ったと考えられますね」鷹野は指先で顎を撫でながら言った。「だとすると、犯人はたぶん車を使っていますね」

鷹野の言葉を受けて、早瀬がうなずいた。

「今このビルと、周辺に設置された防犯カメラのデータを取り寄せているところだ。犯人の姿が記録されていれば捜査が大きく進展する。そうでなくても、車がわかれば手がかりになる」

　そのとき、早瀬の携帯電話が鳴った。彼が通話をしている間、鷹野は再び山藤社長に質問した。

「盗まれたマネキン人形はかなり特殊なものに見えますね。どこで手に入れたんですか？」

「あれは、日本橋浜町《にほんばしはまちょう》にある磯原《いそはら》商事という会社から購入したんです。磯原商事はディスプレイ器具の販売会社で、マネキンだけでなくハンガーラックとか什器とか、いろんなものを扱っていますよ」

　メモ帳を取り出し、塔子は会社の所在地を書き取った。山藤がマネキンの写真を何枚かコピーしてくれたので、礼を言ってファイルにしまい込む。

　電話を終えた早瀬に向かって、鷹野は言った。

「犯人がマネキンを盗んだ理由が気になります。販売元の会社に当たっていいですか？」

「そうだな、頼む」早瀬は腕時計を見た。「午後二時から築地《つきじ》署で捜査会議をする。それには参加してくれ」

「わかりました。遅れないようにします」

　塔子と鷹野が売り場に戻ると、尾留川の姿が見えた。タブレットＰＣで何か調べているようだったが、彼は突然、声を上げた。

「何だ、これ！」

「どうした？」足早に近づいていって、鷹野が尋ねた。

「見てくださいよ」

塔子たちはタブレットPCを覗き込む。画面には、SNSにアップされた画像が表示されていた。よく見ると、それはヤマチカのショーウインドウだ。少し距離があるが、ガラスの向こうに誰かが立っているように見える。いや、立っているのではない。それは首を吊った状態の被害者だ。

「誰がこんなものをアップしたんですか？」塔子は眉をひそめた。

尾留川は画面をスクロールさせていく。

「たまたま目撃した人が写真を撮ったみたいだ」

「それを公開するなんて、どうかしています」

塔子は粗い画像を見つめて、じっと考え込んだ。殺人を犯した人物はもちろん許せない。だがその現場を撮影してアップロードすることも、相当悪意のある行為だと思われる。

——目撃したことを、他人に自慢したいんだろうけど……。

軽い気持ちで行われたとしても、一度ネットに公開されたものはなかなか消せない。身元がわかったとき、被害者の家族がこの写真を見たらどう思うことか。

影響はそれだけではないだろう。この画像を見た者の間に、悪意や害意が蔓延《まんえん》していくのではないか。それは遅効性の毒のように、じわじわと人の心を蝕《むしば》んでいくのではないだろうか。そんな気がして仕方がなかった。


タクシーに乗って、塔子たちは浜町の磯原商事に移動した。

ビルの一階にガラス張りの店舗がある。ショールームも兼ねているのか、店内には数多くのマネキン、展示台、キャビネット、ラックなどが所狭しと並んでいた。一見すると、展示会の準備をしている現場のようだ。奥のテーブルでは、ブルゾンを着た従業員が男性客と商談をしていた。

塔子たちはカウンターにいた女性従業員に声をかけた。

「警視庁の如月と申します」小声で言いながら、警察手帳を相手に見せる。「マネキン人形のことで、話を聞かせていただけませんか」

「あ、はい、少々お待ちください」

女性従業員は慌てた様子で事務所に入っていった。じきに彼女の上司がやってきた。

応対してくれたのは磯原という三十代の男性だった。会社の名前と同じだから、経営者の親族かもしれない。営業職らしく、彼はブルゾンではなくスーツを着ていた。

「お待たせしました。今日はどういったご用件で……」

目尻の下がった人なつこい顔で磯原は尋ねてきた。塔子は資料ファイルからコピー用紙を取り出し、カウンターの上に置いた。

「銀座七丁目のヤマチカというブティックに、このマネキンを納品しましたか？」

その紙には人間そっくりのマネキン人形がコピーされている。はいはい、と磯原はうなずいた。

「これは『HGマネキン』ですね。HGというのはハイグレードのことです。定番のマネキンと違って、ものすごくリアルでしょう。お値段はけっこうしますが、ご覧のとおりインパクトがあります」

「そのHGマネキンを見せていただけませんか」

塔子が言うと、磯原は残念そうな顔をした。

「すみません。もう在庫がなくなってしまいまして……。ほかの定番マネキンでしたら、すぐにお見せできますが」

「いえ、HGマネキンのことを教えてほしいんです。どういう経緯であれが製造されたのか、わかりますか？」

ちょっとお待ちください、と言って磯原はバインダーを持ってきた。

「あれは、渥美《あつみ》マネキンという会社からうちに来たものなんです。『マスター原型』を作ったのも渥美マネキンです」

「マスター原型というのは何です？」

「マネキンを大量生産するための、もとになる型です。渥美マネキンはそれを専門に作っていたんですが、七年前に倒産してしまいまして……。最後に残っていたＨＧマネキン一体とマスター原型を、うちの社で買い取ったというわけなんです」

メモ帳に情報を書き留めながら、塔子は尋ねた。

「その最後の一体を、ヤマチカさんに販売したわけですね？」

「ええ。何か人目を引くようなマネキンはないかと、山藤社長から相談を受けましてね。最近の流行りではないんですが、かえって注目されるんじゃないかと思って、三カ月ほど前にＨＧマネキンを納品したんです」

昨夜持ち去られたのは、貴重なＨＧマネキンの最後の一体だったということだ。

「ちなみに、最近の流行りというのはどんなものなんですか」と鷹野。

「頭部のないヘッドレスマネキンが主流です。頭がある定番マネキンでも、瞳が描かれない顔なしタイプが多いですね。……ああ、ＨＧマネキンも頭部や腕、脚なんかは取り外せますから、トルソのように胴体だけで展示することもできたんですが」

「マスター原型だけでも見せていただけませんか？」塔子は訊いてみた。

「それがですね、半年前に火事で焦げてしまったんです。使い物にならないので、そのまま廃棄してしまいました。ＨＧマネキンのほうは、別の倉庫に保管してあったので無事だったんですよ。それで販売できたんです」

「カタログとかパンフレットとか、何か資料はないでしょうか」

「すみません、もう商品を取り扱うことがないので、資料も廃棄してしまって」

「そうですか……」

塔子はメモ帳に《資料なし》と書き付けた。どうやら、そのマネキン人形を調べるための糸は、ここで切れてしまったようだ。

「如月、そろそろ時間だ」鷹野がささやいた。

腕時計を見ると、すでに午後一時半を過ぎていた。急がないと捜査会議に間に合わなくなる。

「どうもありがとうございました。また何かお訊きするかもしれませんが、よろしくお願いします」

そう言って塔子は資料をバッグに戻した。

出入り口に向かう途中、塔子たちは什器コーナーのそばを通った。高級感のある黒い展示台が販売されている。照明の効果を見せるためだろう、斜め上からスポットライトが当てられていた。塔子は何気なく天井付近の照明装置を見上げ、ふと眉をひそめた。

茶碗《ちゃわん》に似た形の照明装置から光が出て、展示台を照らしている。その碗の内側、外側に、黒い紙のようなものが貼り付けてあった。あの質感には見覚えがある。

「磯原さん、あそこのライトですけど」塔子は天井を指差した。「貼ってあるのは、もしかして黒いアルミホイルですか？」

「よくご存じですね」磯原は驚いたという顔でこちらを向いた。「あれは写真撮影とか商品の展示とかに使うライトです。ライトの胴体部分から光が漏れないように、ああしてアルミホイルを貼ってあります。アルミは熱に強いから燃えないんですよね」

たしかに、アルミホイルなら発火する危険はない。紙のように形を整えることができるから、こういう用途には最適なのだろう。

「光が漏れてはまずい場所で使うわけですね？」

「ええ。普通の店舗ではあまり暗くしませんが、たとえば博物館や科学館、劇場なんかだと、かなり暗くすることがあります。少しでも光が漏れてしまうといけないので」

「場合によっては、真っ暗な場所で使うことも……」

「完全な暗闇ということはないでしょうけど、辺りが見えにくい場所で使うことは、あるかもしれません」

礼を述べたあと、塔子たちは磯原商事を出た。

歩きながら塔子が考え込んでいると、鷹野が話しかけてきた。

「どうかしたのか？」

「……ちょっと調べたいことがあります」

塔子は携帯電話を取り出し、先輩の尾留川に架電した。急な電話に驚いた様子だったが、彼は塔子の質問に答えてくれた。こういうときは、とても頼りになる先輩だ。

二分後、電話を切って、塔子は鷹野の顔を見上げた。

「黒いアルミホイルと蓄光テープの件、手がかりがつかめました」

「どういうことだ？」

塔子は尾留川からの情報を交えて、自分の考えを説明した。鷹野は真剣な顔でそれを聞いていたが、やがて深くうなずいた。

「可能性はあるな。今の内容を早瀬さんに報告してくれ。裏を取ってもらおう」

わかりました、と答えて塔子は早瀬係長に電話をかけた。

7

講堂の入り口には《銀座七丁目服飾店における殺人、死体遺棄事件特別捜査本部》

という筆書きの紙が貼ってある。

一歩入って、塔子は講堂の中を見渡した。正面には幹部用の席が設けられ、それに向き合う形で講習会のように長机が並べられている。ホワイトボードを引っ張ってくる者、捜査用の資機材を準備する者、机の上に電話を配置する者などがいて、慌ただしい雰囲気だ。

準備をしているのは築地署の職員だろう。殺人事件が起こったとき、捜査の拠点となるのは所轄署だ。そこに特別捜査本部を設置し、捜査一課が主導して事件を調べていくことになる。

塔子たちは早瀬係長を見つけて近づいていった。いかがですか、と捜査の状況を尋ねてみる。

「さっきの件は如月の言うとおりだった」早瀬は言った。「これで捜査が進展するぞ」

詳しい話を聞いてから、塔子たちは長机のほうに移動した。

前方の席から、大きく手を振っている男性がいる。鷹野よりは少し背が低いが、肩幅が広く、がっちりした体形の人物だ。大学時代にラグビーをやっていたという、門《かど》脇仁志《わきひとし》警部補だった。

「鷹野、如月、こっちだ」

塔子たちは軽く頭を下げながら、彼のところに向かった。

「お疲れさまです。大丈夫なんですか、門脇さん」

鷹野が尋ねると、門脇は「ああ」とうなずいた。

「面会時間外だったが、許可をもらって会うことができた」

今日、午前中だけ休ませてほしい、と門脇は早瀬係長に連絡してきたのだ。知人が手術をすることになったため、病院に立ち寄っていたらしい。門脇にしては珍しいことだった。

「俺のいない間、すまなかったな。迷惑をかけた」

門脇は鷹野に向かって、右手で拝むような仕草をした。

「それはかまわないんですが」鷹野は声を低める。「知り合いの方の具合はどうなんですか。もし厳しい状況なら、早瀬さんに話して休みをもらうとか……」

「いや、大丈夫だ。問題ない」

何か事情があるようだが、門脇自身が判断して仕事に戻ってきたのだ。他人が口を出すべきではないだろう。

「午前中、休んでしまったが、午後からはばりばり働かせてもらう。鷹野、如月、よろしく頼むぞ」

はい、と塔子は深くうなずいた。

鷹野は門脇のうしろの長机に鞄《かばん》を置き、パイプ椅子に腰を下ろした。その隣に塔子も腰掛ける。

講堂の中は、徐々に特捜本部としての形が整いつつあった。廊下から捜査員たちが入ってきて、それぞれの席に着く。近隣署からの応援も到着したらしく、知人に挨拶している捜査員があちこちにいた。近くから、こんな会話が聞こえてきた。

「お久しぶりです。またご一緒できるとは光栄です」

「銀座で殺しとはな。ショーウインドウに遺体が吊るしてあったっていうんだろう？」

「ネットに写真が流れたみたいです。オリジナルの書き込みはもう削除されたようですが……」

「場所が場所だから、目撃者はけっこういただろうな」

そのとおりだ、と塔子は思った。通行人もいたし、近隣の店員も多かった。わざわざそんな場所を選んで、犯人はあの事件を起こしたのだ。

鷹野もしばらく彼らの会話を聞いていたが、やがて口をへの字に結んで、じっと何かを考える表情になった。

予定どおり、午後二時から捜査会議が始まった。

早瀬係長がみなの前に立つ。起立、礼の号令のあと、捜査員たちが着席するのを待ってから早瀬は口を開いた。

「ただ今から銀座七丁目服飾店における殺人、死体遺棄事件の捜査会議を始めます。本件の指揮は捜査一課十一係が担当することになりました。私は十一係を預かる早瀬、こちらに座っていただいているのは……」

幹部たちを紹介したあと、早瀬は眼鏡の位置を直した。

「では、この『ブティック事件』について、概要を報告します。本日午前九時八分、銀座七丁目にある服飾店・ヤマチカから通報がありました。窃盗の疑いありとのことで警察官が駆けつけたところ、ショーウインドウの中で窒息死した男性の遺体が発見された……」

各人の手元には捜査資料が配付されている。その中の一ページに、現場を撮影した写真が載っていた。

「つい先ほど、被害者の身元が判明しました。黒田《くろだ》剛士《たけし》、四十四歳。職業は舞台劇などの演出家で、脚本も書いていたようです。黒田は独身でひとり暮らし。弟の利之《としゆき》、建築設計会社勤務、三十九歳が墨田《すみだ》区に住んでいます。……黒田剛士の身元は、本人の靴下に残されていた品から判明しました。蓄光テープの裏に貼り付いていた黒い繊維は、ステージの床に敷かれていたカーペットのものだと考えられます。蓄光テープは、暗くなったステージで役者の立ち位置などがわかるようにする、いわゆる『バミリ』のために使われるそうです。そして黒いアルミホイルは、照明用ランプのケージに貼り付け、舞台上に光が漏れないように使われるものでした。これらのことから被害者を舞台芸術関係の人物と推測し、関係団体などに写真を送って問い合わせたところ、身元がわかりました」

あらためて塔子は被害者の容姿を思い出した。古いジーンズにポロシャツ、伸びた髪の毛と顎ひげ。一般の会社員ではないだろうと思っていたが、彼は演劇の関係者だったのだ。

「舞台の演出家が具体的にどんな仕事かというと……」早瀬は捜査員席に目を走らせた。「尾留川、おまえは大学で演劇をやっていたんだよな。説明できるか」

はい、と言って尾留川は立ち上がった。洒落たスーツにサスペンダーという彼の姿に、刑事たち全員が注目した。

「演出家というのは、映画でいえば監督、テレビ番組でいえばディレクターのような立場の人間です」尾留川は言った。「全体の演出プランを考えて、稽古のときには役者に演技指導をします。大きな芝居では演出家の下に舞台監督がつきますが、小劇場なんかの芝居では、演出家がひとりで指示を出すことが多いと思います。小劇団の場合、主宰者が脚本・演出を担当した上で、出演までするケースもあります」

得意分野の話だから尾留川の口は滑らかだ。それこそ舞台劇の台詞のようにも聞こえる。

「この黒田剛士という演出家を知っているか？」

早瀬に質問されると、尾留川はタブレットPCを手早く操作した。

「私は知らないんですが……。ええと、昔は劇団を主宰していたけれど、十二年前に解散していますね。その後はフリーの演出家になったようですが、よその小劇団の芝居を年に一本ぐらい演出しているだけです」

「その、小劇団というのは何なんだ」

「名前のとおり、小さな劇団です。明確な規定はありませんけど、商業演劇ではない芝居を上演する劇団だと考えていただければ……」

早瀬はさらに首をかしげた。

「商業演劇というのは？」

「大劇場で利益を出すために上演される芝居のことです。日比谷の東都《とうと》劇場とか桜塚《さくらづか》劇場、浜町にある大正《たいしょう》座、それから東京歌劇場……。こういった場所で行われる芝居は、いい席だとチケット代が一万数千円しますから、きちんと興行収入が得られるようになっています。でも日本の演劇全体で考えると、小さな場所で上演される小劇場演劇が圧倒的に多いんです」

「よくわからないんだが、商業演劇でないものは商売にならないということか？」

「そういうケースが多いですね。文劇座《ぶんげき》とか俳役座《はいやく》といった老舗の劇団でも、団員はアルバイトをしながら稽古をすると聞いたことがあります。劇団によってはチケットの販売ノルマがあるそうですし、公演を打っても黒字にするのは大変で、結局持ち出しになるという話もあります。ということで劇団員の生活は非常に厳しいらしいんですが、それでもみんな夢のために情熱を燃やしているわけで……」

「わかった。尾留川、もう座っていい」

早瀬は話を遮って、彼を着席させた。尾留川はまだ喋り足りないという顔をしている。

思わぬところで脱線したようだ。早瀬は咳払いをしてから議事を進めた。

「次、鑑識から遺体の状況などを説明してもらいます」

鴨下主任が椅子から立った。撥ねた髪の毛を撫でつけながら、彼は報告を始めた。

「お手元の資料に図面が載っていますが、被害者はヤマチカのショーウインドウで発見されました。腹部や大腿部《だいたいぶ》に打撲痕があり、殴打されたものと思われます。発見時は手や足をロープで縛られた状態で窒息死していました。死亡推定時刻は本日、八月十三日の午前零時から二時の間。現場の様子から、店内で殺害されたと考えて矛盾はありません。

店の裏口のドアを調べたところ、ピッキングによって解錠されたことがわかりました。経営者の山藤さんが店を出たのは、昨夜午後九時ごろだったそうです。そのあと犯人がドアをこじ開けて侵入し、午前零時から二時の間に被害者を殺害したわけです。なお、店内にはリアルなマネキン人形が飾ってありましたが、事件後になくなっていました。それ以外には特に荒らされた形跡はありません。山藤さんに確認してもらったところ、現金や店の商品も無事だとわかりました」

捜査員たちは各自、手元の資料に目を落としている。紙をめくる音がする中、幹部席から太い声が聞こえた。

「被害者の黒田が、どういう経緯でヤマチカに入ったのか気になるな」

そう言ったのは、捜査一課を率いる神谷《かみや》太一《たいち》課長だ。現場の捜査員からの叩き上げで、ここまで出世してきた人物だった。色黒で、意志の強そうな顔をしている。声が大きいのも特徴だ。

「黒田は犯人に拉致されて店に連れ込まれたということか。それとも犯人と面識があって、一緒に店に入ったのか。中でゆっくり話そう、とでも誘われたんだろうか。……いや、それは考えにくいな」

神谷は首をかしげた。大勢の部下を従える立場になっても、彼は事件の筋読みをするのを好んでいる。

「現場の状況をみますと……」鴨下は資料を開いた。「被害者と犯人が連れ立って店に入った、という線は薄いのではないかと思います。現場には、激しく争ったような跡はありません。被害者は拘束された状態で連れ込まれたと推測されます」

そこまで言うと、鴨下は幹部たちに目をやった。神谷は腕組みをして、今の話を検討しているようだ。

「ちょっと待て、鴨下」

神谷課長の隣にいた男性が口を開いた。

暗い目をした、神経質そうな人物だ。捜査一課の管理官・手代木《てしろぎ》行雄《ゆきお》だった。彼は十一係のほか、いくつかの係を管轄していて、神谷課長をサポートする立場にある。

「黒田剛士は何らかの目的を持って、犯人とともに行動していたのかもしれない。そうは考えないのか？」

「目的、といいますと……」鴨下は問い返す。

「黒田は犯人と共謀して、店に侵入した可能性がある」

「はい？」

「窃盗の目的で侵入したのではないか、ということだ。黒田と犯人は、ヤマチカで販売されている商品を盗んで金に換えようとしたのかもしれない。どうだ？」

鴨下は困ったような顔になった。考えをまとめている様子だったが、じきに口を開いた。

「資料にも載っていますが、蓄光テープや黒いアルミホイルは右側の靴下に隠してありました。被害者が警察に対して、何かのメッセージとして残した可能性があります。そうだとすると、犯人と共謀関係にあったという推測は難しいのでは……」

「店で仲間割れが起こったのかもしれない。商品に手をつける前に殴打され、争う間もなく手足を縛られた。そのあとショーウインドウまで引きずられ、吊り上げられたんじゃないのか？」

手代木は水色の蛍光ペンの先を、鴨下のほうに向けた。これは相手を追及するときの癖だ。彼は細かいことにこだわる性格だった。部下を厳しく指導することで、自分の存在意義を主張しているようなところがある。多くの捜査員と同じように、塔子も手代木のことが少し苦手だ。

鴨下は黙り込んでいたが、やがてうなずいた。

「たしかに、そういう可能性も考慮しておかないとまずいですね」

「考慮しておくというより、『そういう可能性も排除せずにおく』ということだ。我々が相手にしているのは、追い詰められた状態の犯罪者だ。常識が通用するとは限らないぞ」

「おっしゃるとおりです」と鴨下。

手代木は蛍光ペンを持ったまま、鴨下の顔を十秒ほど見つめていた。これは何か考え込んでいるときの癖で、相手の反応を待っているわけではない。そのうち手代木は捜査資料に目を落とし、蛍光ペンで文字を塗りつぶし始めた。ほっとした様子で鴨下は着席した。

「では、現在までの捜査について、簡単に報告を」

早瀬は捜査員たちを指名していった。

まだ活動を開始してから数時間しかたっていないため、現場周辺で情報収集した組から特別な話は出てこない。一方、データ分析をしていた尾留川からは、有益な情報が報告された。

「今、ヤマチカを中心とした地域の防犯カメラについて、データをチェックしているところです」尾留川は言った。「その中で気になる情報がひとつ。……本日午前一時十九分ごろ、ヤマチカ方面から中央通りに向かって銀色のセダンが走っていく様子が記録されていました。ナンバープレートに細工がされていて、車のナンバーは読み取れませんでした。死亡推定時刻ごろに走り去った車ですから、かなり疑わしいと思います」

「車はどこへ向かった？」早瀬係長が尋ねた。

「ケルンというビアホールのある交差点を左折して、新橋方面に向かいました。ええと、ここは……」尾留川は手元の資料に目をやった。「銀座六丁目交差点です。中央通りを左へ行くと新橋、右へ行くと京橋《きょうばし》です。曲がらずにそのまま進むと交詢社《こうじゅんしゃ》通りですね。今ほかのカメラも調べていますが、セダンがそのあとどこへ向かったかはわかっていません」

地図はあるか、と神谷課長が尋ねた。

デスク担当の捜査員が、用意していた銀座の地図をホワイトボードに貼った。幹部席から立って、神谷課長が地図の前に行く。

「情報共有のため、一応説明しておくぞ」地図を指差しながら神谷は話しだした。

「ざっくり言うと、京橋から新橋に行くまでの、この一帯が銀座だ。東京高速道路と首都高速道路都心環状線によって囲まれている。JRだと最寄り駅は有楽町《ゆうらくちょう》と新橋。地下鉄だと有楽町、銀座一丁目、銀座、東銀座だな。……碁盤の目というほどではないが、この地域はきれいに区画整理されていて、京橋寄りから順に銀座一丁目、二丁目、三丁目というふうになっている。四丁目交差点はここ、銀座のど真ん中だ。和創《わそう》の時計台を知らない奴はいないだろう」

もちろん塔子も、その時計台のことはよく知っていた。テレビで銀座が映るときは、かなりの確率でこの和創が出てくる。

個人的にも和創の辺りは好きな場所だった。塔子が小学生のころ、急に休みがとれたといって、父が銀座に連れていってくれたことがあった。たしかあれは、クリスマスになる前の週末だったと思う。両親と三人で映画を見て、買い物をして、食事をした。そのあと外に出てみると、辺りはすっかり暗くなっていて、赤や青や緑のイルミネーションが輝いていた。あれほどきれいな町を見たのは初めてだった。はしゃいだ塔子はあちこちの店を指差した。母の厚子《あつこ》も嬉《うれ》しそうだった。

今思えば、父はあの光景を見せたくて銀座へ連れていってくれたのだろう。

地図を指しながら、神谷は説明を続けた。

「そこから先は五、六、七、八丁目まである。ここで高速道路の高架をくぐると新橋だ」

銀座地域を区切っている通りには、それぞれ名前が付いていた。みゆき通りや並木《なみき》通りなどは、塔子も聞いたことがある。

「今日事件が起こったヤマチカはどこだ？」

神谷に訊かれて、早瀬係長が地図に近づいた。ペンでマークを記入する。

「銀座七丁目のこの辺りです。さっき尾留川が言っていたビアホールは、中央通りに面した角にあります」

「その角を左折して、車は新橋に向かったわけだな。品川方面に進んだか、それとも途中で曲がったか、あるいは……。まあ、そこまで考えても意味がないか」

立ったまま、神谷は地図を睨んで考え込んでいる。

早瀬は振り返って、尾留川に命じた。

「引き続き、防犯カメラのデータを調べてくれ。ヤマチカの入っているビル——沖津第三ビルといったか、そこにも防犯カメラが付いていたよな。あれはどうなってる？」

「データを見せてもらえるよう、ビルの管理会社と交渉しているところです。技術的な問題があって、データを取り出すのに少し時間がかかるとかで……。古いシステムを使っているのかもしれません」

「時間が惜しいな」早瀬は舌打ちをした。「できるだけ急がせてくれ。もし必要があれば、わかる人間を連れて管理会社に行ってこい」

「了解しました」尾留川はうなずいた。

神谷課長は自分の席に戻って、椅子に腰掛けた。それから捜査員たちを見回す。

「事件の筋読みをしてみるか。犯人が黒田剛士に深い恨みを持っていたことは間違いないだろう。殺害方法がかなりシビアなものだったからな」

塔子は現場の様子を思い浮かべた。鷹野が言ったように、あれは処刑のようだった。犯人は時間をかけて、被害者が窒息死するのを待っていたと考えられる。人が死んでいくさまを、そばで観察していたのだ。黒田は死の恐怖に怯《おび》えて、ずっと抵抗していたに違いない。だが最後には脚が言うことをきかなくなり、体を支えることがで

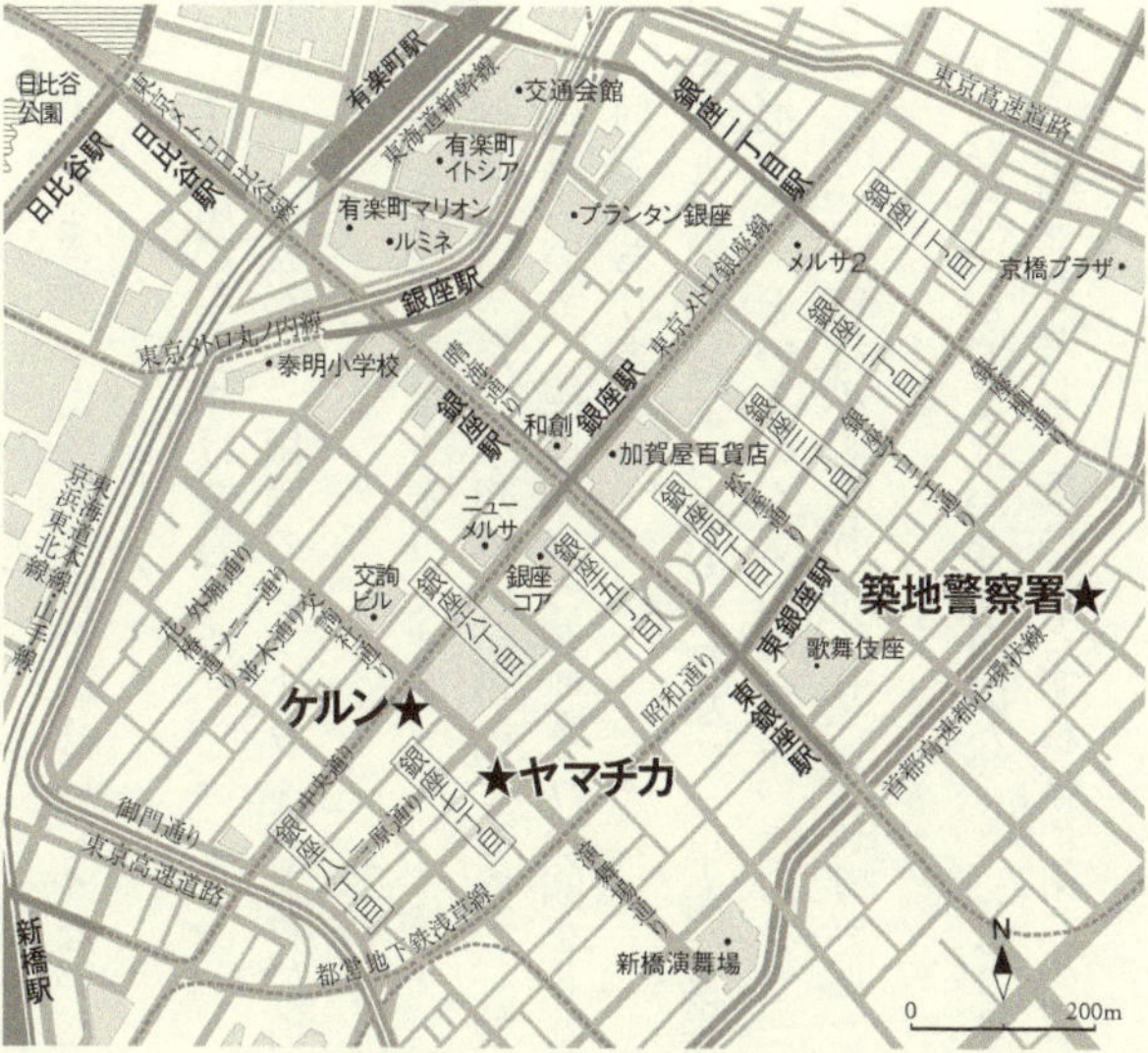
日比谷公園
日比谷駅
日比谷駅
有楽町駅
東海道新幹線
交通会館
有楽町イトシア
有楽町マリオン
ルミネ
プランタン銀座
銀座一丁目駅
東京高速道路
銀座一丁目
メルサ2
京橋プラザ
銀座駅
東京メトロ丸ノ内線
泰明小学校
晴海通り
銀座駅
銀座駅
東京メトロ銀座線
銀座二丁目
銀座三丁目
和創
加賀屋百貨店
銀座四丁目
ニューメルサ
交詢ビル
銀座コア
銀座五丁目
銀座六丁目
東海道本線
京浜東北線
山手線
外堀通り
ソニー通り
並木通り
花椿通り
東銀座駅
築地警察署
歌舞伎座
首都高速都心環状線
昭和通り
東銀座駅
ケルン
ヤマチカ
中央通り
銀座七丁目
三原通り
銀座八丁目
御門通り
東京高速道路
新橋駅
都営地下鉄浅草線
演舞場通り
新橋演舞場
N
0
200m

きなくなったのだ。

「ショーウインドウに遺体をさらしたのも、恨みのせいじゃないだろうか。どうだ、誰か意見はあるか？」

神谷の問いかけに、尾留川が手を挙げて答えた。

「少し猟奇的なにおいがしませんか。銀座のショーウインドウに首吊り遺体を置いていくなんて……」

「なんだか、江戸川乱歩《えどがわらんぽ》の小説に出てきそうですね」

太鼓腹を撫でながら徳重が言った。予想外の話が出たもので、捜査員たちはみな彼に注目している。それに気づいて、徳重はばつが悪そうな顔をした。

「……失礼しました。何でもありません」

「いや、トクさん、意外とその線はあるかもしれない」早瀬係長が言った。「店内からリアルなマネキンが消えた、というのも気になっていたんです。もし犯人が猟奇的な意図を持っているのなら、事実は小説より奇なり、という話になる可能性もあります」

「そうだとしたら、我々警察にとってはかなり面倒なことになりそうですね」徳重は続けた。「もし犯人がこの騒ぎを楽しんでいるとすれば、第二の事件があるかもしれません」

捜査員たちの間にざわめきが起こった。

たしかに、と塔子は思った。犯人の意図がわからない以上、このまま事件が終わると言い切ることはできない。

だが、今の段階では、これ以上の筋読みは難しかった。神谷は早瀬に、議事を進めるよう指示した。

「では、これからの捜査について説明します」

早瀬は名簿を見て、ふたり一組のコンビになるよう捜査員に命じていった。通常、捜査チームは大きく三つに分けられる。現場周辺で目撃証言などを集めるのは地取り班。人間関係を追っていくのは鑑取り班。そして物的証拠を調べていくのはナシ割り班だ。ほかにデータ分析班や予備班といったチームも作られる。

一般には捜査一課と所轄の人間がコンビになるのだが、塔子の場合は同じ十一係の鷹野と組むよう、早瀬から指示されていた。吉富刑事部長の推進する「女性捜査員に対する特別養成プログラム」によるもので、いわば特例だ。

塔子と鷹野は今回、遊撃班となった。地取り、鑑取り、ナシ割りといったグループとは別で、自由に行動することが許されている。最終的には事件の全体を俯瞰《ふかん》して、筋読みをするのが任務だ。

「では捜査を開始してください。夜の会議は八時からとします」

捜査員たちは一斉に立ち上がり、鞄と上着を手に取った。

8

徳重は鑑取り班の一員として、所轄の若手刑事とコンビを組んでいた。

「今から被害者の弟さんに会うんですが、一緒に行きませんか」

重要な聞き込みだからと、わざわざ鷹野と塔子に声をかけてくれたようだ。

「助かります。ぜひ同行させてください」

鷹野が言うと、徳重は口元を緩めた。

「遊撃班には頑張ってもらわなくちゃいけませんからね。今のうちから、いろいろ情報提供しておかないと」

特捜本部のある築地警察署は、銀座の東側に位置している。目的地は墨田区の押上《おしあげ》だというので、塔子たちは東銀座駅から都営地下鉄浅草《あさくさ》線に乗った。

午後三時半、徳重組・鷹野組の四人は黒田剛士の弟・利之の自宅を訪ねた。

辺りは昔から住宅街だったらしく、古い民家が軒を連ねている。そんな中にあって、利之の住居は比較的新しいと思われるマンションの一室だった。近くには公園があり、小学生たちが甲高い声を上げている。

事前に連絡を入れておいたのだが、チャイムのボタンを押しても黒田利之はなかなか出てこなかった。若い刑事がノックし始めると、ようやくドアが開いた。

利之は細面で、あまり顔色のよくない男性だった。ワイシャツにスラックスという恰好《かっこう》だ。世間は盆休みだが、建築設計会社の仕事が立て込んでいるのだろうか。

「警視庁の徳重です。お忙しいところ、すみません」

「どうぞ、入ってください」

彼は四人を自宅に招き入れた。居間ではエアコンが動いていたが、室温は少し高めだ。兄の死という事実を前にして、利之は温度の調節にまで気が回らないのかもしれない。

「ええと……何か飲みます？　ウーロン茶でよければ……」

そう言って利之が台所に立とうとするのを、徳重が制した。

「黒田さん、我々にはお気づかいなく。それより話を聞かせていただけますか」

ため息をついて、利之はローテーブルのそばに移動した。座ってください、と塔子たちに声をかけ、自分はあぐらをかいた。

「さっき別の刑事さんに呼ばれて、遺体の確認をしてきたんです」利之は言った。「兄貴はいったい誰に恨まれていたんですかね」

利之は、兄の死を悲しんでいるという様子ではなかった。厄介なことに巻き込まれた、面倒で仕方がない。そう感じているように見える。

「こんなときにすみませんが、お兄さん——黒田剛士さんについて聞かせてください」徳重は穏やかな表情で話しかけた。「剛士さんとの関係はいかがでしたか?」

「三年前にお袋が老人ホームに入ったんですが、そのときは俺がほとんど手続きをしたんですよ。兄貴は何度かホームに来ただけで、あとは知らんぷりです。まったく、あの態度はないと思いますよ。自分の母親だっていうのに、なんで他人みたいな顔をしてるのか……」

利之は舌打ちをした。その様子を見てから、徳重は続けた。

「剛士さんは舞台のお仕事をなさっていたそうですね」

「ああ……。演出家だなんて言ってましたけど、兄貴はただのゴロツキですよ。八年前に親父が死んで、お袋と三人で遺産を分け合ったけど、それもじきに使ってしまったみたいです。その後、俺に電話をかけてきて、金を貸してくれって言いましたからね。もちろん断りましたよ」

「最後に会ったのはいつですか?」

「一ヵ月ぐらい前、名古屋《なごや》へ親戚の法事に行ったときだと思います。……電話では、最近も話していましたけど」

「そのとき、剛士さんに何か不自然な感じはありませんでしたか。仕事がうまくいかないとか、悩みがあるとか、そんな話は出なかったでしょうか」

徳重が訊くと、利之は口元に笑いを浮かべた。

「ゴロツキですからね。そもそも仕事なんて、うまくいくわけないでしょう。悩んでいるのはいつも金のことばかりだろうし……。兄貴は人生を舐《な》めてたんですよ。俺はあの人とは、できるだけ関わりたくなかったんです」

ずいぶん辛辣だな、と塔子は思った。黒田剛士がどういう形で演劇を始めたのかはわからないが、演出家という肩書きを手に入れ、今ではインターネットでも簡単に名前を見つけることができるのだ。彼は著名人だったと考えていいのではないか。そういう人物なのに、黒田剛士はまともな生活をしていなかったということだろうか。

「お兄さんの経歴を調べさせてもらいました」徳重はメモ帳を開いた。「黒田剛士。大学で演劇サークルに所属し、脚本や演出で頭角を現す。卒業後は大学時代の仲間とともに、劇団ジュピターを旗揚げ。シアターチップス、神田《かんだ》劇場、信濃屋《しなのや》ホールなどで上演を重ね、人気劇団の仲間入りをする。

しかしその後、剛士さんの方針に従えないとして主要な俳優が何人か退団。さらに、今から十三年前、剛士さんが劇団員の宮永舞子《みやながまいこ》さんに怪我をさせ、逮捕、起訴されてしまった。執行猶予となって翌年に公演を再開させたが、客離れを止めることができず、十二年前に劇団は解散となった」

「一度だけチケットを買わされて、見に行ったことがあります」利之は不機嫌そうな表情になった。「でもねえ、俺には合いませんでしたね。『奈落《ならく》』というんですか、舞台の下の暗いスペースまで使って、役者が出たり消えたり……。観客を驚かせようとしたんでしょうけど、空回りしている感じでしたよ。下手な役者がオーバーなリアクションをするところなんか、見ていてもどかしくなってね。ああいうものを二時間も見せられるぐらいなら、本でも読んでいたほうがましですよ」

人気のあった劇団らしいし、そこまで言うのはどうだろう、と塔子は思ってしまう。しかし今の利之は、兄に関することすべてを批判しなければ気が済まないようだ。

「劇団の解散後、剛士さんはフリーの演出家になりました」徳重は続けた。「知り合いの劇団に呼ばれて、ときどき脚本や演出の仕事をしています。しかし年に一本ぐらいでは、収入は限られていますよね。剛士さんはどうやって生活費を得ていたんでしょう？」

「さあ、人に言えないような仕事をしていたんじゃないですか。そうでなければ誰かに金を借りるとか……。まあ俺には関係ない話ですよ」

利之は突き放すように言う。あくまで兄のことには興味がないという様子だ。

メモ帳を見てから、徳重はこんなことを訊いた。

「剛士さんと酒を飲んだことはありますか？」

「え？」利之は怪訝そうな顔をした。

「そういう生き方をしている人は、いろいろストレスを抱えていると思うんです。酒のせいで、つい本音を漏らしてしまうこともあるでしょう。じつの弟さんにならば、何か打ち明けていたんじゃないかと思いましてね」

利之は宙を見て、記憶をたどっているようだ。しばらく考え込んでいたが、そのうち徳重のほうに視線を戻した。

「そういえば一ヵ月前の法事のあと、新幹線の待ち時間があったので、兄貴と少し飲みましたね。あの人は自慢話というか、ほら話というか、やたら大きなことを言いたがるんですよ。そうかと思うと、急にしんみりした感じになったりして……。それでね、かなり酔ってから兄貴は変なことを言い出したんです。『俺たちはパトロンを見つけた』とかなんとか」

「パトロン、ですか？」

徳重は首をかしげる。その横で、塔子と鷹野は顔を見合わせた。

「何のことだかわからなかったんですが、続けて兄貴は言いました。『逃がさないようにしないとな』とか、そんな感じのことを」

気になる話だった。パトロンといえば芸術家を支援する人のことだ。黒田は自分の演劇活動をする中で、金を出してくれる人に出会ったということだろうか。

念のため、徳重が利之に昨夜の行動を確認したが、彼にはアリバイがあった。ゆうべは深夜まで残業し、終電に間に合わなくなったそうだ。午前二時ごろ、コンビニでビールや弁当を買ったあと、会社の近くにあるビジネスホテルに泊まったという。

「急ぎの仕事のせいで盆休みもとれなくてね。会社は千葉県の柏市《かしわ》にあります。調べてもらえれば、俺がホテルに泊まったことはわかるはずですよ」

そうですか、と言って徳重はうなずいた。彼に代わって塔子もいくつか質問をしたが、これといった情報は出てこない。

徳重は腕時計に目をやってから利之に言った。

「このあと剛士さんの自宅を調べようと思います。お手数ですが、立ち会っていただけないでしょうか」

「兄貴の家ですか」利之は少しためらう様子だったが、じきに了承した。「そうですね。こうなってしまった以上、俺がなんとかしなくちゃいけないんですよね」

利之は軽く息をつくと、腰を上げた。

塔子たちは二台のタクシーで移動することになった。先の一台に徳重組のふたりが乗り、うしろの車に塔子と鷹野、利之が乗った。

「西葛西《にしかさい》までお願いします」

運転手に向かって、塔子はそう言った。
午後四時三十五分、塔子たちは被害者・黒田剛士宅のそばでタクシーを降りた。
五階建てのマンションの前に警察車両が数台停まり、鑑識課員たちが待機してい
た。徳重は彼らに挨拶し、何か言葉を交わした。
黒田利之は緊張した面持ちでマンションを見上げていた。兄の部屋には来たことが
あるようだが、まさかこんな形で再訪することになるとは思わなかっただろう。近隣
の住人が、怪訝そうな顔でこちらを見ている。利之は落ち着かない様子で空咳《からぜき》をし
た。
徳重が利之を促して、エレベーターホールに向かった。塔子と鷹野はそれに続く。
ほかの捜査員や鑑識課員も、あとについてきた。
三階の角部屋の前で、徳重は足を止めた。鑑識課員から鍵を受け取り、利之に話し
かける。
「剛士さんの財布に入っていたものです。先ほどうちの者が確認して、玄関の鍵だと
いうことがわかっています。では、ドアを開けますよ」
「お願いします」
鍵を使って開錠したあと、徳重は背後の捜査員、鑑識課員たちに目配せをした。み

な、すでに白手袋を嵌《は》めている。室内を調べさせてもらうことを利之に伝え、塔子たちは部屋に上がった。

各人手分けをして、部屋の中の品を確認していった。日記やメモ類のほか、金銭の動きがわかるものを借用していく予定だ。

塔子と鷹野は、黒田剛士が使っていた寝室を調べた。弟の話を聞いて、ある程度は想像していたのだが、剛士の部屋はひどく散らかっていた。床には雑誌や本が積み上げられ、脱《ぬ》いだ衣服がそのままになっている。飲料のペットボトルや食べかけのスナック菓子の袋なども落ちていた。

「これはアイデアのメモかな」

鷹野がメモ用紙の束を手に取った。演出プランなのか脚本の題材なのか、そこには大量の殴り書きが残されている。利根川《とねがわ》という言葉がいくつも出てくるから、たぶん川の流域を舞台にした芝居なのだろう。

ごみ箱を調べてみたが、やはり生活レベルは高くなかったようだ。スーパーの弁当やパン、カップ麵といったものを食べ続けていたことがわかる。

「男のひとり暮らしだから、まあ、こうなるだろうな」

室内をカメラで撮影しながら、鷹野が言った。

塔子はクローゼットの扉を開いて、中を確認し始めた。

三十分ほどのち、鷹野組、徳重組、鑑識チームはそれぞれの作業を終えた。塔子たちは居間に集まって情報交換をした。

「箪笥《たんす》やクローゼットを調べましたが、衣類は安いものばかりですね。レシートやクレジットカードの伝票も出てきましたが、ヤマチカで買い物をした形跡はありません」

塔子がそう言うと、徳重はレシートの束に手を伸ばした。

「予想どおりだね。銀座のブティックと縁があったとは思えないし……」

「こちらでは手帳を見つけました」若手の刑事が報告した。「ざっと見たところ、気になる記述はありません。あとは、ＤＶＤや古いビデオテープが大量に出てきました。予備班に渡して調べてもらおうと思います」

あいにく日記などは発見されなかったという。だがもしかしたら、ノートパソコンに何かのデータが残っているかもしれない。借用していくことにした。

「マネキン人形に関係するようなものは、ありませんでしたか？」

鷹野が尋ねると、徳重や若手刑事、鑑識課員たちはみな首を横に振った。

「現時点では手がかりなしか……」

そう言って、鷹野は書棚や茶箪笥の写真を撮影した。

作業が一段落したので、徳重が玄関のドアを開け、外にいた利之に声をかけた。おそるおそるという感じで、利之は部屋に上がってくる。

「今、室内を確認させていただきました。借用するものについては、あとでリストをお渡しします」

剛士が住んでいた部屋を、利之はゆっくりと見回していた。テーブルの上にはチョココロネの袋が置いてある。剛士には少し似合わないような気がした。

「このパン、まだ売っていたんだな……」つぶやくように利之は言った。「ああ見えて、兄貴は甘いものが好きだったんですよ。小学生のころ、このコロネを買ってよく食べていました。意地悪をして、俺には分けてくれないんですよ。大喧嘩《おおげんか》になって、ふたりともお袋に叱られてね。次の日、兄貴は同じパンをふたつ買ってきて、ひとつ俺にくれました」

当時のことを思い出したのか、利之はそこで言葉を切った。深呼吸をして、高ぶる気持ちを抑えているようだ。

「ああ、そうだ。兄貴が亡くなったことを親戚に知らせないと」利之は小さくため息をついた。「まいったな。葬式やら役所の手続きやら、どこから手をつけたらいいのか全然わからない……」

「お察しします」と徳重。

利之はポケットを探ってハンカチを取り出し、額の汗を拭った。

「どうして兄貴はあんな死に方をしたんですかね」

ぽつりと言って、利之は目頭を押さえた。


午後五時半、塔子たちは徳重組や鑑識チームと別れて、高円寺《こうえんじ》に移動した。被害者・黒田剛士が最近出入りしていた劇団しぐれ座は、住宅街の中に稽古場を構えていた。古い建物だが意外に広くて、板敷きの稽古場は小学校の教室ぐらいの広さだった。

寸劇だろうか、男性ふたりが派手な仕草で会話をしている。稽古の途中だからときどき台詞《せりふ》がつかえてしまうようだ。

一段落したらしいところで、塔子は声をかけた。

「こんにちは。ちょっとよろしいですか」

はあい、と言ってTシャツ姿の女性がやってきた。見たところ、三十代半ばから後半ぐらいの人だ。化粧っけがなく、首に白いタオルを巻いている。

「ええと、見学の方……ではないですよね」

「警視庁の者です」塔子は警察手帳を開いて、相手に見せた。

すると女性はうしろを振り返り、大声で仲間に問いかけた。

「おいアキヒロ、あんた何かやったの？　刑事さんが来てるわよ」

笑っているから、彼女が本気でないということはわかる。アキヒロと呼ばれた若い役者は、ひとり顔をしかめていた。

「こっちへどうぞ」

首にタオルを巻いた女性は廊下を歩いて、劇団の事務所に案内してくれた。エアコンのスイッチを入れながら、彼女は塔子と鷹野にパイプ椅子を勧めた。

「警視庁の如月といいます。……責任者の方ですか?」

「しぐれ座を主宰している鈴谷《すずや》しのぶです。あたし、刑事さんの尋問を受けるのは初めてですよ」

「いえ、尋問じゃありません。ちょっとお話を聞かせていただきたいだけです」

塔子が首を振ると、鈴谷は少し身構えた様子でこちらを見た。

「あたしたち、政治的な活動は何もやってませんよ。役者の中に、やばい仕事をしている奴もいません。それは私が保証します」

鈴谷ははっきりした調子で言った。どうやら自分たちは警戒されているようだ、と塔子は思った。

隣に座っていた鷹野が口を開いた。

「鈴谷さん、我々はあなた方のことを調べに来たわけではありません。殺人事件の捜査で、話をうかがうためにお邪魔したんです。……黒田剛士さんをご存じですよね。

こちらの劇団で演出をしたことのある方です」

え、と言って鈴谷は身じろぎをした。動揺したせいか、このときだけは女性らしい仕草が見えた。

「まさか、黒田さんが亡くなったの？」

「もう報道されていると思いますが、黒田剛士さんはあるお店のショーウインドウで、首を吊った状態で見つかりました。誰かに殺害されたものと思われます」

鈴谷は首に巻いていたタオルを外した。鷹野の顔を見つめたまま、ゆっくりと顔の汗を拭う。

「あの……ちょっと状況がよくわからないんだけど、黒田さんは間違いなく、誰かに殺されたんですね？」

「ええ、それで、つきあいのあった方から事情を聞こうと思いまして。……黒田さんは去年の九月、こちらの劇団で演出をしていますよね」

捜査資料にそのことが書かれていた。黒田は年に一回ほどのペースで、演出の仕事をしていたのだ。

「そうです」鈴谷はうなずいた。「九月の前半、黒田さんの作・演出で公演を打ちました。じつは来月にも予定があって、黒田さんにはいろいろ手伝ってもらっていたんです」

「いろいろというと、たとえば黒いアルミホイルを使ったり、蓄光テープを使ったりするようなことも？」

鷹野がやけに具体的な質問をするので、鈴谷は意外に思ったようだ。

「まあ、そういうことです。人数が少ないものだから、裏方の仕事も手伝ってくれていました。大きな劇団なら、演出家にそんなことはさせないんですけど」

「初歩的な質問ですみませんが、黒田さんはこの劇団の所属ではないですよね。それなのに、どうして演出を？」

塔子もそのことが気になっていた。尾留川の話では、劇団の主宰者が作・演出を担当するようだったが、違うのだろうか。

「普段はあたしがやるんですが、あのときはプロデュース公演だったんです」

「プロデュース公演というと……」

「うちが企画をして費用を出しますけど、脚本や演出は外部の人に任せるというものです。俳優もうちの劇団員だけじゃなく、よその劇団から来てもらったり、フリーの人を呼んだりします」

「しぐれ座さんには俳優も演出家もいるのに、なぜわざわざ外部の人を呼ぶんです？」

「劇団同士の人事交流みたいなものですね。外部の演出家を招くことで、うちの役者たちに少し刺激を与えたいっていう気持ちもありました」

「なるほど」と鷹野。

警察の中でも定期的に人事異動が行われる。上司が替われば部下たちの意識も変わる。それがいい刺激になれば、組織の活性化にもつながるわけだ。

「それにしても……黒田さんが殺されたなんて」鈴谷は唸った。

相手の表情をうかがいながら、塔子は質問してみた。

「しぐれ座さんでは、普段どういったお芝居を上演しているんですか？」

「ちょっと説明しにくいんですが、一言でいえば……いろいろな社会問題をテーマにして複雑な舞台状況を設定し、登場人物たちに議論させていく構成ですが、ときどきユーモアを交えて観客を惹《ひ》きつけ、わかりやすくポイントを伝えて問題意識を持ってもらう、という感じの芝居です。ごめんなさい。全然、一言になってませんね」

鈴谷はそう言って頭を下げた。

「ええと、こちらは小劇団ということでよろしいんですよね。商業演劇をやるのではなく……」

尾留川から教わったことを、塔子はそのまま尋ねてみた。鈴谷は口元を緩めて、

「そのとおり、小劇団ですよ。個人が集まって好きで始めたわけですから、商業的に成功するのはなかなか難しいですよね。よほど売れっ子の役者になれば、商業演劇に

出る可能性もありますけど、まあ狭き門です」

「鈴谷さんたちはこれからも、演劇を仕事にしていかれるんですか？」

少し本題から外れるが、その点は訊いてみたかった。先の尾留川の話では、小劇団で食べていくのは難しい、ということだったように思う。実際はどうなのだろう。

鈴谷は腕組みをして答えた。

「もちろん、芝居をやっているからにはみんなテレビや映画に出たいわけですけど、そう簡単にはいきませんよね。最初のうちは『テレビに出るんだ』と鼻息を荒くしていても、そのうち自分の限界を知って、『趣味で芝居ができればいい』と割り切る人がほとんどです。そのほうが幸せかもしれないし……」

「鈴谷さんご自身はどうなんですか？」

鷹野が尋ねた。これはかなりストレートな質問だ。彼にじっと見つめられ、鈴谷は少し考える様子だった。

「まあ、あたしのことはいいじゃないですか」ごまかすように笑ったあと、彼女は真顔になった。「黒田さんとは何度か一緒に飲みましたよ。あの人が将来の夢を話していたこともありました」

「どんなことです？」

「いずれは商業演劇やテレビの世界に進出したいと話していました。あの人は脚本も書けるから、コネさえあれば、オファーが来る可能性もあったんです」

鈴谷はパイプ椅子に背をもたせかけた。黒田の実力については、一定の評価をしていたようだ。

塔子は黒田の生活について、いくつか質問をした。

「黒田さんに、個人的なトラブルはなかったでしょうか」

「ああ、それはね……。黒田さんは我が強いし、酔うと喧嘩っ早くなるから、トラブルはたくさんあったと思いますよ。いろんなことを思いつくアイデアマンだけど、細かいことまで検討しないものだから何度か失敗した、と自分で話していました。それで借金ができたんでしょうね」

「銀座のヤマチカというブティックについて、何か聞いたことは？」

「いえ、知らないですね。あの人、着るものには無頓着だったし。私もそんな店には行ったことがありません」

エアコンの温度を調整してから、鈴谷は何かを思い出したのだろう、寂しげな表情になった。

「借金はあるし酒好きだし、面倒くさい人でしたよ。でも、ときどきすごい演出をするんです。あの人に才能があったかどうかと訊かれたら、あったと答えますね。あっちこっちで憎まれていたでしょうけど、殺されるほど悪い人だったとは思えません」

塔子は聞き取った内容をメモ帳に記していった。その間に、鷹野がこう尋ねた。

「黒田さんはマネキン人形について、何か話していませんでしたか」

「マネキン人形？」

「事件現場からマネキンがなくなっていたんです」

鈴谷は鷹野をじっと見つめた。それから天井を睨み、記憶をたどる表情になった。しばらくそうしていたが、やがて彼女は首を横に振った。

「いえ、覚えがありません」

これ以上の情報は出てこないようだ。捜査協力への礼を述べて、塔子たちはしぐれ座の事務所を出た。


外は暗くなりつつあった。腕時計を見ると午後七時を回っている。

「八時から捜査会議だ。もう築地署に戻ったほうがいいな」

そう言って、鷹野は高円寺駅に向かった。

日が暮れて直射日光からは解放されたが、まだ蒸し暑さが残っている。塔子は上着を脱いで歩道を進んでいった。ハンカチを出して首筋を拭っていると、鷹野が話しかけてきた。

「暑さにやられたか？」

塔子は鷹野のほうに顔を向けた。身長差が三十センチほどもあるから、どうしても見上げる形になる。

この気温の中、鷹野はスーツの上着をきちんと着ていた。

「鷹野さんは暑くないんですか？」

「今は暑いな。でも事務所や電車の中は、冷房で肌寒いぐらいだろう？　いちいち着たり脱いだりするのは面倒だ」

「まあたしかに、このあとまた電車に乗りますけど」

「俺は痩せていて体脂肪率が低いから、もともと暑さには耐性があるんだ。如月の体脂肪率のことは知らないが」

塔子は真顔になって、首を左右に振った。

「わ……私だって大丈夫ですよ。体脂肪が何だって言うんですか」

「無理をしなくていいぞ」そう言ったあと、鷹野は小さくため息をついた。「暑いとか暑くないとか、よく考えてみればつまらない話だよな。暑いと感じるのも、生きていればこそだ」

そうですね、と言って塔子はうなずいた。命を奪われてしまっては、暑さ寒さばかりでなく、痛みさえ感じることができなくなる。黒田剛士は犯人を恨むこともできず、数日後には火葬されて灰になってしまうのだ。

前方にＪＲ中央線の高円寺駅が見えてきた。塔子たちは改札口へと急いだ。

9

午後九時四十分、夜の捜査会議が終わると、塔子は先輩たちとともに食事に出かけた。

メンバーはリーダー格の門脇のほか、徳重、鷹野、尾留川、そして塔子だ。門脇はこの五人のことを「殺人分析班」と呼んでいて、捜査期間中、一緒に夜の食事をとることが多い。

築地署を出て、一行は築地駅のほうへ歩いていった。

「スペイン居酒屋に行きましょう。個室があるそうですから、安心して打ち合わせができますよ」

こういうことになると尾留川は率先して動く。ネットで情報を集め、個室の有無やメニューの内容、価格などを調べて、みなを引っ張っていくのだ。彼は普段から、情報収集と称して一般女性と飲むことがあるらしい。今日これから行く店も、もしかしたら次の機会に使おうとしているのかもしれない。

盆休み中ということもあって、店はすいていた。塔子たちは待たされることなく、個室に入ることができた。

「ビール、少しぐらいならＯＫですよね」

ドリンクメニューを広げながら、尾留川が問いかけた。隣に座っているのは、がっしりした体格の門脇だ。彼は後輩の面倒見がよく、特に尾留川とはたびたび新宿へ飲みに行くような間柄だという。

「尾留川、おまえなあ」門脇は険しい表情で後輩を見つめた。

「え……。駄目ですか」

「暑い中、汗をかきながら仕事をしたんだ。『少しぐらい』じゃ足りないだろう」そう言って門脇は口元を緩めた。「この時期は、しっかり水分の補給をしないとな」

なんとか理由をつけてビールが飲みたいのだろう。今日はかなり暑かったから、塔子も門脇の意見に賛成だ。

「門脇さん、ビールには利尿作用があるから、水分補給にはなりませんよ」

横から鷹野が口を挟んだ。それを聞いて、門脇は咳払いをする。

「あとでスポーツドリンクでも飲めばいいだろう。だが鷹野、今はビールの時間だ」

「あまり派手に飲むと、また悪い噂を立てられますよ。十一係は調子に乗ってるんじゃないかって」

「なんだよ、じゃあおまえは飲まないのか」

「そんなことは言っていません」鷹野は澄ました顔で答えた。「ただ、羽目を外さないようにしましょう、ということです」

「鷹野は理屈っぽいんだよ。なあ尾留川」

「いや、俺の口からは何とも……」尾留川は困ったような表情を浮かべている。

「尾留川くんさ、私、エビのアヒージョが食べたいな」

太鼓腹の徳重が、フードメニューを指差しながら言った。これを助け船と見て、尾留川は話題を変えた。

「じゃあ料理を注文しますよ。時間がないから、まとめて頼んでおきますね。追加があったら言ってください。……エビのアヒージョ、スペイン風オムレツ、タコのガリシア風、イカのローマ風フライ、豚のロースト……」

「尾留川、あれを頼む」門脇が指先で、宙に大きな円を描いた。「ほら、平たい鍋に米とかイカとかが入っている、黄色いやつ」

「黄色いやつって……パエリアですか？」

「そう、それだ」

「もちろん注文しますよ。スペイン料理といったら、あれは外せません」

尾留川が店員を呼び、生ビール五つと各種の料理を注文した。じきにビールが運ばれてきたので、塔子たちはそれぞれジョッキを持った。

「いい仕事をするには、オンとオフの切り換えが必要だ」みなを見回しながら、門脇が言った。「やるときにはやる。必要があれば徹夜もしなければならない。だが今は事件の早期解決を祈って、この一杯をいただこう」

塔子たちはジョッキを掲げ、ビールを飲んだ。最初の一杯は格別だ。体の隅々にまで染み渡っていくような気がする。塔子はそれほどアルコールを飲むほうではないが、夏の夜はやはりビールに限る。

捜査期間中にビールを飲むことについては当然、批判的な意見もある。だが門脇はメリハリをつけたいという立場で、仕事に支障がなければ飲んでもいいと考えているようだった。一度特捜本部に入ると、捜査が一段落するまで所轄署に詰めることになる。その間ずっと禁酒を続けるのは現実的ではない、というわけだ。

「ところで門脇さん」尾留川が話しかけた。「知り合いの人はどうなんです？　今日、手術だったんでしょう？」

ああ、と言って門脇はうなずいた。

「俺の幼なじみなんだけど、子供のころからちょっと具合が悪くてな」門脇はビールのジョッキをテーブルに置いた。「本来なら、家族でもない俺が病院に行く必要はなかったんだろうが、そいつには借りがあるんだ。だから手術をすると聞いて、病院に飛んでいった。まさか今日、事件が起こるとは思わなかったよ。臨場できなくてすまなかった」

門脇はみなに向かって頭を下げた。

「いや、そんな……」尾留川は首を横に振る。「それで、術後の経過は大丈夫なんですか?」

「あとで親御さんに電話してみたら、手術はうまくいったそうだ。捜査に支障がないタイミングで、また見舞いに行こうと思っている」

殺人事件の捜査が始まると、なかなか自由な時間は取れない。警察の仕事というのはそういうものだ。

順番に料理が運ばれてきた。

鷹野はポケットからカメラを出して、それらを撮影し始めた。あとで写真を整理して、自分のコレクションに加えるのだろう。

徳重がエビのアヒージョについて知識を披露する間に、塔子はオムレツとタコを食べた。味付けがしっかりしていて、どちらもビールによく合った。人は美味しいものを食べると、自然に表情がやわらかくなってくる。

——これも生きていればこそ、だな。

塔子は鷹野の言葉を思い出していた。命を失ってしまった被害者には、もう食べる楽しみも飲む楽しみもない。そのことを、自分たち捜査員はよく覚えておかなければならないのだろう、と思った。

　食事が済むと、門脇は空になった皿を片づけ始めた。おしぼりでテーブルの上を拭いたあと、塔子のほうを向く。

「よし、打ち合わせを始めよう。如月、いつものノートを出してくれ」

　うなずいて、塔子はバッグから大学ノートを取り出した。

「今回の『ブティック事件』について情報を整理していくぞ」

　門脇が挙げる項目を、塔子は書記としてノートにメモし始めた。

　この五人は、ただ食事をするためにここへやってきたわけではない。リーダー格の門脇とともに、塔子たちは事件の筋読みをする。捜査会議では言えないようなことも、ここでならじっくり検討できる。何かいい着想が出てきたら、翌日の捜査会議で幹部に伝えることになる。そこから捜査が大きく進展する可能性もあるのだ。過去そういうケースが何回かあったため、早瀬係長も「殺人分析班の打ち合わせ」にはひそかに期待しているようだった。

　五分後、塔子のノートにはこんな項目が並んでいた。

（一）被害者・黒田剛士はどのような経緯で店にやってきたのか。★拉致された？

それとも自発的に店へ?

(二) 黒田剛士が右の靴下に蓄光テープと黒いアルミホイルを隠していたのはなぜか。★自分の身元を警察に知らせるため?

(三) 黒田剛士がショーウインドウで殺害されたのはなぜか。★猟奇殺人? または猟奇殺人を演出? 怨恨《えんこん》?

(四) ヤマチカにあったマネキン人形が持ち去られたのはなぜか。マネキン人形はどこにあるのか。

(五) 現場付近から走り去った銀色の乗用車には、犯人が乗っていたのか。その車はどこへ向かったのか。

「被害者が演出家だというのには驚かされたな。そういう特殊な人物が殺害された事件、俺は初めてだ」

門脇が言うと、尾留川は顔の前で手を振った。

「いや、特殊ということはないですよ。小劇団を旗揚げするのに、手続きなんかは必要ありません。極端な話、ここにいる五人で『明日から芝居をやるぞ!』と決めれば、それで劇団ビルカワの旗揚げってことになるんです」

「なんでおまえの劇団なんだよ」と門脇。

ネクタイを緩めながら、徳重がみなを見回した。

「世間一般で有名な劇団といったら、女性だけでやっている桜塚《さくらづか》歌劇団とか、外国のミュージカルをやる劇団春夏秋冬《しゅんかしゅうとう》なんかがありますよね。小劇団というのは運営が難しいんでしょう？　尾留川くんいわく、演出家も大変だし、役者の生活も苦しいってことで……」

「そうですね。役者の出演料はどうなっているかというと、俺の聞いた話では、二時間ぐらいの芝居に一回出演して何万円、という計算になるそうです。週末だとマチネ、ソワレと一日二公演なので……」

「マチネ、ソワレというのは何なんだ」

「ちょっと待ちねぇ《マチネ》、そこに座れ《ソワレ》、なんてね」

尾留川の駄洒落を聞いて、徳重が噴き出した。だが鷹野や門脇は、真顔で尾留川を見つめている。

「失礼しました」肩をすぼめたあと、尾留川は続けた。「昼の公演がマチネ、夜の公演がソワレです。土日はお客さんも増えるから、一日二回公演というのが多いんですよ。そうするとその日は、二回分の出演料がもらえます。もし一週間で全九回の公演があるとすれば、そのお芝居に関しては九回分の出演料がもらえるわけです。

せっかく稽古をして台詞を覚えるんだから、公演期間は長ければ長いほど、役者にとってはありがたいですよね。しかし実際のところ、そんなに長くやってもお客が入らなければ、劇場に払う使用料のほうが高くなってしまいます。自分の劇団で何人ぐらいのお客を集められるか、あらかじめ計算してから劇場を押さえないといけないんですよね」

「そういう環境の中で、黒田剛士は小劇場演劇を続けていたわけか」門脇は腕組みをして唸った。「俺が親なら、そんなことはやめて会社に就職しろ、と言っていたかもな」

「でもまあ、若いうちは夢を見てもいいんじゃないですか」

「夢ってのは、実現しないから夢なんだろ？」

「うわ、身も蓋もない話ですね」尾留川は顔をしかめる。

門脇は塔子のほうに体を向けて、大学ノートを覗き込んだ。

「尾留川大先生の講義が終わったところで、事件の話を進めよう。如月、頼む」

はい、と答えて塔子はノートを指差した。

「項番一は、最初の会議でも議論されていたことですよね。手代木管理官は、被害者の黒田さんが自分の意思で侵入したかもしれない、と話していましたが、どうなんでしょう。私としては、それは現実的ではないように思います。まず黒田さんはどこかで襲われ、拉致されたんじゃないでしょうか。そして項番二。犯人の隙を見て、右の靴下に蓄光テープなどを隠した。たぶん、自分の身元を警察に伝えるヒントにしたかったんだと思います。そのあと車で、ヤマチカに運ばれたんでしょう」

「俺も如月の意見に賛成です」尾留川が右手を挙げた。「さっき、夜の捜査会議でも報告しましたけど、周辺の防犯カメラの映像を調べたところ、銀色のセダンはさらにもう何回か撮影されていたんですよ。事件当夜の午前零時十五分、交詢社通りの隣、花椿《はなつばき》通りを北西のほうから走ってきました。そしてヤマチカの裏口がある路地に入っていくのが確認されています。……そのまま一時間ほどが経過。そして昼の会議で言ったように、午前一時十九分、交詢社通りの延長にある道に出て、これを左折。ビアホール・ケルンの角をまた左に曲がって、中央通りを新橋方面に向かったというわけです」

「かなり面倒なルートを通っているようだけど……」つぶやいたあと、徳重は何かに気づいたという顔になった。「そうか。あのへんは一方通行の道が多いからだね」

「そういうことです」尾留川はうなずいた。「犯人は裏口を解錠し、縛っておいた黒田さんを車から降ろして、ヤマチカに連れ込んだものと思われます。そして黒田さんを窒息死させ、マネキン人形を車に乗せて運んでいった。これらを一時間で済ませたんでしょう」

「うん、一時間あれば充分だろうね」

徳重が納得したのを見てから、尾留川は続けた。

「銀色のセダンが事件に関係していることは間違いありません。ということで項番五、『犯人が乗っていたのか』という問いの答えは『イエス』でしょう。『その車はどこへ向かったのか』は謎のままですけど」

「新橋方面に向かったと言ってたよね。そのあとは？」

「途中で防犯カメラのない道に入ってしまって、そこから先はわからないんです」

コーヒーを一口飲んだあと、門脇は言った。

「次に行こうか。項番三と項番四は深い関係がありそうだ。犯人が遺体をショーウインドウに残したのは、一般市民を驚かせるためだろう。結果的に事件の猟奇性は非常に濃くなった。しかしその一方で、マネキン人形が消えたことを忘れるわけにはいかない」

もしかしたら、と塔子はつぶやいた。単なる思いつきだが、ひとつの意見として先輩たちに聞いてもらったほうがいいかもしれない。

「直感なんですけど……」塔子はみなを見回した。「犯人は、マネキン人形と黒田さんを入れ替えたかったんじゃないでしょうか」

「どういうことだ？」と鷹野。

「店内にあったマネキンはとてもリアルなもので、遠くからだと、生身の人間のように見えただろうと思うんです。そのマネキンがなくなって、黒田さんの遺体が見つかった。『代わりのものを置いていった』という感じがしませんか」

尾留川は宙を睨んで考え込んでいる。門脇は背もたれに体を預けて、腕組みをした。徳重はノートをじっと見つめている。

「これが猟奇殺人だとすれば、そういう可能性もありそうだ」鷹野は言った。「しかし俺の考えは少し違う。もっと切迫した事情があって、そうしたんじゃないかと思うんだ」

「切迫した事情って何です？」尾留川が尋ねた。

「たとえば、何かトラブルがあって自分の血がマネキンに付いてしまったとか、マネキンに特殊な傷が付いてしまったとか……。そういう理由があって、放置するわけにはいかなくなったのではないか。だからマネキンを持ち去ることにした。しかしマネキンだけ持っていったのではいかにも不自然だ。それで捜査を攪乱《かくらん》するために、わざわざ目立つショーウインドウに遺体を残したんじゃないだろうか。奴がもともと愉快犯的な目的を持っていたとすれば、一般市民を驚かせることもできるから一石二鳥だ」

塔子はその考えを、自分の中で検証しようとした。だが今の時点では、賛成とは言えそうにない。

「可能性はあると思いますが、そこまで手間をかけて偽装をしても、あまりメリットがないような気がします。マネキン人形が動かせないから注意を逸らすために細工をした、というならわかるんですが、マネキンは持ち出せたわけですし……。もし私が犯人だったら、そういう偽装工作はしません」

ふうん、と徳重が言った。彼は表情を緩めて塔子を見ている。門脇も尾留川も、何か言いたそうな顔でこちらの様子をうかがっていた。

気恥ずかしくなって、塔子は徳重に尋ねた。

「すみません。私、変なことを言ったでしょうか」

「いやいや、別に変なことじゃないよ。如月ちゃんも、自信を持って意見を言うようになったんだな、と思ってね。頼もしいことだよ」

「……ありがとうございます」

塔子は姿勢を正して頭を下げた。それから鷹野のほうに目をやった。

鷹野は指先でこめかみを掻いている。

「トクさん、おだてると調子に乗りますよ」彼は言った。「俺に言わせれば、如月はまだまだです」

「しかしまあ、昔に比べたら、ずいぶん成長してくれたと思うぞ。この調子で頑張ってくれ」

門脇に肩を叩かれ、塔子は表情を引き締めた。

「はい、頑張ります」

あれ、そういえば、とつぶやいて徳重は自分のメモ帳を開いた。

「黒田さんの家で見つかったＤＶＤやビデオテープはどうなったんでしたっけ」

「予備班が調べてますね」尾留川が答えた。「ほとんどが、テレビで放送されたドラマや映画を録画したものだそうです。量が多いので、まだ頭のほうを再生しただけ、ということですけど」

「予備班の仕事も大変だな。ひたすらビデオを見続けるというんじゃ……」

言いかけて、門脇はもぞもぞと体を動かし始めた。何だろう、と塔子が不思議に思っていると、彼はポケットから携帯電話を取り出した。

「はい、門脇です。……ああ、お疲れさまです。今、食事をしているところですが……。え？　そんなものが？　いったいどうして……」

塔子たちが見守る中、門脇は二分ほど通話をしてから携帯電話をテーブルに置いた。

「どうかしたんですか」と鷹野。

「早瀬さんからだ」門脇は真顔になっていた。「司法解剖の結果、黒田剛士の消化器から異物が出たらしい」

「異物？」塔子は眉をひそめる。

「イヤホンの片側だそうだ。黒田が自分で呑み込んでいたらしい」

え、と声を出したまま、塔子は黙り込んでしまった。

「訳がわからない、と早瀬さんも話している。ブツは科捜研に回して、調べてもらうそうだ」

黒田は靴下に蓄光テープなどをしまい込んでいた。それ以外にも、犯人から隠したいものがあったということだろうか。

——そうまでして、彼は何を伝えたかったのか。

塔子たちは手早く準備をして、特捜本部に戻ることにした。

10

センサーが働いたのだろう、エアコンからの風が強くなった。

私は冷房の効いた部屋の中にいる。カーテンを開けた窓からは、町の夜景がよく見えた。時計の針は十時半を指している。

昼間は三十四度を超えたそうで、配水管の点検をしていた業者が熱中症で倒れたというニュースが流れていた。工場で作業をしていた男性が、意識不明となって搬送されたという話もあった。

誰も彼も大変だな、と私は思う。盆休みだというのに、この暑さの中、好きでもない仕事をしなければならない。それが彼らの生き方なのだから、仕方がないといえばそのとおりだ。ただ、私はそういう生活はしたくないと思っている。

多くの人を驚かせ、衝撃を与えるようなことがしたい。相手の持つ価値観をひっくり返すようなことがしたい。私はいつもそう考えている。あらゆる手を使って人々の魂を揺さぶる。そういうことがしたいのだ。

今回の事件を起こすにあたり、自分の名前をタロスと決めたことには理由があった。ギリシャ神話に描かれるタロスは、エウロペがクレタ島に持っていった青銅人間だとされている。

タロスはクレタ島を守る立場にあり、島に近づく者を排除していたという。人間らしい情に振り回されることのない人形。ただひとつ、敵を排除するという目的のためだけに行動する、ロボットのような存在。そういうギリシャ神話のタロスが、自分と似ているように思えたのだ。

今、テーブルの上には、ヤマチカから持ち出したマネキン人形の頭部がある。分解して、体の部分は別の場所に置いてきた。身長百六十センチほどの人形を、そのままこの部屋に運び込むのは無理だったのだ。だが、それでも充分だと私は思っている。

私が何よりも大切に思い、崇拝する偶像。その美しい顔が目の前にある。

——この顔が店にさらされているなんて、とても我慢できない。

私はさまざまな角度からその頭部を眺めた。左右の手で人形の頬や唇を撫で始めたが、そのうち急に感情が高ぶってきた。過去の出来事が次々と頭に浮かんでくる。その不快な奔流を止めることができない。

落ち着かなければ、と思った。いつものように目を閉じ、ゆっくり息を吸ってペンダントを押さえる。ゆっくり息を吐く。これで私は冷静な気持ちになることができた。

テレビのそばからICレコーダーを手に取った。ひとつ咳払いをしたあと、私は録音ボタンを押してテストを始めた。


午後十一時二十五分、私はダークグレーの服を着て、黒縁の眼鏡をかけ、通りを歩いていた。昨夜とは異なる恰好だ。

昼間より少なくなったとはいえ、まだ辺りを歩く人たちがいる。私は足を止め、携帯電話を見ているようなふりをしながら、目的の場所をそっと観察した。

約束の時刻から二分ほど遅れて、その男はやってきた。人を探す様子で辺りを見回している。私は携帯をポケットにしまうと、彼のほうに近づいていった。

「待ちましたか？」

私がそう話しかけると、男は驚いたという表情でこちらを向いた。

「急に呼び出して、いったい何の用だ？」

「あなたと、ふたりだけで会いたかったんです」私は言った。「折り入って、お話ししたいことがあって……」

私は彼に近づき、ごく自然な動作で寄り添った。男は少し戸惑うように見えたが、じきにその状況を受け入れた。私に合わせて、タイルの貼られた道を歩きだす。

男というのは本当に馬鹿な生き物だ、と私は思った。いつも物事を、自分にとって都合のいいように解釈してしまう。俺にはそれだけの価値がある、だから幸運がやってくるのだ、と思い込んでいるのだろう。

私は用意しておいたアジトへと、その男を導いていった。

これからどんな目に遭わされるのかも知らず、男は私とともに歩き続けた。

第二章　ＩＣレコーダー

1

八月十四日。銀座七丁目服飾店における殺人、死体遺棄事件――略称「ブティック事件」の特捜本部は二日目の朝を迎えた。

八時半から捜査会議が開かれた。前に立って、早瀬係長は硬い表情で話しだした。

「すでに聞いていると思いますが、司法解剖の結果、黒田剛士の消化器からイヤホンが発見されました」

塔子は捜査資料のページをめくった。コードのない、片側だけの黒いイヤホンが載っている。ごく一般的な商品で、このタイプは塔子もいくつか持っていた。

「犯人に呑まされたという線も否定はできませんが、何かを伝えるため、黒田自身が呑み込んだ可能性が高いと、我々はみています。……この発見を受けて聞き込みをした結果、黒田は普段、携帯音楽プレーヤーを使っていたことがわかりました。しかしそのプレーヤーと、引き抜かれたコードや左側のイヤホンは見つかっていません」

「プレーヤーは犯人が取り上げたのか……」幹部席で神谷課長が言った。「黒田はもともと別の場所に拉致されていた可能性があるな。もう助からないと思い、犯人の隙を見て右側だけ呑み込んだ。我々にメッセージを残したわけだ」

塔子は鷹野のほうをちらりと見た。昨夜この不可解な話を聞いてから、彼はあれこれ考えを巡らしているようだ。

続いて、防犯カメラの映像を調べていたデータ分析班から、報告が行われた。

「沖津第三ビルのエントランスには防犯カメラがありましたが、そこに不審者は記録されていませんでした。ピッキングされた裏のドア付近にはカメラがなかったため、犯人の人相、着衣についてはわかっていません」

「肝心の場所にカメラがないとはな」神谷課長は舌打ちをした。

防犯カメラは決して安いものではない。普通の雑居ビルやマンションの場合、一階のエントランスに設置することが多かった。

ほかに二件の報告があった。

「リアルなマネキン人形を作った渥美マネキンですが、社長が亡くなっていてなかなか調べがつかない状況です」

「劇団ジュピター時代、黒田が負傷させた宮永舞子は、現在行方がわからなくなっています。今後も聞き込みを続けます」

まだ捜査が始まったばかりとあって、それ以外の情報はないようだ。早瀬が今日のスケジュールを伝達し、刑事たちはそれぞれの捜査に出かけていった。

「鷹野、如月」

早瀬が声をかけてきた。彼は胃薬と湯飲みを手にしている。捜査が始まると、ストレスが多くて胃が痛むのだろう。

「このあと科捜研に行ってくれないか。河上《かわかみ》から調査の途中経過を聞いてきてほしい。特に、イヤホンの件は気になる」

「了解しました。すぐに出かけます」塔子はうなずく。

湯飲みの水で胃薬をのんだあと、早瀬はハンカチで口元を拭った。

「ところで、如月は河上と親しいのか？」

「はい？」予想外のことを訊かれて、塔子は戸惑った。「特に親しいということはありませんが、いつもお世話になっているので、感謝の気持ちを伝えるようにはしています。……ああ、この前、鷹野主任と相談してちょっとしたプレゼントを渡しましたけど」

「河上さんがどうかしましたか？」

聞き耳を立てていた鷹野が、横から尋ねてきた。

「いや、今日来るのは誰かと訊かれたから、如月を行かせると答えたんだ。そうしたら河上が、急に如月のことを話しだしてね」

「どんなふうにです？」と鷹野。

「若いのによく頑張っているとか、まあそういったことだ。『女性ひとりでは大変でしょうから、如月さんをよろしくお願いします』とも言われた」

そうですか、とうなずいて鷹野は自分の机に戻った。鞄を手に取ると、そのままひとりで廊下に向かってしまう。

「あ……。鷹野主任、待ってくださいよ」

早瀬に一礼したあと、塔子はバッグと上着を持ってあとを追いかけた。


午前九時四十五分、塔子たちは警視庁本部にある科学捜査研究所に到着した。科捜研は塔子たちの大部屋と同じフロアにある。

研究員の河上啓史郎《けいしろう》は、いつものように清潔な白衣を身に着け、黒縁の眼鏡をかけていた。塔子たちの姿を見つけると、彼はすぐに近づいてきた。

「如月さん、お待ちしていました」

そう言いながら、河上は何度かまばたきをした。少し目が赤いようだ。

「なんだかお疲れみたいですね」

「ここ二、三日ずっと忙しかったものですから……。でも私なんかより、現場を歩き回るみなさんのほうが大変だと思います」

「私たちが頑張れるのも、河上さんが調査してくださるからですよ。いつも本当に感謝しています」

「前にも言いましたが、如月さんたちの依頼は最優先で処理しています。真面目に努力している方を、私は応援したいと思っていまして。……ああ、そうだ」

河上はテーブルの上の包みを手に取った。

「梅雨の時期に折りたたみ傘をいただいたでしょう。これはそのお礼です」

彼は包みを差し出してくる。塔子は驚いて首を振った。

「あれはみんなからの感謝の気持ちですから。お礼だなんて、そんな……」

「私のほうからも感謝の気持ちです。何にしようか迷ったんですが、仕事でも趣味でも使えるものがいいと思って」

塔子はありがたく包みを受け取った。バッグにしまおうとすると、河上と鷹野が同時に何か言おうとした。

河上は二、三度咳をしてから口を閉ざした。その様子を横目で見たあと、鷹野は塔子に向かって言った。

「それ、開けないのか？」

「え……。今、開けていいんですか」

「せっかくもらったんだから、見ておいたほうがいいだろう」

中身に興味があるのかな、と塔子は思った。鷹野は文具や雑貨、道具類が好きで、百円ショップにもよく出入りしている。

河上に断ってから、塔子は包みを開けてみた。中から出てきたのは黒い双眼鏡だ。

「あ、これはいいですね！」と塔子。

「小さいわりに、よく見えるんですよ。性能のいいものを選びました」

「捜査にすごく役立ちそうです」

塔子が言うと、河上は嬉しそうな表情を浮かべた。

「仕事以外でも使えますよ。コンサート、バードウォッチング、スポーツ観戦にも最適です。防水加工してあるので、多少雨に濡れても大丈夫だと思います。……如月さん、単眼鏡はもう持っていますよね。だから、差し上げるなら双眼鏡がいいんじゃないかと考えたんです」

「あれ？　単眼鏡のこと、よくご存じでしたね」

「ええ、尾留川さんから……」言いかけて、河上はまた咳をした。「如月さん、試しに使ってみてください」

「そうですね。では失礼して」

塔子は早速、双眼鏡を目に当てて窓の外に向けた。河上の言うとおり、性能はかなりいいようだ。単眼鏡と違って両手で持つから、ブレることも少ない。

「軽くて持ちやすいし、よく見えます。どうもありがとうございます」

塔子はレンズから目を離して、河上に頭を下げた。

「いえ、そんな。私はいつでも如月さんを応援しています。これからも頑張っていただければと思っていまして……」

「よかったなあ、如月」横から鷹野が言った。「立派な『仕事の道具』をいただいたじゃないか。有効に使わないとな」

「あ、いや、これは趣味でもいろいろ使えるものでして……」と河上。

「趣味で使うなんてもったいない。張り込みに役立てるべきです。そうだな、如月」

「はい、もう被疑者を見逃しませんよ」

「ということで、河上さん、打ち合わせを始めましょうか」

「ええと……はい、そうですね」

河上は塔子たちに、打ち合わせスポットの椅子を勧めた。そのあと机から資料を持ってきて、自分も腰掛けた。

「まずイヤホンの件です。これはインナーイヤー型というステレオイヤホンで、

『R』の刻印があるため、右耳用だとわかります」

指先で、河上は資料に載っている写真を示した。たしかに「R」と記されている。もしこれが左用であれば、「L」となっているはずだ。

「詳しく調べたところ、強い力で引っ張られたため、イヤホン部分からコードが引き抜かれたらしいとわかりました。実演してみましょう」

河上はポケットからステレオイヤホンを取り出した。「R」の刻印を塔子たちに見せてから、思い切りコードを引っ張った。先ほどの話のとおり、イヤホンの根元からコードが抜けた。

「カッターやハサミがない状態で、コードを切断するのはけっこう厄介です。でも思い切り引っ張れば、このとおり抜くことができます」

「黒田さんが、犯人の目を盗んで引き抜いた可能性が高いですね」うなずきながら塔子は言った。「犯人のほうも、携帯音楽プレーヤーは取り上げていたでしょうが、イヤホンがそんな使い方をされるとは思わなかった、と……」

資料を見ていた鷹野が顔を上げた。

「イヤホンのメーカーはわかっていますか？」

「ええ、確認できました。カタログと取扱説明書をダウンロードしてあります」

河上はＡ４サイズの紙の束を差し出した。

「しかし黒田さんが偶然持っていたのなら、メーカーとは無関係か……」鷹野は印刷された内容をチェックしながら言った。「だとすると、音楽プレーヤー自体に意味があるんだろうか。如月、どう思う？」

そうですね、とつぶやいて塔子は首をひねった。

「たとえばですが、犯人は音楽に関係のある人間だとか、日常的にイヤホンを使っている人間だとか……。黒田さんはそのことを伝えようとしたんじゃないでしょうか」

「イヤホンを使っている人間なんて、ごまんといるけどな。……右側を呑み込んでいたことはどうだろう。左と右、ふたつあるうち右耳用を選んだとしたら、そこに意味はないだろうか」

「右側、R、ライト……。何でしょうね」と塔子。

三人でしばらく考えてみたが、答えは出そうにない。河上が話を進めた。

「次に、ヤマチカから提供された写真を、詳しく分析してみました。人間そっくりのマネキン人形ですが、胴体を調べたところ、わずかに骨格の歪《ゆが》みがみられました」

「骨格の歪み？」鷹野が眉をひそめる。

「ものを食べるときの噛み癖とか、脚の組み方、眠るときの姿勢などで、骨格が歪むことが知られています。このマネキン人形にも、そういった歪みがあるんですよ」

「つまり顔ばかりでなく、体全体が生身の人間そっくりに作られている、と？」

「そうです。モデルとなった人を、非常に高い精度で再現したマネキンだと思います」

資料写真の中で、マネキン人形は澄ました顔をしている。彼女の目は、どこか遠いところを見ているように思われた。

「このマネキンは事件と関係あるのかどうか」鷹野は腕組みをした。「それをはっきりさせるためにも、モデルの身元を割り出したいですね」

ブティックのヤマチカや、マネキン販売元の磯原商事に対して、塔子たちは昨日聞き込みをした。その後は担当の捜査員たちが、マネキンのモデルを探しているはずだ。しかし、今の時点では情報は上がってきていない。

「おそらくこのマネキンは、モデルの体を型取りしたものでしょう。美術の世界でも、そういう手法は使われていると思います」

「美術ですか……」つぶやいて、塔子は記憶をたどった。

かつて手がけた事件で、トレミーと名乗る犯罪者がモルタルを使い、人間の体を固めたことがある。あの事件は人の型取りに通じるものだった。

「まだブツが足りませんね」鷹野が渋い顔をして言った。「もう少し遺留品なり、証拠品なりがほしいところです」

「何か手に入ったら持ってきてください。すぐに分析します」河上は資料を閉じながら言った。「私たちは、現場の人たちの努力を無駄にはしません」

「よろしくお願いします」

塔子は河上に向かって頭を下げた。その横で、鷹野も軽く会釈をしたようだった。

科捜研を出て、塔子たちは廊下を歩きだした。

河上から情報をもらえたが、まだそれが役に立つかどうかはわからない。さらに手がかりを集める必要がある。

ふたりがエレベーターホールに向かっていると、うしろから声をかけられた。

「如月くん、今日はどうした？」

はっとして塔子は振り返った。そこにいたのは刑事部長の吉富だ。仕立てのいいスーツを着て、威厳の備わった顔でこちらを見ている。

「部長、お疲れさまです。今、科捜研に行ってきたところです」塔子は答えた。

「銀座の事件だったな。捜査の状況はどうだ」

「現時点では、まだ証拠品や目撃証言が不足しています。今日の捜査で、有力な手がかりを見つけたいところですが……」

「二日目だから仕方がないか」吉富はうなずいた。「だが、二日目だからこそ気がつくこともあるだろう。現場は日本有数の繁華街だ。この事件は銀座という町と、深い関係があるのかもしれない」

たしかに、と塔子は思った。普通の犯罪者なら、自分の犯行をなるべく隠そうとするものだ。それなのに今回、犯人は銀座七丁目で事件を起こした。もしかしたらその裏には、銀座という町へのこだわりがあるのではないか。

「そうですね。このあと銀座の町を調べてみます」

「難しい捜査になるだろうが、しっかり頼む」

「はい。全力を尽くします」

吉富は踵《きびす》を返して去っていった。塔子と鷹野は、その背中に向かって礼をした。

2

午前中、鷹野組は銀座の町を歩いてみることにした。

まずふたりは銀座七丁目の事件現場に向かった。ここが今回の捜査の起点になる。

昨日、ヤマチカの周辺は大変な騒ぎになっていた。塔子たちが現場を去ったあと、新聞やテレビの記者たちが殺到したと聞いている。カメラを向けられ、インタビューを受ける人も多かったことだろう。

しかしあれから一日たった今、ヤマチカの近くはほぼ普段の状態に戻っていた。マスコミの取材者らしい姿は、一組だけしか見えない。

塔子たちは歩道からヤマチカの店舗を観察した。シャッターは開いているものの、正面の入り口には《しばらく休業させていただきます》という紙が貼ってある。

二十メートルほど向こうのビルから、肩幅の広い、がっちりした体格の男性が現れた。門脇主任だ。一緒にいるのは築地署の相棒だろう。塔子と鷹野は、彼らのほうに近づいていった。

「お疲れさまです。地取りの状況はどうですか」

鷹野が尋ねると、門脇は首を横に振った。

「どこも七、八階建てだから、情報収集にはかなり時間がかかる。まいったよ」

「今のところ、有益な情報はなさそうですね」

「ああ。しかし小売店や飲食店はたいてい交替で勤務しているから、同じ店でも、昨日とは違う人間から話が聞ける。何か新しい情報が出ることを期待しよう。……ところで、このあと俺は一旦、特捜本部に戻って早瀬さんと打ち合わせをするつもりだ。おまえたちはどうする？」

「この一帯は、地取り班に任せたほうがいいようですね」鷹野は塔子の顔を見た。「我々は銀座という町について調べてみます。……それでいいんだよな、如月」

「そうしましょう」塔子はうなずいた。「犯人は一方通行路を車で走っていますし、銀座の地理に詳しいんじゃないかと思います。この町のことを調べてみて損はないはずです」

そんな話をしているところへ、報道関係者らしい男女四人が近づいてきた。先頭に立ち、マイクを持っているのは三十代と見える女性だ。アイボリー色のジャケットを着て、化粧もばっちり決めている。彼女は門脇のほうへマイクを差し出した。

「警察の方ですよね？　東邦《とうほう》テレビですが、捜査状況について聞かせていただけますか」

「駄目駄目」門脇は渋い表情で答えた。「捜査の邪魔になるから、向こうへ行ってもらえないか」

「『真相！　ニュース一番』という番組、ご存じありませんか。私、そこで現場レポートを担当していまして……」

「秋吉尚子《あきよしなおこ》さんだろう？」

ぶっきらぼうな感じで門脇は言った。秋吉はぱっと顔を輝かせた。

「嬉しい。見てくださっているんですね。じゃあ早速、今の捜査について教えてください。今回の事件、猟奇殺人犯の仕業ではないかと言われていますが……」

「ノーコメント」門脇は首を振った。「俺は、いち捜査員ですよ。何か言う立場にはない」

「犯人の足取りはどこまでわかっているんですか」

「記者発表で聞いてくれ」

秋吉はまだ何か質問しようとしたが、急に口を閉ざして、左の耳に手を当てた。よく見ると、そこにはイヤホンがある。無線で何か情報が届いたようだ。

この隙に、という感じで門脇は秋吉から離れた。塔子たちに向かって、彼はささやいた。

「おまえたちも、早く行ったほうがいいぞ」

門脇は相棒を促して、昭和通りのほうへ去っていく。塔子と鷹野は、中央通りに向かって足早に歩きだした。


見上げると、太陽は空の高い位置にあった。今日は、昨日よりさらに気温が上がるかもしれない。

鷹野の様子をうかがうと、さすがの彼もスーツの上着は脱いでいた。だが、あまり暑そうな顔はしていない。体脂肪率が低いから暑さには耐性があるなどと言っていたが、本当にそうなのだろうか。

「さて、中央通りに出たが……」

辺りを見回してから鷹野はつぶやいた。

今ふたりが立っているのは茶色い壁のビアホール・ケルンのそばだ。歩道に植え込みが造られているが、あんな小さなものでは気温を下げることはできないな、と塔子は思った。そういえば屋上緑化という言葉を聞いたことがあるが、実際のところ、どれぐらい役に立っているのだろう。

中央通りには通行人が多い。左右の歩道を見ると、観光客らしい人たちがあちこちで写真を撮っている。

「銀座という名前の由来を知っているか？」うしろから鷹野の声が聞こえた。「銀貨の鋳造所があったことから、そういう名前になった。ちなみに金貨の鋳造所のあった場所は金座と呼ばれている。日本橋の日本銀行本店の辺りだ」

「鷹野さん、詳しいですね」

そう言いながら塔子は鷹野のほうを向いた。いつの間にか、彼は図版入りの本に目を落としていた。

「なんだ、ガイドブックを見ていたんですか」

「こういうものを見ないと、銀座の捜査はできそうにない」咳払いをしてから、鷹野は続けた。「昨日の会議でも話が出たが、銀座は京橋寄りから順に、一丁目から八丁目まで分かれている。ＪＲ有楽町駅を『上』とすれば地図が見やすいな。今我々がいるのは六丁目と七丁目の間の、銀座六丁目交差点だ。我々から見て、縦方向に交詢社通り、横方向に中央通りが走っている」

塔子も自分の地図帳を広げてみた。

「犯人が乗っていたと思われる銀色のセダンは、中央通りを新橋のほうに向かったんですよね。私たちもそのルートを進んでみましょうか」

ビアホールの角を曲がって、ふたりは七丁目、八丁目のほうまで歩いていった。鷹野はカメラを出して、通り沿いのビルを撮影している。

そのうち高速道路の高架が見えた。これをくぐると、その先は新橋地区だ。

「ここまでのところ、特に気がつくことはないな」

塔子たちはＵターンして、中央通りを戻っていった。七丁目と八丁目の間にある花椿通りを歩いたあと、元の銀座六丁目交差点までやってきた。

「この先へ行ってみよう。花椿通りと並行している交詢社通りだ」

交差点を左折して、ふたりは交詢社通りに入った。

道の左右には飲食店が多いようだ。とんかつ店や、菓子メーカーが経営するカフェなどもある。

「昨日から気になっていたんですが」塔子は辺りのビルを見上げた。「交詢社通りの『交詢社』って何ですか。そういう会社があるんですか？」

「交詢社はこの中だ」鷹野は右手にある大きなビルを指差した。「明治時代に福沢諭《ふくざわゆ》吉《きち》が設立した、日本最初の社交クラブだそうだ」

「えっ。福沢諭吉の時代から？」

「銀座の歴史というものを感じるよな」

そんなことを言いながら、鷹野は辺りのビルを撮影する。

交詢社の向かい側にギャラリーがあった。よく見ると、少し先にも別の画廊の看板が見える。

「銀座というと、美術とも関係がありますよね」塔子はギャラリーを指差した。「芸術品が集まる町という感じがします。品があるというか、文化的というか……」

「文化的といえば、劇場も多いんだよな」鷹野はガイドブックのページをめくった。

「ここから近いところだと、八丁目の玩具店のビルにひとつある」

「さっき通りかかりましたね。私、行ったことがありますよ。ミュージカルを見ました」

「この本によると……三百八十席もあるのか！　けっこうな規模だな」

ふたりは交詢社通りを北西に進んでいった。

左右のビルには海外ブランドのショップ、宝飾店、鞄店などが見える。

「少し歩いただけで、町の感じが変わりますね」と塔子。

「俺には縁のない店ばかりだが……。そういえば、百円ショップはないのかな」

「さすがにそれはないと思いますよ」

　やがて塔子たちは大きな通りに出た。先ほどの中央通りと同じぐらいの広さで、交通量はかなり多い。塔子も車で通ったことがある道だ。

「外堀通りだな。そしてここが、銀座西六丁目交差点だ」

「ビアホールの交差点と同じ名前ですか？」塔子は首をかしげる。

「違う。ここは銀座『西』六丁目交差点だ」

「あ、なんだ。紛らわしいですね」

　塔子はうしろを振り返った。はるか向こうに茶色い壁のビアホールが見える。あそこが銀座六丁目交差点だ。

「さっきの続きだが、劇場といえば日比谷《ひびや》のほうが有名だよな」

　そう言われて、塔子は鷹野のほうに向き直った。彼は交詢社通りの前方を指差している。

「あそこに東都《とうと》ホテルが見えるだろう」

　交詢社通りの突き当たりだろうか、二百メートルほど向こうに、三十階建てぐらいの大きなビルがあった。この辺りのランドマークと言えるホテルだ。

「そのそばに劇場があるそうだ」

「ああ、知ってます。日比谷といえば劇場街ですよね。私、あそこの劇場でもミュージカルを見たことがあるんです」


「ミュージカル、好きなのか？」

「けっこう好きですよ。友達が誘ってくれるので……」

鷹野は難しい顔で何か考える様子だ。

「俺はあのミュージカルというのが、よくわからないんだ。それまで普通に会話していたのに、みんな急に歌いだすだろう。不自然じゃないか？」

「登場人物の気持ちになればいいんです。感情が高ぶって、歌わずにはいられなくなるんですよ」

「歌が入るたびに、ストーリーが止まってしまう気がするんだよなあ」

鷹野はぶつぶつ言っている。

外堀通りを渡り、塔子たちはさらに交詢社通りを直進した。やがて前方に高架が見えてきた。

「この高架は東京高速道路で……」塔子は手元の地図帳を見ながら言った。「さっき新橋の手前にあった高速道路と同じですよね」

「その向こうにJR線が走っている。山手線、京浜東北線、東海道本線、東海道新幹線……。ここを右に行くと有楽町駅、左に行くと新橋駅だよな」

少し風が出てきたようだ。布のはためく音が聞こえた。

高架の手前、銀座七丁目の角地に、解体工事中のビルがある。貼り出された工程表によると、十一日から十五日までは休みだということだ。ビルの壁に厚地のシートが張ってあるのだが、それが風に煽《あお》られてばさばさと音を立てていた。

「こう暑いと、かえって風が鬱陶しいですね」

「もう少し気温が下がってくれると助かるんだがな」

恨めしそうに太陽を見上げて、鷹野は言った。


高架にぶつかったところで交詢社通りは終わりだった。Ｔ字路になっているため、塔子たちは右へ曲がり、高架道路に沿って進んだ。

一ブロック隣にあるみゆき通りに出たところで、塔子は横断歩道の向こうを指差した。

「そういえば、あんなところに小学校があるんですよね」

「銀座にも、住んでいる人がいるんだよな。どんな生活なのか聞いてみたいよ」

小学校とは逆方向、左手のほうに塔子たちは進んだ。そこには高速道路とＪＲの高架をくぐるガードがある。

暗いガードの下から陽光の当たる場所に出ると、日比谷地区だった。ただ、正確には日比谷という町名はなく、地図には内幸町《うちさいわいちょう》や有楽町と書いてある。

左手に巨大な建物があった。交詢社通りからずっと見えていた東都ホテルだ。通りを挟んで右手には、十数階建てのビルがある。一階には《シアターダイヤ》という看板が出ていた。

「あそこですよ。私が前にミュージカルを見たのは」と塔子。

近くに公演のポスターが貼ってあった。『東京コンチェルト』というタイトルで、盆休みの今も上演されているようだ。

「お、これはミュージカルじゃないんだな」うん、と鷹野はうなずいた。「ならば安心だ」

「この役者さんたち、有名ですよね」塔子はポスターを見つめる。

テレビで見かける森山陸斗《もりやまりくと》、海斗《かいと》兄弟を中心に、実力派の男優六人が出演しているらしい。ほかに元アイドルの朝倉果穂《あさくらかほ》と、バラエティー番組で有名な個性派女優・上《かみ》岡友代《おかともよ》も出ていることがわかった。

「森山陸斗に海斗か。聞いたことがないな」

「去年ドラマに出演していましたよ。たしかCDも何枚か出しているはずです」

「ふうん。この朝倉果穂と上岡友代というのは？」

「朝倉さんは正統派ヒロインタイプの女優です。もうひとりの上岡さんはテレビのバラエティーに出ていて、いじられ役のキャラとして有名です」

説明を聞いて、鷹野は感心したような顔をした。

「如月はそういうことに詳しいんだなあ」

実際には、塔子が詳しいというより、鷹野がテレビや芸能関係に疎いのだ。

ビルの正面入り口近くに、十人ほどが列を作っていた。ほとんどが女性で、男性はというと、眼鏡をかけ、ショルダーバッグを持った二十代後半の人がひとりいるだけだ。

「まだ昼前なのに、もう並んでいるぞ」鷹野が目を丸くしていた。「公演は夜じゃないのか？」

「七時開演ですね。あの人たちは当日券を買おうとしているんでしょう。森山兄弟を生で見たいっていうファンが多いんじゃないでしょうか」

「炎天下に大変なことだ」

鷹野はハンカチで額の汗を拭ったあと、辺りを見回した。

「よし、銀座に戻るか」

彼は塔子を促して、小学校のほうへ引き返した。

3

ふたりはガードをくぐり、再び銀座の町に戻ってきた。飲食店や専門店の並ぶ五丁目の通りを、順番に確認していく。

――下見のために、犯人もこうして銀座を歩いたかもしれない。

そう考えながら、塔子は気がついたことをメモしていった。ビルの裏手で路地がつながっていたり、思わぬところに建物の出入り口があったりする。そうかと思うと突然神社の赤い鳥居が現れて、驚かされることもあった。

中央通りには海外ブランドの店が並んでいて、この時刻、買い物客もかなり多くなっていた。昔なら盆休みの時期だが、今では営業している店がほとんどだ。

午後一時を回ったころ、ふたりは全国チェーンのコーヒーショップで昼食をとった。十分ほどで食事を終えると、今度は四丁目の道を歩いていった。

「トクさんが言っていたよな。この事件は江戸川乱歩の小説みたいだと」思い出したという様子で、鷹野が言った。「銀座という町とショーウインドウ、それにマネキン人形。犯人にとって、これは理想的な舞台だったのかもしれない」

「理想的な舞台、ですか？」

『『見せる』ということに関して、銀座はどこよりも適しているような気がする。町の規模、構造、目撃者の数。どれも犯人の考えにぴったりだったんじゃないだろうか」

と、そこへ携帯電話の着信音が鳴りだした。塔子はバッグの中から携帯を取り出し、液晶画面を確認する。早瀬係長からだ。

「お疲れさまです、如月です」

「緊急の連絡だ。銀座六丁目交差点のビアホール・ケルンは知っているな？」

「はい。ヤマチカの近くですよね」

「そのケルンのそばで不審な袋が見つかった。ＩＣレコーダーから妙な音声が流れていたらしい。ブティック事件と関係している可能性がある。現場に行けるか？」

塔子は腕時計を見た。現在の時刻は午後一時二十七分――。

「今、銀座四丁目にいます。すぐに現場へ向かいます」

電話を切って、塔子は鷹野に情報を伝えた。ふたりは中央通りに出ると、六丁目のほうへ走りだした。

買い物客や観光客の間を縫って、歩道を進んでいく。携帯を手にした女性にぶつかりそうになるのを、慌ててよけた。やがて前方に茶色いビルが見えてきた。

銀座六丁目交差点を渡り、塔子たちはビアホール・ケルンに到着した。南東方向、交詢社通りの延長上の道に人だかりが見える。ここは午前中に通ったばかりの場所だ。

野次馬たちは、歩道の端にある植え込みを見つめているようだった。

「警察です。通してください」塔子は前に進んでいく。

植え込みのそばに制服の警察官と、スーツ姿の男性二名がいた。制服のほうは、通報を受けて駆けつけた地域課の警察官だろう。スーツのふたりは、特捜本部で見た記憶がある。ヤマチカ付近で地取りをしていて、早瀬から連絡を受けたようだった。

「捜査一課の如月です」塔子は三人に警察手帳を呈示した。

「お疲れさまです」制服警官は敬礼をした。「通報者によると、十分ほど前から音声が流れていたそうです。植え込みの下のほうに、この袋が置いてありました」

彼が差し出したのは、不透明な緑色のポリ袋だった。手に取ると、意外に重い。

中を確認して塔子ははっとした。白い球体があり、その一部が赤茶色に汚れているのだ。よく見ると、それはマネキン人形の頭部だった。瞳のない、つるりとしたもので、前に聞いた「定番マネキン」の顔なしタイプだろう。すでに乾いているようだが、額の右側、鼻、右の頬などにべったりと赤茶色の液体が付着していた。

「この汚れはいったい……」

「まだはっきりしませんが、血ではないかと」

塔子は眉をひそめた。隣で鷹野も、驚きの表情を浮かべている。

制服警官はさらに、証拠品保管袋をふたつ差し出した。一方の袋にはＩＣレコーダーが入っている。

「エンドレスで音声が流されていました。指示を受けて、今は音量を絞ってあります。それから、これです」

もうひとつの袋に入っていたのは一枚の写真だった。

暗い中、フラッシュを焚いて撮影したものらしい。写っているのは、顔を腫らした男性だった。ひどく殴打されたようで、額の右側や鼻から血が流れている。年齢は四十代というところだろう。

手袋を嵌めて、鷹野は写真の袋を受け取った。彼が手首を返すと、裏にはボールペンでこんなメッセージが残されていた。

《黒田剛士と同罪だ。この男も抵抗できずに力尽き、見せ物になって死ぬ。タロス》

塔子は手書きの文字をじっと見つめた。

――黒田さんと同罪？

思わぬところで黒田の名前が出たことに、塔子は動揺していた。黒田は殺人事件の被害者として、吊るされた状態で発見された。だが今、この写真が示しているのは傷害事件だと思われる。ふたつの犯罪が、どこかでつながっているということなのか。

そうだ。早瀬係長は黒田の名が書かれていたから、この事件はブティック事件と関係がある、と判断したのだろう。

「タロス……。これが犯人の名前なのか？」鷹野は低い声でつぶやいた。

サイレンの音が聞こえ、警察車両が数台現れた。覆面パトカーから早瀬係長と門脇が、ワンボックスカーから鑑識課員たちが降りてくるのが見えた。

「状況は？」と早瀬。

「見つかったのはマネキン人形の頭とICレコーダー、それから写真です」鷹野はみなを促した。「鴨下さん、車の中で音声を聞きましょう」

「わかった」

鑑識の鴨下を先頭に、鷹野と早瀬係長、門脇がワンボックスカーに乗り込んでいく。塔子も慌ててあとに続いた。扉を閉めると、鷹野はICレコーダーのボリュームを上げた。

あまり質のよくない録音だ。ひび割れたような音声が聞こえてきた。

「私は……茂木芳正《もぎよしまさ》、加賀屋百貨店・銀座店の従業員です。私は拉致され、暴行を……ひどい暴行を受けています。誰か助けてください。このままだと……私は殺されます。血が……私の血が……」

その直後、痛みをこらえるような低い呻《うめ》き声が聞こえた。

「ああ……。あああ……。やめてくれ……」

塔子は息を呑んだ。鷹野も険しい顔でその声を聞いている。

やがて呻きは聞こえなくなり、数秒たってからまた男性の声が流れだした。

「私は……茂木芳正、加賀屋百貨店・銀座店の従業員です。私は拉致され、暴行を……」

音声は最初に戻ったようだ。

「いったい、どういうことだ」門脇が鷹野に話しかけた。「この写真の男が、声を吹き込んだ茂木なのか？」

「まだわかりません。ですが、その可能性はありますね」と鷹野。

塔子は状況を整理しようとした。タロスという人物はその茂木を捕らえ、ひどい暴行を加えたということか。写真を撮り、ＩＣレコーダーで声を吹き込ませ、この場所にわざわざ置いていったのか。

鷹野は写真をデジタルカメラで撮影したあと、厳しい顔で考え込んだ。まったく予想しなかったこの状況に、さすがの彼も戸惑っているようだ。

「カモさん、鑑識作業について打ち合わせをしよう」鴨下に声をかけたあと、早瀬は塔子たちのほうを向いた。「少し待っていてくれ。鑑識との話が終わったら、加賀屋百貨店に向かう」

わかりました、と答えて塔子たちはワンボックスカーから外に出た。

早瀬が鑑識課員たちと話している間、鷹野はデジカメで現場周辺の写真を撮り始めたようだ。緑色のポリ袋が置かれていた植え込み、そばにあるビアホールの建物、道路標識や近隣の看板。それから彼は、集まっている人たちに目を向けた。野次馬たちは電話をかけたり、現場や警察車両を撮影したりしている。

誰も彼も興味本意なのだろうか、と塔子は思った。どれほど重大な事件が起こったとしても、見物人は常に安全な立場にある。ブティック事件のときもそうだったし、今もそうだ。

野次馬たちに向かって、鷹野がシャッターを切っていた。

気を取り直して、塔子はバッグの中を探った。携帯電話を手にして、ネットに接続する。

――タロスという名前に、何か意味はあるんだろうか。

考えながら、その名を検索してみた。「タロス」または「タロース」はギリシャ神話に登場する青銅人間、あるいは自動人形らしい、とわかった。

人形という言葉を見て、おや、と塔子は思った。

先ほど見つかったのはマネキン人形の頭部だ。

また、昨日発生したブティック事件では、現場からマネキン人形が一体消えている。持ち去ったのは、黒田を殺害した犯人である可能性が高い。もしそれがこの拉致事件の犯人と同じであるなら、その人物が自動人形の名を使ったことには大きな意味がありそうだ。

犯人はマネキン人形にこだわりを持っているのではないだろうか。自分自身を人形のように考えているのか。それとも人形への愛情などが強いのか。いずれにしても、以前尾留川や徳重が指摘したように、この事件には猟奇犯罪的な側面があるのかもしれない。

「主任、報告したいことがあります」

塔子は携帯電話を手にしたまま、鷹野たちに近づいていった。

念のためビアホールの人間にも話を聞くよう、早瀬は捜査員に指示していた。そのあと彼は、所轄の刑事課長に現場を任せたようだ。

塔子たちのほうを向いて、早瀬は言った。

「すぐに加賀屋百貨店に行く。門脇、鷹野、如月、一緒に来てくれ」

三名の部下を従えて、早瀬は歩きだした。

銀座六丁目交差点から銀座四丁目交差点まではわずか二ブロック、距離にして二百五十メートルほどしか離れていない。数分のうちに四人は目的地に到着した。

加賀屋百貨店は交差点に面した好立地にあり、この時間帯、大勢の買い物客が出入りしていた。塔子たちは辺りの様子をうかがいながら、店に入っていく。中は冷房がよく効いていた。

案内カウンターを見つけて、早瀬係長はそちらに向かった。眼鏡のフレームに指を当てたあと、ポケットをそっと探っている。ほかの客たちに見えないよう、彼は警察手帳を呈示した。

「警視庁の者です」早瀬は小声で言った。「店舗の責任者の方にお会いしたいんですが」

案内の女性は一瞬、驚いたという表情を浮かべた。それから真顔になって尋ねた。

「責任者といいますと、店長のことでしょうか」

「人事・総務担当の方でもかまいません。まずうかがいたいのは、こちらに茂木芳正という方が勤めているかどうかです。勤めているのなら、その方について情報をいただきたいと思っています」

「少々お待ちください」

女性は内線電話の受話器を取った。しばらく問い合わせをしていたようだが、やがて彼女は早瀬のほうに視線を戻した。

「申し訳ございませんが、裏の通用口にお回りいただけますでしょうか。そちらに担当の者がまいりますので」

「通用口？　どこにあるんです？」

焦りがあるのか、早瀬は相手を急かすような訊き方をした。簡単な地図を見せて、受付の女性は通用口の場所を説明してくれた。

早瀬を先頭に、塔子たち四人は百貨店から出た。建物の外を歩いて裏手へ回ると、荷物の搬入口と業者用の通用口が見えてきた。

警備員がいたので、ここに来た事情を早瀬が説明した。門脇はうしろに控えて、その様子をじっと見ている。鷹野は搬入口の天井を見上げたり、出入りする業者の様子を観察したりしている。

そこへ、うしろから声が聞こえた。

「警察の方でいらっしゃいますか？」

五十代前半ぐらいの男性が立っていた。銀座のデパートにふさわしく、品のいい茶色のスーツを着ている。おそらく高級なのだろうが、布地が地味なのであまり目立つ感じがしない。あくまで主役はお客様、という意思の表れかもしれない。

「警視庁の早瀬です」あらためて早瀬は警察手帳を開いて見せた。

「お待たせして、大変申し訳ございません」

差し出された名刺には《婦人服部　部長　高森貞道《たかもりさだみち》》と印刷されている。高森は少し緊張したような顔をしていた。

やはり何かあったんだな、と塔子は思った。

高森の案内で、塔子たちは地下にあるバックヤードに移動した。客から見えない場所にある休憩室には、さまざまな制服の男女がいた。食品担当の者、紳士服や婦人服担当の者、宝飾品担当の者など、それぞれの売り場から休憩に来ているのだろう。

打ち合わせ用の別室で、塔子たちは高森と向かい合った。

「茂木芳正さんのことでお邪魔しました」早瀬はすぐ本題に入った。「茂木さんはこちらの従業員ですね？」

「はい、おっしゃるとおりです」高森はうなずいた。「茂木はこの店で、婦人服部の課長をしております」

「今日は出勤なさっていますか？」

「いえ、あいにく休んでおりまして……。初めてのことなのですが」高森は言葉を選ぶ様子だったが、やがてこう続けた。「本日は無断欠勤という形です」

それを聞いて、門脇と鷹野が顔を見合わせた。ふたりでうなずき合っている。

「連絡がつかないんですね？」早瀬は尋ねた。

「今朝、出勤してこなかったものですから、自宅のほうに電話をかけてみました。奥様によると、昨日は帰宅しなかったとのことでございまして……」

茂木が昨日この店を出たのは午後八時ごろだったそうだ。夜、何か予定があると同僚に話していたらしい。

　昨夜茂木が帰宅しなかったので妻はずっと心配していたという。携帯もつながらなかったため、今朝、職場に電話しようとしていた。ちょうどそこに高森から連絡が入った、という経緯だったらしい。

「警察の方がおみえになったということは……茂木に何かあったのでしょうか」

　不安そうな顔で高森は訊いてきた。隠しても仕方ないと考えたのか、早瀬は手短に事情を説明した。

「午後一時二十分ごろ、銀座七丁目のビアホールのそばでＩＣレコーダーが見つかりました。そこに吹き込まれた声の主は、茂木芳正と名乗っています。何者かに拉致されている、と話していました」

　高森は黙り込んでしまった。身じろぎをしてから、彼は低い声で訊いてきた。

「それは……茂木に間違いないのでしょうか」

「あとで、ご家族に音声を確認していただくつもりです。茂木さんのご自宅を教えてもらえますか？」

　茂木の家は大田区大森《おおもり》にあるということだった。塔子はその住所と電話番号をメモ帳に書き込んだ。

「最近、茂木さんの勤務態度はどうでしたか」門脇が質問した。「何か気になるようなことはなかったですかね」

高森は記憶をたどる様子で、宙に視線を走らせた。

「いえ、特に心当たりは……。目立った遅刻や欠勤はございませんでしたし、仕事がうまくいっていない、という話も聞いておりません」

「お客さんとのトラブルはどうです？」

「それは、調べてみないとわかりませんけれども……」

「過去にクレームをつけてきた顧客をリストアップしてもらえますか。あとで、別の捜査員がいただきに上がります」

「では念のため、店長に報告してから準備するようにいたします」

それまで黙っていた鷹野が、ここで口を開いた。

「高森さん、銀座七丁目にあるヤマチカというブティックを知っていますか？」

「昨日、事件のあったところでしょうか？　婦人服を扱っているそうですが、私どもの店と取引関係はございません」

「銀座七丁目にある、ケルンというビアホールのことは？」

「もちろん存じております。でも、個人的に何度か利用したことがあるというだけでして……」

「タロス、という言葉に聞き覚えはありますか？」

「……タロス、ですか？　いえ、存じません」

一通り事情を聞いたあと、塔子たちは加賀屋百貨店を出た。

大通りのほうへと歩きながら、鷹野が早瀬に言った。

「妙ですね。加賀屋百貨店は四丁目交差点の角にあります。それなのに、なぜ犯人は六丁目交差点のそばにＩＣレコーダーを置いたのか。どうせ置くなら、加賀屋百貨店の前に置けばいいようなものですが……」

「何か、加賀屋の前に置けない事情があったんだろうか」と早瀬。

歩行者の量という意味では、おそらく加賀屋の前はどこよりも賑《にぎ》わっているだろう。しかし六丁目交差点のそばも、決して人通りが少ないというわけではない。犯人の考えが理解できず、塔子も首をかしげた。

早瀬は足を止めて、どこかに電話をかけ始めた。二分ほどで通話を終えると、彼はこちらを向いた。

「今、神谷課長に報告しておいた。もしかしたらＳＩＴに動いてもらうことになるかもしれない」

ＳＩＴというのは、捜査一課の中にある特殊犯捜査係のことだ。彼らは誘拐事件や人質事件、企業恐喝事件などを専門に捜査する。茂木が誰かに拉致・監禁されているのなら、その捜査担当はＳＩＴが適任ということになる。

「とんでもない事件に加えて、この暑さだ。胃が痛くてかなわないな」

ひとつ息をついたあと、早瀬は居住まいを正してこう続けた。

「俺はこのあと、神谷課長や手代木管理官と打ち合わせをする。おまえたちは茂木の奥さんのところに行って、事情聴取をしてくれ」

「了解です」

早瀬と別れ、塔子たち三人はＪＲ有楽町駅に向かった。

4

午後三時半、鷹野組のふたりと門脇は、大森にある茂木芳正の家に到着した。

住まいはきれいな一戸建てで、出来てからまだ何年もたっていないように見える。車庫はそれほど広くなかったが、国産の高級車が停めてあった。

チャイムを鳴らすと、茂木の妻はすぐにドアを開けてくれた。どうぞ、どうぞと言って、彼女は三人をリビングルームに招き入れた。

お茶を出したあと、茂木の妻はソファに腰掛け、丁寧に頭を下げた。

「茂木佳也子《かやこ》です。よろしくお願いいたします」

　佳也子は四十代前半の、ふっくらした体形の女性だった。着ているものは高そうで、流行にも合っている。だが夫のことを相当心配しているのだろう、表情に陰りがあった。

「警視庁の門脇です」門脇は警察手帳を相手に見せた。「電話でもお訊きしましたが、茂木芳正さんが行方不明になっていますね。昨日、何か話していませんでしたか？」

「はい、夜八時ごろ電話がありまして、今夜は食事をして帰るから遅くなる、ということでした。でもそのまま戻ってこなくて……」

　鷹野のポケットの中で携帯電話が振動したようだった。だが今は、門脇が事情聴取をしている最中だ。鷹野はそのまま放置した。

「茂木さんの経歴を教えていただけますか。まず年齢は？」

　門脇に問われて、佳也子は話しだした。

「あの人は今四十二歳です。群馬県の出身で、大学を卒業したあと加賀屋百貨店に就職したそうです。私は友達の紹介であの人に会いました。結婚したのは、ええと……今から八年前です」

「お子さんは？」

「いません。ずっとふたり暮らしです。最初はマンションを借りていたんですが、五年前にこの家を建てまして」

なるほど、と言って門脇は室内を見回した。壁には繊細なタッチの風景画が掛かっている。家具はゆったりしていて、外国製のように思われた。テレビのそばに書棚があり、映画やドラマのＤＶＤなどが多数収めてあった。別の段には写真集が何冊も並んでいる。

門脇は佳也子のほうに向き直った。

「奥さん、趣味にはけっこうお金をかけていらっしゃいますよね」

「え？　あ、はい……」

「そこに並んでいる写真集は、タレントの小倉靖信《おぐらやすのぶ》のものでしょう。彼が出演した映画やドラマのＤＶＤも揃っているし、ライブツアーの限定グッズもありますね。奥さん、小倉靖信のファンなんですよね？」

佳也子は小さくうなずいたあと、不思議そうな顔で尋ねた。

「刑事さん、彼のことを知ってるんですか」

「来年あたりブレイクするんじゃないですかね」

やりとりを聞いて、鷹野が意外そうな顔をしている。門脇がやけに詳しいので驚いているようだ。

そういえば、と塔子は思った。門脇の趣味はテレビドラマを見ることだと、以前聞いた覚えがある。いろいろなドラマを見るうち、その小倉靖信というタレントのことを知ったのではないだろうか。

「それを踏まえた上でお訊きしますが」門脇は相手をじっと見つめた。「奥さん、今の生活状況はいかがですか。茂木さんの給料だけで充分な状態ですか？」

　これはかなり突っ込んだ質問だ。佳也子は戸惑うような顔になった。

「趣味のことをとやかく言うわけじゃありません」門脇は続けた。「ただ、生活状況というのは、いろいろな事件の原因になるんです。だから聞かせていただきたい。この家で、何か経済的な問題は起こっていませんでしたか。住宅ローンは別として、ほかに借金はありませんか」

　佳也子は言いにくそうな顔をしていたが、やがて口を開いた。

「借金はありません。私の貯金から、いろいろな費用を出しているので」

「というと？」

「私の実家が土地を持っていまして、少し援助を受けているんです。この家を建てるときも助けてもらいました。……そんなに贅沢《ぜいたく》をしているつもりはないんですよ。でも、うちの人の給料だけでは不足する部分があるもので」

「じゃあご主人が借金をして、誰かと揉《も》めるような可能性はないわけですね」

門脇はこの家の生活レベルを見て、金の関係でトラブルがあったのではないかと考えたのだろう。だが今の佳也子の話で、その線は否定されたようだった。

「すみませんが、茂木さんの写真を貸していただけませんか」

鷹野が頼むと、佳也子は夫の写真を何枚か持ってきた。

茂木芳正は普段から髪や眉の手入れをしっかりしていたらしく、実際の年齢よりも若く見えた。明るい性格だったのだろう、どの写真もにこやかな表情でカメラを見ている。顎の右側にほくろがあることが確認できた。

鷹野はデジタルカメラを取り出し、先ほど撮影した写真を表示させた。暴行を受け、顔を腫らした男性が写っている。その顎の右側に、ほくろらしいものが見えた。やはり、あの写真に写っていたのは茂木だったのだ。

佳也子に見せないよう注意しながら、鷹野は液晶画面を門脇のほうに向けた。小さくうなずいたあと、門脇は佳也子に言った。

「茂木さんは何者かに拉致・監禁されている可能性があります」

佳也子は身じろぎをした。何度かまばたきをしてから、門脇に聞き返した。

「あの人がですか？　いったい、どうして……」

「奥さん、何か心当たりはないでしょうか。茂木さんが最近悩んでいたとか、誰かから頻繁に電話がかかっていたとか、そういうことはありませんでしたか」

「どうでしょう。私には何とも……」佳也子は困惑の表情で門脇を見つめる。

門脇と鷹野が、交互に質問をしていった。だが、これといって有益な情報は出てこない。茂木家に金の問題はなかったようだし、夫婦仲が悪かったわけでもなさそうだ。

そこへ玄関のチャイムが鳴った。

「すみません、ちょっと失礼します」

佳也子は腰を上げ、廊下に出ていく。

鷹野が塔子をつつき、佳也子の背中を指差した。念のためついていけ、ということだろう。うなずいて塔子は立ち上がり、佳也子のあとを追った。

佳也子は台所でインターホンのボタンを押し、来訪者と話しているようだ。通話を終えると、彼女は受話器を置きながら塔子に言った。

「宅配便が届いたみたいです」

佳也子は廊下を進んで玄関に向かった。ドアを開けると、作業用のジャンパーを着用し、帽子をかぶった男がいた。三人、いや四人だ。

妙だな、と塔子は思った。宅配便の配達で、これほどの人数が必要だろうか。佳也子もそう感じたらしく、怪訝そうな顔をした。

「誰ですか、あなたたち」

「静かに……」

先頭にいた男性が口を開いた。彼は素早く帽子をとって、自分の顔を見せた。

年齢は四十代半ば。髪はやや長めで、七三に分けている。地味な印象だが、辺りを観察する視線の鋭さは一般人のものではない。その顔には見覚えがあった。

戸惑っている佳也子に向かって、塔子はささやいた。

「奥さん、大丈夫です。この人たちは警察官です」

男性はうなずくと、うしろを振り返って合図をした。業者を装った彼らは「失礼します」と口々に言いながら入ってくる。

ドアを閉めると、先頭の男性は佳也子に向かって一礼した。

「警視庁捜査一課特殊犯捜査係の樫村伸也《かしむらしんや》です。我々の役目は、誘拐事件や企業恐喝事件に対応することです。茂木芳正さんの拉致事件は、我々が担当します」

先ほど早瀬がＳＩＴについて話していたが、早くも彼らが出動してきたのだ。

樫村は特殊犯捜査第一係の係長で、塔子や鷹野とも面識があった。新橋のモルタル連続殺人事件や、南砂《みなみすな》団地から始まった警視庁脅迫事件で、同じ特捜本部に所属していたのだ。それらの事件は捜査内容が複雑だったため、殺人班と特殊班の協力が必要となったものだった。

「では、お邪魔します」樫村たちは靴を脱いだ。

うしろから、廊下をこちらへ歩いてくる足音が聞こえた。リビングルームを出て、門脇と鷹野がやってきたのだ。

「樫村さんじゃないですか」門脇が驚いた様子で言った。「ずいぶん早いですね」

うなずいてから、樫村は部下に目配せをした。部下三人は佳也子を連れて、リビングルームに去っていく。

それを見送ったあと、樫村は小声で説明した。

「先ほど、犯人から加賀屋百貨店に脅迫電話があった。用意のいい奴で、ボイスチェンジャーで声を変えていたようだ」

「何と言っていました？」

「『明後日、八月十六日の昼ごろまでに救出しなければ、茂木芳正は死ぬ』と。君たちにも上から連絡が来ていると思うが……」

門脇と鷹野は顔を見合わせた。その直後、鷹野は何かに気づいたようだ。彼はポケットから携帯電話を取り出し、画面を確認した。

「早瀬さんからメールが来ていました。確認が遅れてすみません」

「いつもの鷹野くんらしくないな」樫村は口元を緩めた。「しかし、隙のない人間というのは面白みがないよ。これぐらいで、ちょうどいいんじゃないか？」

黙ったまま、鷹野は指先でこめかみを掻いている。ややあって彼は樫村に尋ねた。

「犯人は『昼ごろまで』と言ったんですか？　なぜ時刻を曖昧にしたんでしょうね」

「慎重な人間なんだろう」門脇が口を挟んだ。「たぶん、時間に余裕を持たせたいのさ」

ジャンパーの袖をめくって腕時計を見たあと、樫村はあらたまった口調で言った。

「神谷課長からの命令で、茂木芳正の拉致事件はSITが預かることになった。鷹野くんたちはすぐに引き揚げてくれ」


早瀬係長に電話で確認したところ、樫村の言うとおりだとわかった。神谷課長の命令では仕方がない。鷹野組と門脇の三人は、茂木芳正の家を辞した。

駅への道を歩きながら、門脇は不満げな声を出した。

「樫村さんは上の指示に従って出動した。それはわかるが、どうも面白くない。あとからやってきて、殺人班はさっさと出ていけというんだからな」

「別に、さっさと出ていけなんて言われていませんよ」

鷹野が指摘すると、門脇は顔をしかめた。

「俺にはそんなふうに聞こえたがな。だいたい茂木の拉致事件を、ブティック事件と切り離してしまっていいのか。犯人は同じ奴なんじゃないのか?」

茂木の暴行写真の裏には、タロスという人物のメッセージが残されていた。

《黒田剛士と同罪だ。この男も抵抗できずに力尽き、見せ物になって死ぬ。タロス》

というものだ。黒田が殺害されたことはすでにニュースで流れているが、「力尽き」や「見せ物」という言葉は特別な意味を持っている。ネットに流れた黒田の遺体画像は粗いものだった。彼がショーウインドウに吊るされ、力尽きて窒息死したこと、翌日それが見せ物のように発見されたことを知る人物は多くないはずだ。このことから黒田の事件と茂木の事件が、同一人物による犯行だという可能性は高いと言えた。

「しかし拉致・監禁事件だというんじゃ仕方ありません。ここは交渉のプロに任せたほうがいいでしょう」

鷹野が言うと、門脇は忌々しげに舌打ちをした。おそらく門脇は、関係する事件はすべて十一係で指揮を執りたいと考えているのだ。

隣を歩きながら、塔子は鷹野の顔を見上げた。

「今のところ身代金の要求はないようですね」

「たしかに、そこは気になるな。犯人は奥さんのところではなく、勤務先の加賀屋百貨店に電話をかけてきた。ここだけ見れば企業恐喝だが、殺害予告をしておいて金の要求はしていない。どういうわけだ？」

犯人の目的は金ではないのだろうか。塔子は首をかしげて考え込んだ。わざわざ人をさらっておいて、ただ殺害予告だけ行う意味などあるだろうか。

——単に見せ物として殺害したい、ということ？

もしそうだとしたら、今後も犯人との交渉など期待できないのではないか。

塔子は空を見上げた。真夏の暑さの中、ひやりと冷たいものに、背中を撫でられたような気がした。

5

塔子たちは一旦特捜本部に戻った。

演出家である黒田剛士が殺害されたブティック事件。それに続いて今日発生した、百貨店従業員の拉致事件。写真の裏に書かれたメッセージから、このふたつは同一人物による犯行ではないかと思われる。

「トクさん、鑑取り班の作業分担を変更してください」

早瀬係長が、携帯で徳重に指示を出していた。電話が遠いのか、早瀬はいつもより声を強めて喋っている。

「そうです、ブティック事件のほうは、引き続き黒田剛士の周辺をきっちり洗ってほしい。以前劇団ジュピターというのを主宰していたそうだから、所属していた劇団員に当たってください。……ええ、解散して十二年たっているんだし、なかなかつかまらないのはわかります。順番に、見つかる人間からお願いします。黒田に怪我をさせられた、宮永舞子の件もね。……それから茂木芳正の拉致事件ですが、基本的にはＳＩＴに任せることになっています。とはいえ、うちも黙って見ているわけにはいかない。信頼できる捜査員を選んで、茂木の周辺を調べさせてください」

電話連絡が済むと、早瀬はこちらを向いた。

「聞いたとおりだ。うちはブティック事件を中心に調べる。鷹野たちも、黒田剛士について調べを続けてくれ」

鷹野は数秒考えてから早瀬に尋ねた。

「少し別の切り口から調べてもいいですか。黒田さんの家から借用してきたブツを調べてみたいんです」

「任せる。やりやすいように進めてくれ」

そう言うと、早瀬はまた電話をかけ始めた。

塔子と鷹野は白手袋を嵌めて、特捜本部の隅に置かれた紙バッグを開いた。中には、黒田の家から借りてきたさまざまな品が入っている。それらを取り出し、ひとつずつ内容を確認することにした。

「アドレス帳はもう鑑取り班の手に渡っている」鷹野は言った。「残っているとしたらメモ書きぐらいだろうか。とにかく手がかりを探そう」

ふたりで手分けして、借用品のチェックを進めていった。メモ用紙には大量の演出プランや、脚本のアイデアなどが書き込まれている。塔子が読んでも意味がよくわからないものが多かった。中には判読が難しいような文字もある。

「これ、どういう話なんでしょうね」塔子は紙を指差して、首をかしげた。「ファンタジーのようでもあるし、コメディーのようでもあるし……。実際、お芝居になったものを見てみないと、雰囲気がつかめませんね」

「昨日、俺も少し読んでみたが、やはりわからなかったな。たぶん舞台は、川のそばにある町だと思うんだが」

たしかに黒田のメモには、あちこちに利根川という記述が出てくる。

《ここでAは利根川のそばへ》

《B、Cのふたり、利根川から離れて》

《照明ゆっくり落ちて、利根川もハケる》

そのメモを見て、塔子は違和感を抱いた。鷹野の顔を見ながら言う。

「ハケるって、舞台の上から役者が消えることですよね。出番が済んだので袖にハケる、という感じで使います。そうだとすると、これは何でしょう。《照明ゆっくり落ちて、利根川もハケる》とありますけど、どうして川がハケるのか……。おかしくないですか？」

「そういえば妙だな」

　鷹野はじっと考え込む。塔子は振り返って、先輩に声をかけた。

「尾留川さん、ちょっと教えてもらえませんか」

　パソコンのそばから離れて、尾留川はこちらにやってきた。今日、彼は青いサスペンダーをつけている。塔子は紙の束を指し示した。

「演出メモに川が『ハケる』と書いてあるんですが、この意味は……」

　メモ書きを覗き込んだ尾留川も、首をかしげた。

「これは変だぞ」

「もしかして、この利根川というのは人の名前じゃないでしょうか」と塔子。

「ああ、そうかもしれない」彼はうなずいた。「俺の尾留川って苗字は珍しいけど、利根川という人はけっこう見かけるよな」

「ただ、そうだとするとわからないことがあります」塔子はメモ書きを指でなぞった。「どうして利根川さんだけ名前が決まっているんでしょう。ほかの人はＡ、Ｂ、Ｃなのに」

　構想メモであっても、普通は登場人物の名前を決めてから書くのではないだろうか。もし名前が決まっていなかったのなら、すべてアルファベットで書くような気がする。

「これ、『当て書き』かもしれないぞ」尾留川が言った。「あらかじめ俳優を決めている当て書きだったら、こういう書き方になるかもしれない。利根川さんという役者だけ、出演が決まっていたんじゃないかな」

「ちょっと待ってください。調べてみます」

塔子は特捜本部に用意されたパソコンを使い、ネット検索を行った。

「いました！　利根川泰子《やすこ》。今年の四月にスズカケ劇場というところで、芝居に出ています」

「黒田さんとの関係は？」鷹野が尋ねた。「その利根川という女優は以前、劇団ジュピターに所属していたのか？」

「プロフィールには、そこまでは書かれていませんね。ええと……」塔子はキーボードを叩いた。「ほかのサイトでも確認がとれません」

「今、彼女が所属している劇団はわかるか？」

「下北沢《しもきたざわ》にある、劇団256《にごろ》というところです」

「電話をかけてみよう。番号を教えてくれ」

塔子は劇団の電話番号を読み上げた。鷹野は自分の携帯電話で、その番号に架電する。

「……ああ、すみません。こちら警視庁の鷹野といいますが。……はい、そちらの劇団に利根川泰子さんという方がいらっしゃいますよね。……もうじき稽古に来る？　それはよかった。今からお邪魔しますので、利根川さんに伝えておいてもらえますか」

すぐに話がついたようだ。

「尾留川、ありがとう。助かった」

「こんな知識でも、役に立ってよかったですよ」

「よし、如月、出かけるぞ」塔子に声をかけてから、鷹野は幹部席のほうに向かった。「早瀬係長、黒田さんと関係ありそうな人物が浮かびました。下北沢に行ってきます」

バッグに資料をしまい込んで、塔子も素早く立ち上がった。

劇団２５６の本拠地は、下北沢駅から五分ほど歩いたところにあった。古いアパートの一室を事務所にしているらしく、稽古場はないようだ。

昨日訪れたしぐれ座は、高円寺に自前の稽古場を持っていた。そう考えると２５６よりもしぐれ座のほうが、環境的には恵まれていると言える。稽古場を維持するにはもちろん費用がかかるはずで、しぐれ座はそれを捻出できているということだ。

利根川泰子は何かスポーツでもやっているのか、日焼けした肌の女性だった。黒い髪にパーマをかけていて、健康的な美人という印象だ。プロフィールによると年齢は三十六歳ということだった。

「警視庁の鷹野です」

彼が呈示した警察手帳をちらりと見たあと、利根川は事務所の仲間に話しかけた。

「いつもの店にいるから、何かあったら電話して」そのあと利根川はこちらを向いた。「近くにカフェがあるから、そこへ」

先に立って利根川は歩きだした。住宅と商店、飲食店などが混在する通りを数分進んで、三人はカフェに入った。

幸い店はすいていたので、窓際のゆったりした席に座ることができた。ウエイトレスに冷たい飲み物を注文してから、三人はテーブルを挟んで向かい合う。口火を切ったのは鷹野だった。

「演出家の黒田剛士さんについて、お話を聞かせていただきたいんです」

いつもなら塔子に聞き込みをさせるところだが、今は捜査を急いでいるのだろう。鷹野はいくらか早口になっているようだった。

「黒田さんが亡くなったことはご存じですよね?」

「ええ、ニュースで見ました。でも私は何も知りませんよ。最後に黒田と会ったのは半年ぐらい前です」

「順番に聞かせていただけますか。まず、黒田さんと出会ったのはいつです？」

鷹野にそう訊かれ、利根川は少し顔を歪めた。

「これ、取調べか何かですか？　不愉快だな」

「あまり悠長なことは言っていられないんです。こうしている間にも、黒田さんを殺害した犯人は次の計画を練っているかもしれません。どうか捜査に協力してください」

髪の毛をいじりながら、利根川は何か考えている。ややあって彼女は言った。

「黒田はゲスで、根性がひねくれていて、本当にどうしようもない奴だったんですよ。だけど芝居のセンスだけはよかった」

「そのようですね」

「でも、あんな形で殺されるなんて……。ブティックで吊るされていたんでしょう？」

「なぜあの店だったのかは、まだわかっていません。ですが、黒田さんの仕事と何か関係があるんじゃないかと、我々は推測しています」

「まあ、それしか考えられませんよね」

飲み物が運ばれてきた。利根川はアイスコーヒーにガムシロップを入れ、ストローで一口飲む。ふう、と息をついてから顔を上げた。

「わかりました。あんな奴でも、一度はつきあった仲ですからね。協力しますよ」

助かります、と頭を下げてから鷹野は質問を再開した。

「黒田さんとは、どういう経緯で知り合ったんですか？」

「私、短大を出て事務の仕事をしていたんだけど、あの人の芝居を見て感動しちゃったんですよ。演劇の経験は全然なかった。でも、どうしてもやってみたくなってジュピターの事務所を訪ねました。一応入団テストみたいなものはあったんだけど、形だけですからね。すぐ入れてもらえました」

塔子は素早くメモ帳のページをめくり、口を開いた。

「黒田さんが劇団ジュピターを旗揚げしたのは二十一年前です。利根川さんが入団されたのはいつですか？」

「ええと……十四年前かしら。事務の仕事をしながら、夜、稽古をしていました。当時ジュピターには看板俳優が何人かいたし、中堅どころの人も揃っていたから、私はうしろのほうで端役を演じていたんです。でもそのまま終わるつもりはなかった。一生懸命稽古をして、黒田にアプローチして、あの人好みの女になりました。意味はわかりますよね？　そうやって私は、いい役をもらえるようになったんです」

演出家と劇団員という立場を越えて、ふたりは深い関係になったのだろう。

「配役については演出家の考え次第、ということですか」鷹野が尋ねた。

「まあ、そうですね。黒田には気分屋っぽいところがあったから、好みの女優にはすごく美味しい役を書くんです」

「ほかの劇団員からすると、贔屓《ひいき》しているように見えたでしょうね」

「見えたというより、贔屓そのものですよ。ジュピターで優遇されていた女優は、みんな黒田に取り入っていました。今でいう、肉食系女子という感じでね」

　その言葉は女優たちへの皮肉だろうか。いや、自分もそのひとりだったと認めているのだから、自虐的な言葉だと考えるべきかもしれない。

「しかし今から十二年前、劇団は解散してしまった……」

　鷹野が言うと、利根川は力なく笑った。

「主宰者が逮捕されたんじゃ人気もなくなりますよ」

「黒田さんが、宮永舞子という女優に怪我をさせたのが原因ですね」

「そう。理論家というのかな、黒田は喋るのが好きで、相手を説得するのがうまかったんですよ。本性は酒好きの女好きでしたけど、ちょっと悪ぶったようなところが魅力で、女性から人気があったんです。宮永は私の後輩で、男に媚《こ》びるのが上手な子でね。黒田のほうもあっという間に、宮永に夢中になりました。……一時はうまくいっていたんですが、そのうち宮永が浮気をしたんですよ。役者ってみんなプライドが高いでしょう。自分を褒めて、尊敬してくれる異性が好きなんですよね。もともと気の強い子だったから、宮永は黒田とだいぶ揉めたみたいですね。それで黒田は、宮永を殴るようになったんだとか……」

失礼ですが、と言ってから鷹野は尋ねた。

「そのころ、あなたと黒田さんの関係はどうだったんです？」

「結局、私は大勢の中のひとりだったんですよ」彼女は口元を緩めた。「黒田に気に入られていたのは事実ですけど、一緒に暮らしていたわけじゃないし……。宮永以外にも、黒田には女がたくさんいましたから」

しばらく利根川の様子をうかがったあと、鷹野は資料ファイルからコピー用紙を取り出した。

「これは黒田さんの部屋に残されていたものです。あなたの名前があちこちに書いてありました。当て書きのメモのように見えます」

その紙を見つめて、利根川は驚いたという表情になった。

「本当にやる気だったんだ……」

「というと？」

「半年前に会ったとき、黒田がまた調子のいいことを言ったんですよ。来年、俺と一緒に芝居をやらないかって。当て書きするから、あとで読んでくれって。まさか本気だとは思いませんでした。だって、あの人には何度も裏切られてきたから……」

昔のことを思い出したのだろう、利根川はしんみりした調子でそう言った。

「このところ黒田さんは、高円寺のしぐれ座に出入りしていたそうです」と鷹野。

「ああ、鈴谷しのぶの劇団ですか」

利根川は鈴谷を知っているようだ。塔子も、タオルを首に巻いた鈴谷の姿を思い出した。小劇団同士、おそらく横のつながりがあるのだろう。

「最近は黒田も仕事に困っていましたからね。ああいう落ち目の劇団にすり寄るしかなかったんでしょう。……まったく情けない話です。『俺は将来、映像の世界にも進出するんだ』なんて言ってたくせに」

「テレビとか映画とか、そういう方面ですか」

「実際、舞台の脚本家がドラマのシナリオを書いたり、構成作家になったりする例はあるんです。黒田もそれを狙って、テレビの関係者に売り込みをしていたようですね」

利根川は薄くなったアイスコーヒーを、ストローでかき混ぜた。氷が崩れて、からん、と小さな音がした。

「じつは四ヵ月前に黒田から電話があったんですよ。私、借金を申し込まれたんです。冗談じゃないって断りましたけど」

「そのとき黒田さんは何か言っていませんでしたか。悩みごとがあるとか……」

「ええ。だから、仕事がなくて金に困っているって。あとは、あいつの芝居は下手だとか、あんな劇団つぶれればいいのに、とか。ほら、他人の悪口を言うのって楽しいじゃないですか」

鷹野の顔を見て、利根川はにやりと笑った。

「具体的に誰かの名前を出したりはしませんでしたか？」

「そういえば、劇団ジュピター時代のことを話していましたね」

ジュピターと聞いて、塔子は利根川を見つめた。これは気になる話だ。

「どんな内容です？」鷹野が先を促す。

「前にジュピターに所属していた女優が、シアターダイヤの『東京コンチェルト』に出演するっていう話でした」

「シアターダイヤというと……」

鷹野はこちらを向いた。うなずきながら塔子は答える。

「日比谷の、東都ホテルの向かいにある劇場です」

今日の昼前、塔子たちはそのそばを歩いている。暑い中、出演者のファンらしい人たちが列を作っていた。

「あの芝居に出ている女優は、朝倉果穂さんと上岡友代さんのふたりですよね。ジュピター時代の仲間なんですか？」

塔子が尋ねると、利根川は髪をいじりながら首をかしげた。

「私、あのふたりをよく知らないし、たまたまポスターで顔写真を見ただけなんですけどね。でも劇団ジュピターには、ふたりともいませんでしたよ」

だとすると、黒田の勘違いだったのだろうか。電話で話したのは四ヵ月前だというから、その後、配役が変わった可能性もある。

しかし今の話は引っかかった。黒田剛士が『東京コンチェルト』の話題を出したのは、どうしてなのか。たまたま雑談の中で、そのことを口にしただけだったのだろうか。

「まあ、私には関係ないことですよ」突き放すような調子で利根川は言った。「あんなちゃらちゃらした芝居には、興味ありませんから」

利根川はアイスコーヒーを飲み干して、ふん、と鼻を鳴らした。

カフェを出て駅へ向かいながら、塔子は鷹野に話しかけた。

「次の行き先は、シアターダイヤでいいですよね？」

「もちろんだ。……ただ、ああいう人たちはすぐに会ってくれるのかな。今日もこのあと公演があるんだろう？」

「当たって砕けろです。いや、砕けちゃいけないのかもしれませんけど……」

迷った末、事前に劇場へ連絡するのはやめておいた。万一協力を渋られた場合、警察としてはいろいろな手続きが必要になる。できればその手間を省いて、アポイントメントなしで話を聞いてしまいたかった。

下北沢駅から小田急線に乗り、代々木上原で地下鉄千代田線に乗り換える。そこから日比谷駅までは一本だ。エアコンの効いた電車で、楽に移動することができた。

午後四時五十五分、塔子たちはシアターダイヤに到着した。ビルの出入り口のそばには、当日券を求める観客たちが並んでいる。午前中は十人ほどだったが、今は三十人ほどに増えていた。

「当日券というのは、あんなに用意されるものなのか？」鷹野がささやいてきた。

「そうなんでしょうね。この公演で何席分発売されるという情報は、劇場が教えてくれると思いますから」

「あれは、前売り券が買えなかった人のための席だよな」

「前売り券を持っていても、別の日にまた当日券で見る人がいるそうですよ。ファンとしては何度でも見たいんでしょう。映画と違ってお芝居は生ものですから」

「生ものか。なるほど」

塔子たちが出入り口に近づいていくと、並んでいた人たちがこちらに注目するのがわかった。芝居の関係者がやってきたのか、と思ったのかもしれない。

建物の中に入ろうとしたとき、列のほうで何か騒ぎが起こった。はっとして塔子は足を止め、声のしたほうを見た。

水色のワンピースを着た女性が歩道にしゃがみ込んでいる。友達だろうか、前後にいた女性が「大丈夫？」と声をかけていた。

「どうしました？」

塔子は女性のそばに近づいて、顔を覗き込んだ。大きめのイヤリングをした、目の細い人だ。ハンカチで口を押さえている。

「ちょっと気分が悪くなったみたいで」前にいた女性が教えてくれた。「私たち、お昼前からずっと並んでいたんです」

塔子はバッグから、ミネラルウオーターのペットボトルを取り出した。

「これ、よかったらどうぞ。まだ開けていませんから」

「……いえ、大丈夫です。飲み物は自分で持っているので」

イヤリングの女性はゆっくりと首を振った。

「どこかで休んだほうがいいですね。と言っても、このへんだと……」

塔子は辺りを見回した。探せば飲食店は見つかるだろうが、今の状態では歩いていくのもつらそうだ。

横から、鷹野がアドバイスしてくれた。

「道路の向こうに東都ホテルがあります。ホテルのラウンジなら、ゆっくりできるかもしれません」

何か飲み物を注文する必要はあるだろうが、ここにいるよりはずっと楽だろう。

あの、という声が聞こえた。

「僕、劇場の人に相談してきますよ」

そう言ったのは二十代後半と見える、眼鏡の男性だった。おとなしそうな印象で、ショルダーバッグを掛けている。

眼鏡の男性は列から離れ、ビルの中に入っていった。二分ほどで彼は、劇場の従業員とともに戻ってきた。説明を聞いて、従業員はイヤリングの女性をビルに連れていこうとしたが、どうやら本人は遠慮しているようだった。結局、友人たちの説得もあって、今日は帰ることにしたらしい。

そのころにはだいぶ落ち着いてきて、イヤリングの女性は、ひとりで歩けると言った。塔子たちに頭を下げながら、彼女は列から離れていった。

騒ぎが一段落して、並んでいた人たちもほっとしたようだ。リュックを背負った女性が、眼鏡の青年に話しかけていた。

「ありがとうございました。私も、人を呼びに行こうかと思ったんですけど……」

何か重いものが入っているのか、彼女は背中の荷物を一度揺すり上げた。

「そうだったんですか。これだけ暑いと具合も悪くなりますよね」

などと言って青年は笑っている。リュックの女性は手製らしい名刺を差し出した。

「私、矢口《やぐち》といいます」

「ああ、どうも……。新井《あらい》です」

青年は照れるような顔をして頭を下げた。

「じゃあ、私たちはこれで」

そう言って塔子は彼らに会釈をした。鷹野とふたり、劇場の出入り口に向かう。

チケット売り場はまだ開いていないが、販売ブースの中で女性従業員が事務作業をしていた。塔子が声をかけようとすると、それを制して鷹野が前に出た。素早く警察手帳を呈示する。

「警視庁捜査一課の鷹野といいます。殺人事件の捜査でうかがいました。責任者を呼んでいただけますか？」

それを聞いて相手はかなり驚いたようだ。「少々お待ちください」と言うと、慌てた様子で内線電話をかけた。

スーツ姿の男性がやってきたのは、三分ほどのちのことだった。怪訝そうな顔をして、彼は鷹野に問いかけてきた。

「捜査でおいでになったそうですが、何かあったんでしょうか」

「ある事件を調べるうち、こちらの芝居に出演している俳優さんに事情聴取する必要が生じました。みなさん、もうこの劇場に来ていますか？」

面食らったという表情で、スーツの男性はまばたきをした。

「急に事情聴取と言われても困ります。七時には公演が始まるんですから……」

「それほど時間はかかりません。できるだけ早く済ませます」

「しかし、役者さんが動揺したら演技に支障が出ます」

「そこは安心してください。我々も捜査のプロですから、役者さんを困らせるようなことはしません」

男性は鷹野に向かって、押しとどめるような仕草をした。

「いや、そもそもですね、私どもは劇場の人間ですから、役者さんによけいなことを頼むわけにはいかないんです。芸能事務所に所属している役者さんなら、まずは事務所にお願いする必要がありますし……」

「我々が話を聞きたいのはふたりだけです。朝倉果穂さんと上岡友代さんは、事務所に所属していますか？」

「ええ、もちろん」

「となると、少し厄介だな」鷹野は振り返って塔子を見た。「如月、早瀬さんに電話して、ふたりの事務所に連絡してもらってくれ」

「あ……はい、わかりました」

鷹野の言うとおり、そこから先は厄介だった。朝倉には現場マネージャーがついていたが、彼では話が通じない。朝倉、上岡とも、事務所からチーフマネージャーが駆けつけた。上岡のほうはまだよかったが、朝倉のマネージャーはかなり強気で、うちのタレントに妙な噂が立ったらどう責任をとるのかと、眉根を寄せて鷹野を睨みつけてきた。

結局、早瀬から神谷課長にまで話が行き、そこからいくつかのツテを頼って、ようやく芸能事務所に話をつけることができた。

このあと開演前の準備もある。塔子たちに与えられた時間はごくわずかだった。まずマネージャー立ち会いのもと、ロビーの隅のベンチで話を聞くことになった。

現れたのは朝倉果穂だ。事前の調べで彼女は三十三歳だとわかっていたが、ふわっとしたスカートを穿いているし、驚くほど肌がきれいで、実年齢よりずっと若く見える。アイドル時代は清純派と言われただけあって、表情がやわらかく、こんな場でも唇に微笑を浮かべていた。

「警視庁の鷹野です」彼は急ごしらえの資料を見ながら話しかけた。「朝倉果穂さん、アイドルグループの一員としてデビューしたのは十四年前、十九歳のときということですが、それ以前に劇団などに所属していたことはありますか？」

「いえ、ありません。歌のほうは声楽の先生に教わっていたんですが」

「ジュピターという劇団を知っていますか？」

「……ジュピターですか」朝倉は首をかしげた。「聞いたことがありません。劇団ジューンなら知っていますけど」

「ドラマや舞台で活動なさっていますが、演技の勉強はどちらで？」

「グループのメンバーと一緒に演技のレッスンを受けました。あとは出演する作品の中で、その都度、監督さんや演出家の先生から指導を受けています」

「黒田剛士という演出家をご存じですか？」

朝倉は記憶をたどる表情になったが、やがて鷹野に視線を戻した。

「いえ、知りません。黒沼《くろぬま》先生なら、前に一度お世話になりましたけど」

「銀座七丁目のヤマチカというブティックで買い物をしたことは？」

「どうでしょう……。たぶん、そういう名前のお店には行ったことがないと思います」

「マネキン人形と聞いて、何か思い出すことはありませんか」

「ちょっと刑事さん」横からチーフマネージャーが口を挟んできた。「あなたいったい何が聞きたいんです？　時間がもったいない。もういいでしょう」

これ以上続けると揉め事になりそうだ。鷹野は朝倉果穂に礼を述べ、事情聴取を切り上げた。

朝倉が立ち去ると、今度はパンツスーツの女性がやってきた。

「どうも、お世話になります、上岡です」上岡友代は深々と頭を下げた。「よろしくお願いします」

上岡は三十四歳。四年前からテレビのバラエティー番組に出演し、体当たりの企画で人気が出たそうだ。まだ三十代なのに顎の下がたるんでいる。おまけに目が腫れぼったい独特の風貌だったから、テレビ番組ではお笑い芸人からいじられることが多いらしい。毎回突っ込まれておろおろする様子が、視聴者に受けたという。

彼女は最近、舞台の世界にも進出している。ヒロインを務めるようなタイプではないが、コメディーだけでなくシリアスな芝居も評価されて、バイプレーヤーとして人気上昇中の女優だった。

「警視庁の鷹野といいます。早速ですが、上岡さんはどこかの劇団に所属していたことがありますか？」

「いえ、ないんですよ。演技はタレント養成校で勉強しました」屈託のない調子で上岡は答えた。「若い子に交じって、すっごく恥ずかしかったんですけどね」

「演出家の黒田剛士という人を知っていますか？」

「黒田さん……。いえ、知らないです。ごめんなさい、勉強不足で……」

「ジュピターという劇団の名前を聞いたことは？」

「それも知りません。ごめんなさい」

「休みの日に銀座で買い物をすることはありますか。七丁目にヤマチカというブティックがあるんですが」

「銀座にはあんまり来ないですね。ヤマチカというのも聞いたことがないです」

「ブティックなどにあるマネキン人形について、何か思い出すことは？」

「マネキンですか？　いや、特に何も……」

鷹野はほかにも質問したが、特に気になる情報は得られなかった。彼に代わって、塔子も尋ねてみた。

「銀座七丁目のケルンというビアホールをご存じですか？　それから、銀座四丁目の加賀屋百貨店は？」

「知ってますよ。でも、どちらも入ったことはないですね」上岡は苦笑いを浮かべた。「だって、銀座のお店って高いでしょう」

マネージャーが腕時計をちらちら見ている。このへんが限度だろう。

「ありがとうございました。忙しいときにすみませんでした」鷹野は頭を下げた。

「いえ、こちらこそ。あまりお役に立てなかったみたいで」上岡は塔子のほうを向いた。「刑事さん、よかったら芝居を見ていきませんか。うちの事務所で押さえてある席がありますから」

塔子は胸の前で手を振ってみせた。

「今は時間がありませんので……。でも機会があれば見てみたいですね。そのときはきちんとチケットを買いますから」

「私が言うのも何ですけど、すごく面白いお芝居ですよ。朝倉さんの演技だけでも見る価値があります。あの人、ただの元アイドルじゃないと思うんですよね。舞台に上がると人が変わるんです。何か気持ちを切り換えるスイッチを持ってるんじゃないかな」

そんなことを言って、上岡はくすくす笑った。

6

私はゆったりしたグレーの服に身を包み、夜の繁華街を歩いている。

素顔がわからないよう念入りに化粧をし、さらに眼鏡をかけてきた。これで私の正体に気づくとしたら、それは並はずれた観察力を持つ人物に違いない。

信号待ちをしながら、私は周囲の様子をうかがった。この時刻、飲み屋をはしごして、すでに出来上がってしまった人が多いようだ。パーティーの帰りなのか、華やかなドレスを着た女性の集団も目に入る。何の集まりだろうか、方言を口にする中年男性のグループなどもいた。

中央通りのほうから車のクラクションが聞こえてくる。どこかで誰かが笑う声がする。その声は、高架の上を通るJRの電車の音に掻き消された。

銀座というのは奇妙な町だ、と私は思う。

歴史のある繁華街だからと、多くの店は今もプライドが高いままだ。安いものは出さない、一見《いちげん》さんはお断り、下品な客には早く出ていってもらいたい——。そんな店が今もあちこちに残っている。

だが彼らは虚勢を張っているだけだ。時代とともに商売の仕方は変わる。それとともに町のあり方も変わっていく。大人の町、上品な町、高級な町。そんな過去のイメージがいつまで続くだろうか？

これまでの私の人生は、銀座などという町にはまったく縁がなかった。もちろん何度か来たことはあるが、そのたびに違和感を抱いていたように思う。週末、歩行者天国となった中央通りを歩いても、周りにいる人たちは別世界の住人のように感じられたものだ。

——でも、私は変わった。

かつてよそよそしく感じられたこの町で、今自分は行動を起こしている。この町のことを調べ、土地鑑を得て計画を進めている。その気になれば私は、防犯カメラに一切引っかからず、銀座の町を歩くこともできる。

そうだ。私は堂々としていればいいのだ。

私は三十メートルほど離れた場所から、ひとりの男を観察している。

その男は辺りを何度も見回してから、腕時計に目をやった。私も自分の腕時計を見た。午後十一時三十分。今、ちょうど約束の時刻になったところだった。

彼は私を待っているのだ。私は連絡をとり、十一時半にこの場所で会おうと伝えた。あの男はその誘いに乗って、ここにやってきたというわけだ。

あいつは油断している、と私は思った。女より自分のほうが強いのだから、いざとなれば腕力に訴えて事を解決すればいい。そう考えているのだろう。男というのは、どいつもみな同じように単純だ。

建物の陰から出て、私はその男のほうに歩きだした。

じきに気がついたのだろう、男はこちらを向いた。近づいてくるのが私だと知ると、表情を引き締めた。

「こんばんは。こんな時間にすみません」

私がそう言うと、相手は疑うような目をこちらに向けた。

「黒田が死んだだろう。もしかして、おまえがやったんじゃないのか？」

「そのことで相談があるんです」私はためらうような表情を作って、男の顔を見た。

「あなたにだけ、伝えておきたくて……」

「どういう内容だ？」

「場所を変えましょう。この先に、ゆっくり話せるところがあるので」

私は相手の体に触れ、そっと腕を組んだ。男は怪訝そうな顔をしていたが、何も言わずに歩きだした。

目的地に到着したのは約三分後のことだった。昼間は人目が気になるが、この時刻では通行人も減っている。道端に白いワンボックスカーが停めてあった。その近くに、敷地への出入り口がある。

私はドアを開けると、先に塀の中に入った。辺りはかなり暗い。ポケットからハンドライトを取り出し、うしろにいる男に声をかけた。

「こっちです」

「おい、なんでこんな場所へ……」

「人に聞かれたくない話なんですよ」私は言った。「あなたなら、わかってくれますよね？」

男は黙り込んだ。私はライトで足下を照らしながら、先を急いだ。

ふたりは建物の中を静かに進んでいく。男は空咳をした。その音が周囲の壁に反響し、消えていった。やがて私は足を止め、うしろを振り返った。

「さあ、どうぞ」

男は警戒する様子で部屋の中を見回した。腑《ふ》に落ちないという顔で、こちらを向く。

「この部屋は何なんだ」

「ああ、説明しないとわかりませんよね」

男を手招きして、私は正面の壁に近づいていった。一見、何の変哲もない鉄筋コンクリートの壁だ。だが視線を落とすと、そこに高さ一メートルほどの扉が設けられていた。

「パイプスペースです。本来は配管のために使うものですけど……」

扉を開けて、私は暗いスペースにハンドライトを差し向けた。

「中を確認したほうがいいですよ」と私は言った。

男は警戒する様子を見せながら、パイプスペースを覗き込む。

真っ暗な空間で何かが蠢《うごめ》いた。男によく見えるよう、私はライトの先を動かしてやった。

ロープで手足を縛られた人物が、狭い場所に横たわっていた。

光の中に、血だらけの顔が浮かび上がる。ライトを向けられ、その人物は何度かまばたきをした。必死に首を動かそうとしているのがわかる。彼は口にガムテープを貼られていて、喋ることができない。

「おまえ、茂木なのか？」

血だらけの人物を見て、男は動揺した声を出した。

「おい、どういうことだ」

言いながら、男は私のほうを向いた。その顔には怒りとも恐怖ともつかない表情がある。

次の瞬間、青白い光が走って、男は床に崩れ落ちた。

私の手にはスタンガンが握られていた。しゃがんでから、続けてもう一回スイッチを押す。男は呻き声を出して体をよじった。私はガムテープを使って男の口をふさいだ。

念のため、もう何回か痛めつけたほうがいいだろう。私はあらためてスタンガンを身構える。

そのときだ。電撃で苦しんでいたはずの男が、突然起き上がった。まだ痛みが残っているだろうに、奴は腕を伸ばして私の首を絞め上げようとした。

——くそ、この男！

獣のような声を漏らしながら、男は両手に力を込めてくる。苦痛の中、私はどうにか抵抗しようとする。

だがその状態は、そう長くは続かなかった。

背後から誰かが近づいてきて男を引き離し、殴り倒してくれたのだ。私は肩で呼吸をしながら、自分を助けてくれた人物を見上げた。

それは私の共犯者だった。

「いったい、どこに行ってたの？」

咎《とが》めるように私が言うと、共犯者は暗い目をして私を見つめた。

「ああ……はい、奥の部屋を確認していたんです」

「駄目でしょう？　私のことをしっかり見ていてくれないと」

「ええ、すみませんでした」

共犯者は私の無事を確認すると、もう一度、倒れている男に近づいた。靴の先で相手の脇腹を蹴る。それから鳩尾《みぞおち》の辺りを踏んだ。男はエビのように体を曲げて咳き込んだ。

「おい」共犯者は男に向かって言った。「よけいな手間をかけさせるなよ。おまえは茂木と一緒に、おとなしくしていればいいんだ」

男の呻き声が聞こえた。パイプスペースからは茂木の声が漏れてくる。

私は共犯者とともに、男の体を縛り上げていった。

第三章　ギャラリー

1

午前八時十分。捜査会議が始まるまでの時間を、刑事たちはそれぞれのスタイルで過ごしている。

資料を読み直す者、訪問の約束をとりつける者、買ってきたコーヒーを飲む者、あえて同僚と雑談をする者など、さまざまだ。

塔子はガラス窓に近づいて、空の様子を確認していた。

「今日はまた暑くなるんだってね」

太鼓腹の徳重がやってきて、塔子に話しかけた。手には携帯電話を持っている。

「また、いつもの掲示板ですか？」

徳重は五十四歳だが、普段からネットの掲示板にアクセスしている。もちろんハンドルネームを使っていて、自分の正体は明かしていない。どういうわけかその掲示板で、彼は二十代の若者だと思われているそうだが、あえて肯定も否定もしていないらしい。

「ネットのみなさんの様子はどうです？」

「さすがに驚いたみたいでね。普段のんびりしている掲示板でも、ブティック事件のことが話題になっていた。これは猟奇殺人だとか、犯人は過去にも事件を起こしているんじゃないかとか、推理合戦が始まっているよ」

特捜本部の隅にはテレビが置いてある。八月十五日——終戦の日である今日は、戦争関係のニュースが多い。見ているうち、戦後の焼け野原が映し出された。

「最近はテレビを見てようやく、今日は何の日だと気がつくことが多いよ」

軽くため息をつきながら徳重は言う。

捜査員のひとりがチャンネルを替えた。今度は海外の紛争地帯が映された。破壊された町の中で、瓦礫《がれき》の中から人々を助け出す様子が報じられている。普段塔子たちは捜査で忙しいから、こうしたニュースには疎くなりがちだ。

またチャンネルが替えられ、別のニュース番組になった。今ちょうど、ブティック事件の報道が始まったところらしい。

被害者・黒田剛士の顔写真が出たあと、ヤマチカの外観が画面に映った。何も飾られていないショーウインドウの横に、以前見た《しばらく休業させていただきます》という貼り紙がある。その下に《営業再開の時期は未定です》という紙が追加されていた。

「『ビアホール事件』のことは、マスコミには発表していないんですよね？」

塔子が尋ねると、徳重は深くうなずいた。

「人質の身の安全を考えたら、犯人を刺激するわけにはいかないからね」

拉致事件や人質事件は、普段塔子たちが扱っている殺人事件とは性質が異なる。人質はどこかに囚《とら》われて、今も生きている可能性が高い。つまり現在進行形の事件なのだ。無事に救出するためには、水面下で捜査を進める必要があった。

「それにしても、犯人は何を考えているのか……」塔子は首をかしげた。「普通の犯罪者ならリスクを恐れて、銀座で事件を起こしたりはしないと思うんです。タロスと名乗る犯人は、みんなを驚かせたいんでしょうか」

「如月ちゃんの言うとおりだろうね。企業恐喝を起こすような人間は、警察やマスコミが騒ぐのを見て喜ぶ傾向がある」

「『劇場型犯罪』ですね」

「そう。大胆な事件を起こす犯人。その犯人に振り回される警察。こぞって報道を続けるテレビ局や新聞社。一般市民はそれを見守る観客というわけだ」

たしかに、と塔子は思った。犯行声明こそ出さないが、昨日のビアホール事件で犯人はメッセージを残している。あれは警察への挑戦状だと言えそうだ。いつ警察がそのことを発表するかと、タロスは期待しているのではないだろうか。

「犯人はかなり自己主張の強い人間だと思います」塔子は言った。「もしかしたらこのあと、警察に新しいメッセージを突きつけてくる可能性も……」

「そうかもしれない。とにかく、場所が銀座だということは、我々捜査員も意識しておいたほうがいいだろうね。この町ならではの『何か』があるのかもしれない。今の時点では、犯人だけがそれを知っているわけだ」

いつも穏やかな顔をしている徳重が、渋い表情になっていた。ベテラン捜査員の彼でさえ、そうなのだ。この事件が、今までのものとは違うことがよくわかった。


八時三十分から、朝の捜査会議が始まった。

早瀬係長が最新の捜査情報について説明してくれた。

「現在の状況です。まず、ブティック事件の被害者・黒田剛士について。彼は演出家と称していましたが、年に一回程度しか仕事を請け負っていなかったため、それだけでは食べていけなかったようです。調べた結果、法に触れるような仕事で収入を得ていたらしいことがわかりました。黒田剛士は土地や株、老人ホームの入居権といった権利詐欺のグループと、つきあいがあったようです。この件については今日、関係者から事情を聞く予定です」

塔子は資料から顔を上げ、早瀬を見つめた。弟・利之の話を聞いて、黒田の生活には何か問題がありそうだと感じていた。だが、犯罪に手を染めていたとは思わなかった。

「黒田は酒好き、女好きで、不摂生な生活を送っていました。芝居の演出については実力があったという証言も出ていますが、それも昔の話だったのかもしれません。劇団ジュピター時代、女性に怪我をさせたという事件についても、引き続き調べていきます」

「ジュピターに所属していた劇団員は、何人ぐらい見つかったんだ？」

幹部席から、神谷課長が太い声で尋ねた。早瀬は手元の資料をチェックする。

「昨日までに話を聞けたのは、十二名です」

「対象は全部で何人いる？」

「頻繁にメンバーが入れ替わっていたため、正確にはわかりませんが、少なめに見積もっても六十人ほどかと。俳優だけでなく、美術、音響、照明といった裏方もいますので」

「鷹野が昨日会った、朝倉果穂と上岡友代についてはどうなっている？」

「関係者に写真を見せましたが、あのふたりがジュピターに所属していた事実はない、という証言が得られました」

低く唸って、神谷は椅子の背もたれに体を預けた。

早瀬は元の話に戻った。

「続いてマネキン人形の件ですが、こちらは手詰まりの状況です。現物が存在しないし、過去の資料も破棄されているとのこと。リアルな人形でしたから誰か特定のモデルがいると思われますが、詳細は確認できていません」

塔子は再び資料に目を落とした。そこには例のマネキン人形の写真が載っている。これだけ容姿の優れた人なら、ファッション雑誌やカタログ、ポスターなどに起用されていた可能性もある。それらの媒体について予備班が調べているのだが、まだ彼女の正体はわかっていないそうだ。

「次に、昨日発生したビアホール事件について。あのICレコーダーにはタイマー機能があり、指定した時刻に音声を再生できることがわかりました。音声が流れだしたときにはもう、犯人は遠くへ立ち去ってしまっていたと思われます。目撃証言はなし。通行人はいたはずですが、みんな他人の行動には無関心なんでしょう。今、周辺の防犯カメラのデータを調べていますが、ブツが置かれた時刻がはっきりしないため、犯人らしき人物は見つかっていません。

それから録音の内容について。ICレコーダーには被害者の声が吹き込まれていましたが、科捜研の調べで、背後に何かの音が聞こえることがわかりました。もしこれが車のエンジン音などであれば、手がかりになる可能性があります。現在も科捜研で分析を行っています」

塔子は記憶をたどった。自分が音声を聞いたときには、背後の音には気がつかなかった。おそらく人の耳では聞き取れないようなごく小さな音が、記録されていたのだろう。

「それから、これは先ほど入った情報です」早瀬は資料のページをめくった。「ICレコーダーや写真とともにマネキンの頭部が見つかったのは、みなさんご存じのとおりです。このマネキンの顔に付着していたのは、人間の血液だと判明しました」

はっとして塔子は眉をひそめた。あのとき見たマネキンの様子が脳裏に浮かんだ。赤茶色に変色していたが、あれはやはり人血だったのだ。

「その血について、何か手がかりはあるんでしょうか」

捜査員席から門脇が尋ねた。誰もが聞きたいと考えていたことだろう。

少しためらう様子を見せてから、早瀬は答えた。

「血液型は茂木芳正と一致しています。これからDNA型も調べますが、マネキンに塗りつけられた血は、茂木のものだという可能性があります」

捜査員たちの間にざわめきが広がった。人形の顔に血を塗りつけ、被害者の悲鳴とともに放置するという行動はいかにも不可解だった。犯人の意図がわからないだけに、気味の悪さが感じられる。

「暴行を受けているようだし、茂木さんはかなり危険な状態ですね」

門脇が言うと、周囲の刑事たちも深刻な表情でうなずいた。一刻も早く茂木を見つけないと、手遅れになってしまうかもしれない。

捜査員席が静まるのを待ってから、早瀬は説明を続けた。

「なお、この件は拉致、企業恐喝事件の可能性が高いため、まだ公表していません。一度加賀屋百貨店に脅迫電話がありましたが、その後犯人からの連絡はないとのこと。本件についてはマスコミ各社に対してニュースや記事にしないよう要請し、報道協定を結んでもらっています。現場を目撃した一般市民がSNSに不確実な情報を書き込みましたが、これらはのちに削除されました。

みなさんには昨日通達しましたが、この事案はSITが担当しており、我々は表立って捜査を行わないことになっています。茂木芳正が拉致・監禁されている可能性が高く、身の安全を最優先にしなくてはならないためです。……しかし茂木の写真に書かれたメッセージを見ると、犯人は黒田と茂木の両方を憎んでいたようです。つまり茂木の拉致は、黒田の事件とつながっている可能性が高い。その点を意識して捜査を進めてください。なお、ＳＩＴとの情報交換は手代木管理官が主導します」

　手代木は黙ったまま、捜査員席の一角をじっと見ている。誰かを睨んでいるように思えるが、じつはそうではない。彼は何かを考えているのだ。

　そんな手代木の癖を知らない捜査員たちは、困惑しているようだった。つかの間、特捜本部に沈黙が降りてきた。

　ややあって、塔子の隣にいた鷹野が口を開いた。

「どうもわからないんですよね。同じ人間が犯人だったとして、なぜ犯行方法に違いがあるんでしょうか」

「どういうことだ」と神谷。

　鷹野は椅子から立ち上がり、資料を掲げた。

「黒田剛士さんはいきなり殺害されています。しかも、かなり猟奇的な方法で遺体をさらされている。それに対して茂木芳正さんは、暴行を受けてはいるものの、まだ生きていると思われます。犯人は『八月十六日の昼ごろまでに救出しなければ、茂木芳正は死ぬ』と伝えてきましたが、なぜ茂木さんのほうには猶予があるんでしょうか。同一人物の犯行なら、すぐにも殺害しそうなものですが……」

　神谷課長と手代木管理官は、無言で顔を見合わせた。捜査員たちもそれぞれ首をかしげている。

「別の人間の仕業だと言いたいのか？」神谷が尋ねた。

「いえ、そうではありません。どちらも一般市民に見せるような形で騒ぎを起こしているし、犯行の場所も近い。このことから、私も同一人物の犯行だと思っています。だからこそ妙だと感じるんですよ。犯人が十六日まで茂木さんを殺害しないというのなら、そこに手がかりがあるんじゃないでしょうか」

「どんな手がかりだ？」

「それはわかりません。ただ、考えられることはいくつかあります。たとえば八月十六日というのは犯人にとって記念日のようなもので、それに合わせて殺害したいのかもしれません。あるいは、八月十六日になると何かイベントがあるので、そのときに殺害して騒ぎを起こすつもりなのかも」

「八月十六日……」。いったい明日は何がある日だ？」捜査員席を見回したあと、神谷は言った。「どうだ、如月」

え、と塔子は声を出してしまった。まさか、こんな質問をされるとは思わなかった。

鷹野はまだ立ったままだ。その隣で、塔子も椅子から立ち上がった。

「あの、八月十六日といえば……」塔子は考えを巡らした。「ええと、一般にはお盆が終わる日ですね。休んでいた会社員が一斉に通勤を始めます」

「するとどうなる？」

「電車が混んで……いや、違いますね。休みの間、閉まっていた大きなオフィスビルが開いて……それも関係ないでしょうか」

神谷は腕組みをしている。質問が出なくなったので、鷹野は元どおり自分の椅子に座った。ぺこりと頭を下げて、塔子も着席した。

「ほかに誰か、この事件について何か気づいたことはないか」

神谷課長がみなに問いかける。五秒、十秒とたつうち、ひとり手を挙げた者がいた。ベテラン捜査員の徳重だ。早瀬に指名されて、彼は立ち上がった。

「僭越《せんえつ》ですが、ひとつ気になることがありまして……。司法解剖で、黒田さんの腹からイヤホンが出てきましたよね。これまでの調べによって、彼は舞台劇だけでなく、映像の仕事も希望していたことがわかっています。そこで思いついたんですが、もしかしたらイヤホンは、テレビの関係者を指しているんじゃないでしょうか。たとえば現場からレポートをするとき、アナウンサーがイヤホンを使っていることがありますし……」

「この事件の犯人は映像関係の人間だ、と伝えたかった。だからイヤホンを呑み込んだ。そういうことか？」

神谷は半信半疑という顔だ。徳重は上司に向かって、こう続けた。

「犯人は『誰かに見せる』ことを意識しているようです。そういう意味では、映像の世界の人間と通じるものがあるような気がします。もし報道関係者の中に犯人がいた場合、自分の立場を利用することも可能なんじゃないでしょうか」

指先で机を叩きながら、神谷はじっと考え込んでいる。しばらくして、彼は徳重に視線を戻した。

「一理あるな。よし、テレビ局の関係者や新聞記者についても、除外せずに疑っていくことにしよう。ただ、情報収集は慎重に行う必要がある。何かあれば、マスコミは我々警察を叩き始めるからな。そうならないよう気をつけていこう」

うなずいたあと、早瀬はみなに向かって言った。

「今聞いたとおりです。気になる報道関係者が見つかったら、まず私に報告してください。慎重に動く必要がありますから、マスコミに対して勝手な聞き込みはしないように。トクさん、あとで鑑取りのメンバーの割り振りを頼みます」

「わかりました。私のほうは引き続き、劇団ジュピターの関係者を洗っていきます。黒田さんと親しい間柄だった人が、ほかにもいるようですので……」

そのとき内線電話が鳴った。

デスク担当者が受話器を取り、小声で相手と話し始める。じきに彼は、送話口を手で押さえて報告した。

「早瀬係長、桜田門から緊急連絡です」

「何かあったのか？」

早瀬は怪訝そうな顔をする。デスク担当者は慌てた調子で言った。

「銀座西六丁目交差点付近で、人形の頭とICレコーダーが見つかったそうです。また妙な音声が流れてきているとのことで……」

「なんだと！」

差し出された受話器を手にして、早瀬は警視庁本部と話し始めた。

「……この前と同じ場所ですか？　違う？　西六丁目交差点ですか。……わかりました。至急、捜査員を手配します」

電話を切ると、早瀬はすぐ幹部席に向かった。神谷課長、手代木管理官と言葉を交わす。神谷が緊急の指示を出しているようだ。

ホワイトボードのそばに戻ると、早瀬は緊張した表情で捜査員たちを見回した。

「五分ほど前、またICレコーダーが発見されました。この前と似た状況だが、場所は違っています」彼はホワイトボードの地図を指差した。「ビアホール事件があったのは銀座六丁目交差点でした。今回は日比谷寄りの、銀座『西』六丁目交差点で騒ぎが起こったということです」

塔子ははっとした。その辺りは昨日、鷹野とふたりで歩いたばかりだ。

「通報のあった場所は鞄店のそばだそうです」早瀬は続けた。「このあと呼ばれた者は、至急現場に向かうように。門脇組、鷹野組、それから……」

十数名の捜査員が指名された。鑑識課員については、リーダーの鴨下が何人かの人員を選んだ。

塔子はバッグを取り、手早く資料をしまい込んだ。鷹野も準備を済ませたようだ。

「よし、行くぞ」

門脇の声に従って、塔子たちは慌ただしく廊下に出た。

2

目的地に到着して腕時計を見ると、午前九時十分になるところだった。

やはり現場は、すでに来たことのある場所だった。昨日、塔子と鷹野はビアホール・ケルンのある銀座六丁目交差点から、北西に交詢社通りを歩いていった。その交詢社通りが外堀通りと交わるところが、銀座西六丁目交差点だ。

前方には高速道路の高架や東都ホテルが見えている。振り返れば、昨日騒ぎが起こったケルンの茶色い建物が見える。

――犯人も、この道を通ったんだ。

そう考えると気持ちが落ち着かなくなった。自分たちが銀座の町を歩いていると
き、もしかしたらどこかで犯人とすれ違っていたのではないか？
　車道には警察のワンボックスカーやパトカーが停まっている。周囲に通行人たちが
集まり、事の成り行きを見守っていた。今回も、携帯電話やデジカメで現場を撮影し
ようとする者が何人もいる。
　白手袋をつけ、野次馬たちを掻き分けて、塔子たちは前に出た。
　薄い緑色のビルに、鞄の店があった。ここは交詢社通りの京橋側にあるから、銀座
六丁目ということになる。通りを挟んで新橋側は七丁目だ。
　看板には《笹木《ささき》鞄店》と書いてあった。広いショーウインドウにハンドバッグやポ
ーチなどが展示されているが、マネキン人形はない。鞄の店だから、マネキンは必要
ないのだろう。
　ビアホールのときと同様、歩道に設けられた植え込みのそばに制服警官が立ってい
た。今日は女性の警察官もひとりいる。
「捜一です。見つかったものはどれですか？」
　鷹野が声をかけると、警察官のひとりが緑色のポリ袋を差し出した。
「指示があったので、レコーダーのボリュームは下げておきました」
　手袋をつけた手でそれを受け取り、鷹野は警察車両に乗り込んだ。早瀬や門脇、塔

子もそれに従う。

　鷹野はポリ袋の中をあらためた。まず出てきたのはマネキン人形の頭部だ。ひとめ見て、塔子は息を呑んだ。前回見つかったのは白くてつるりとした、定番マネキンの顔なしタイプだった。だが今、袋から取り出されたのは、肌色をした顔ありタイプのマネキンだ。瞳がはっきり描かれ、アイシャドウ、ルージュ、チークとかなり濃い化粧が施されている。何よりも目を引くのは、顎の左側、左の頬などにべったり塗られた赤茶色の液体だった。

　――これも人血？

　塔子はその人形をじっと見つめた。前回の白いマネキンに比べると、今回は肌の色も付いているし、目や鼻、唇の形もリアルだ。しかし、その一方で化粧がかなり濃いため、どこか人間離れしたものが感じられる。けばけばしいその顔に血のようなものが塗られているのを見ると、グロテスクでさえあった。

　次に取り出されたのはICレコーダーだった。前回見つかったものと同じタイプだろう。

　鷹野がボリュームを上げると、レコーダーから男性の声が聞こえてきた。弱々しく、何かに怯えているような印象だ。

「私の名前は……竹内憲一《たけうちけんいち》です。六本木《ろっぽんぎ》にある……牧原《まきはら》美術館の職員です。……私は今、拉致されています。犯人は八月十六日……昼ごろまでに、私を殺そうとしています。ああ、私の血が……。助けてください。お願いです、助けて……」

そのあとは、苦痛に身をよじるような声になった。茂木芳正のときとほとんど同じだ。

袋の中には写真も入っていた。暗い場所でフラッシュ撮影されたものだろう。怪我をした、四十代ぐらいの男性が写っている。左の頬がひどく腫れているようだ。唇の左が切れて出血しているのがわかる。

裏にはボールペンで、手書きの文字が記されていた。

《黒田剛士、茂木芳正と同罪だ。この男も抵抗できずに力尽き、見せ物になって死ぬ。タロス》

やはり今回もまたタロスの仕業だったのだ。

「茂木さんの安否もわからないのに、ふたり目が拉致されるなんて……」

塔子がそうつぶやくと、鷹野も険しい表情でうなずいた。

捜査が後手に回っている間に、犯人は大手を振って町を歩き、事件を起こしているのだ。捜査員のひとりとして、塔子は強い焦りを感じた。どうにかしてタロスの手がかりをつかまなくてはならない。

塔子たちは車から降りて、捜査の段取りを相談した。

早瀬の指示で、尾留川はタブレットPCを使い始めた。そのあと携帯電話で誰かに連絡をとり、彼は結果を報告した。

「六本木の牧原美術館に電話してみました。職員の竹内憲一さんは今日、無断欠勤しているそうです」

「茂木のときと同じか。竹内は昨日の夜、拉致された可能性があるな」

低い声で唸ってから、早瀬は自分の腹部をさすった。ストレスで胃が痛むのだろう。

所轄の刑事がやってきて、早瀬に告げた。

「ビルの中に鞄店の経営者がいます。話を聞きますか？」

「ありがとう。すぐ行く」早瀬は振り返った。「門脇、鷹野、事情聴取を頼む」

「了解です」

門脇組と鷹野組の四人は、鞄店の正面に向かった。近くで騒ぎがあったせいだろう、シャッターはすでに開いていた。

正面のドアから中に入ると、オーナーの女性がいた。三十代後半だろうか、肩ぐらいまであるストレートの髪をうしろでひとつにまとめている。薄茶色のシャツに細身のパンツ姿で、清潔感のある人物だった。

「お話を聞かせてもらえますか」門脇はその女性に話しかけた。「お名前は？」

「あ……はい。笹木由希子《ゆきこ》と申します」

緊張しているのだろう、彼女は小さな声で答えた。指先が少し震えているようだ。

「表の騒ぎのことはご存じですね？」

「はい。今日は商品の展示替えのため、早めに売り場に来ていたんです。八時五十分ぐらいでしょうか、人が集まっていたので、事故でもあったのかと思って外に出ました。そうしたら、植え込みの辺りから録音したような声が聞こえていて……。そのあと誰かが通報したみたいで、警察の方がやってきたんです」

塔子は店の中を見回した。ブティック・ヤマチカと違って、扱っているものは鞄や袋物に限られている。多くの種類を並べるのではなく、店として勧められるものを集めたという印象だった。

「そのときこの店にいたのは、あなたひとりですか？」と門脇。

「そうです。バイトの子はまだ来ていないので」

「最近、この辺りで不審な人物を見かけたことはありませんか」

「不審な人物？」笹木は戸惑うような表情になった。「ええと、どうでしょう……。不審というほどなのか、ちょっとわからないんですけど……」

どうも歯切れの悪い回答だ。門脇は重ねて尋ねた。

「小さなことでもけっこうです。気になることがあったら話してください」

「酔っぱらった人でしょうか、一週間ぐらい前、夜一時ごろに、外で何か喋っているような声が聞こえたんです。男の人の声でした」

門脇は、おや、という顔をした。

「そんなに遅くまで仕事をしていたんですか？」

「あ……いえ、私、このビルの五階に住んでいるんです。亡くなった父から相続したもので……」

「なるほど。それで、声が聞こえたのはその日だけですか？」

「ええ……そうです。窓から見てみたんですけど、どこから聞こえてくるのかわかりませんでした。二分ぐらいで静かになって……。何か、外国の言葉だったみたいですけど」

それ以外に、最近不審なことはなかったという。

門脇は質問を変えた。

「外の植え込みは、いつも見ていますか？」

「いつもというわけでは……」笹木は首を横に振った。「朝、店の周りを掃除するとき、あのへんを通るぐらいです」

笹木は窓の外に目をやった。植え込みのある辺りで、鑑識課員たちが作業をしている。そのうしろには、今もまだ野次馬たちがいた。

もしかしたら、と塔子は思った。あの中には、昨日のビアホール事件の目撃者がいるのではないか。ことによると、一昨日のブティック事件を見た人も、交じっているかもしれない。

門脇の質問が終わったようだったので、塔子は笹木に尋ねてみた。

「一昨日ヤマチカというブティックで起こった事件を知っていますか？」

「あ……ええ、知っています。テレビでやっていましたよね」

「ひょっとして、その現場を見たということは？」

「いえ、まさか」笹木は慌てた様子で答えた。「あっちのほうに行く用事はありませんから」

「では、昨日ビアホールのそばで騒ぎがあったことはご存じですか？」

「何か騒ぎがあったんですか？　私は知りませんけど……」

ビアホール事件はテレビで報じられていないから、笹木が知らなくても不思議ではない。この辺りは住宅街と違って、近所の人から噂を聞くことも少ないのだろう。

「笹木さん、もうひとつだけ」鷹野が口を開いた。「タロスという言葉に心当たりはありませんか」

「タロスってたしか、おとぎ話の……」言いかけて、笹木は首をかしげた。「いえ、ごめんなさい。勘違いでしょうか」

「ギリシャ神話に出てくるんです」

「そうなんですか。じゃあ、やっぱり私の知らない言葉ですね」

お役に立てなくてすみません、と笹木は言った。

門脇はメモ帳をポケットにしまうと、捜査協力への礼を述べた。恐縮した様子で、笹木は何度も頭を下げていた。

外に出ると、野次馬の人数が増えていた。集まった人々は好奇の目で警察官たちを見つめている。付近の様子を撮影する者も多かった。銀座という賑やかな場所で発生した異様な事件だ。一般市民が関心を持ち、詳細を知りたがるのは当然のことと言える。

鷹野のほうを向いて、塔子はささやいた。

「昨日の現場と近いですよね。やはり犯人は土地鑑のある人間ということに……」

「おそらくな。だがこれだけ人が多いのでは、絞り込むのが難しい」

鷹野は不機嫌そうな顔で腕組みをしている。

塔子はゆっくりと周囲を見回した。集まっている野次馬のひとりひとりが、みな怪しく思えてくる。

交詢社通りの左右には雑居ビルが建ち並んでいた。それらの窓を見上げて、塔子ははっとした。あちこちに人の顔が見える。飲食店や販売店で働く人たちが、突然起こ

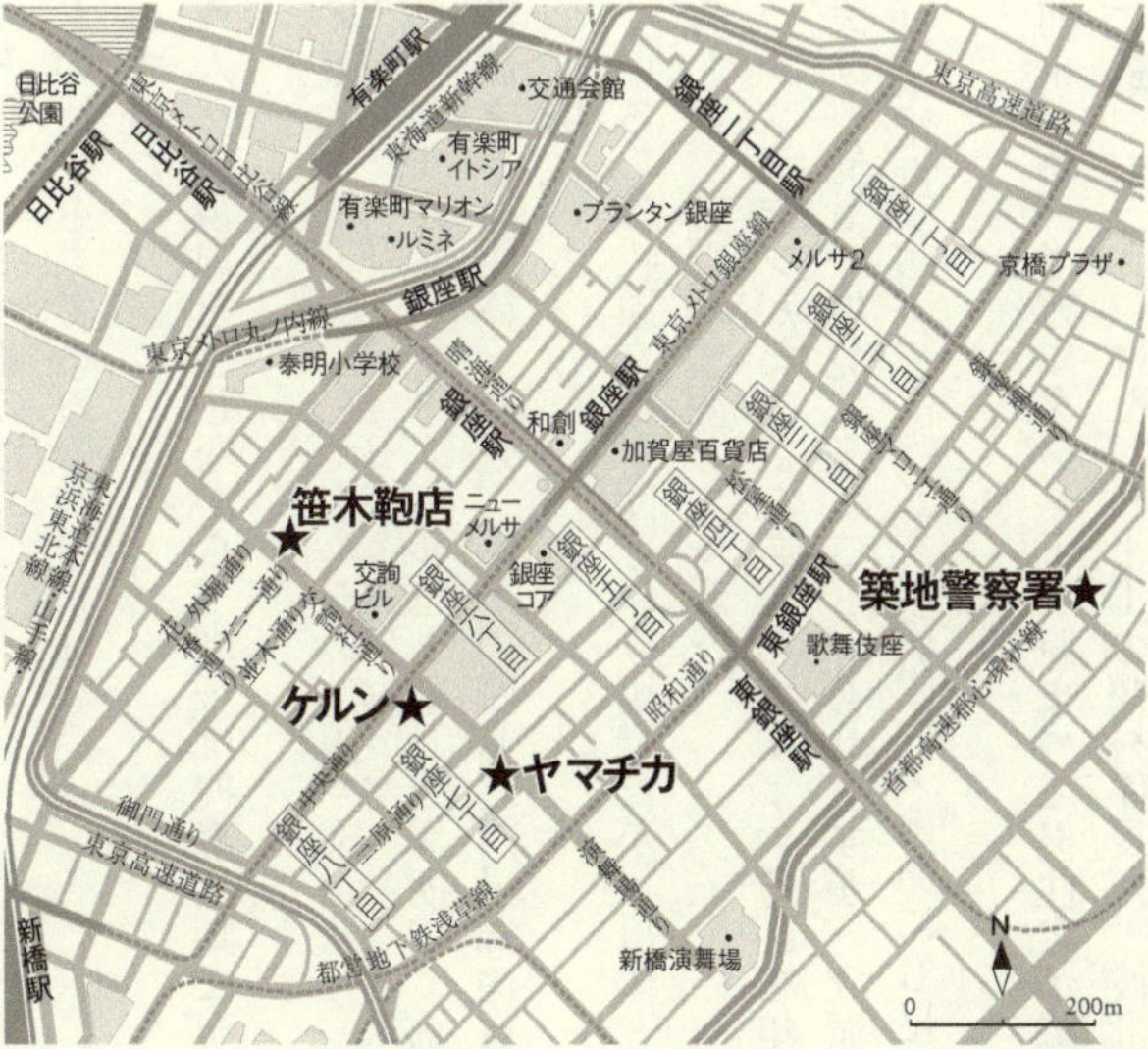

日比谷公園
日比谷駅
日比谷駅
東京メトロ日比谷線
有楽町駅
東海道新幹線
交通会館
有楽町イトシア
有楽町マリオン
ルミネ
プランタン銀座
銀座一丁目駅
東京高速道路
銀座一丁目
メルサ2
京橋プラザ
銀座駅
東京メトロ丸ノ内線
泰明小学校
東京メトロ銀座線
銀座二丁目
銀座駅
和創
銀座駅
加賀屋百貨店
銀座三丁目
銀座四丁目
笹木鞄店
ニューメルサ
交詢ビル
銀座コア
銀座五丁目
銀座六丁目
築地警察署
東銀座駅
歌舞伎座
首都高速都心環状線
東京浜東北線・山手線
東海道本線
外堀通り
ソニー通り
並木通り
花椿通り
ケルン
昭和通り
東銀座駅
ヤマチカ
銀座七丁目
中央通り
銀座八丁目
三原通り
御門通り
東京高速道路
新橋駅
都営地下鉄浅草線
新橋演舞場
N
0
200m

ったこの騒ぎをじっと観察しているのだ。

——犯人は私たちの行動を見ているのかもしれない。

そんな疑念が湧いてきた。

何十、何百という人々の視線を感じながら、塔子は捜査活動に戻った。


六本木駅から徒歩数分。牧原美術館は商業ビルの中にあった。

美術館の入っているビルから三十メートルほど離れた場所で、塔子たちは待機している。メンバーは門脇と若い相棒、鷹野、塔子の四名だ。早瀬係長たちは先ほど発生した「鞄店事件」の現場にいる。

美術館を運営しているのは牧原文化財団という組織だが、母体となっているのは牧原工業という会社らしい。鷹野が説明してくれた。

「牧原美術館にはコレクションがたくさんあるんですよ。それを年に何回か、企画展として公開しています。俺も一度見に来たことがありますが、立派なものですよ」

鷹野の趣味は文具・雑貨集めだと思っていたが、美術館にも足を運んでいるようだ。

約束していた午前十一時、後方にタクシーが停まって男性客が降りてきた。生真面目な会社員のように髪を七三に分けた、ＳＩＴの樫村係長だ。彼は周囲に目を配りながら、こちらにやってきた。

「お待たせして申し訳ない。よろしく頼む」樫村は言った。

幹部たちが相談した結果、今回は殺人班と特殊班が協力して事情聴取を行うことになったのだ。急を要する事態であり、縄張り争いをしている場合ではない、という判断なのだろう。樫村の話によれば、竹内憲一の拉致事件について、すでに情報共有はできているということだった。

「どちらが仕切りますか？」

門脇が訊くと、樫村は即座に答えた。

「ここは私に任せてもらえないか。拉致事案だからね」

「わかりました。行きましょう」

美術館のほうへ門脇は歩きだそうとする。樫村がそれを制した。

「君たちはしばらく待っていてくれ」

彼が鞄から取り出したものを見て、塔子は意外に思った。単眼鏡だ。

樫村はレンズを目に当て、周辺の建物や道路の先を確認した。それからひとりで、美術館のあるビルのほうへ進んでいった。出入り口の前を通り過ぎ、角を曲がる。姿が見えなくなってから三分ほどのち、樫村は後方の角から現れた。この一帯をぐるりと回ってきたようだ。

「監視している人間はいない。中に入ろう」

それを聞いて塔子は納得した。

今、自分たちは拉致事件、企業恐喝事件を捜査しているのだ。竹内を人質に取った犯人は警察の動きを知るために、この辺りを見張っているかもしれない。だからまずは周辺を一度チェックする、ということだろう。

こうしたところが自分たち殺人班とSITの違いなのだ、と塔子は理解した。被害者が死亡したところから始まる塔子たちの捜査と、まだ生きている被害者を救出しようとする樫村たちの捜査では、やり方が大きく異なるわけだ。

門脇の相棒である若手刑事が、受付で用件を伝えた。事前に連絡しておいたため、塔子たちは待たされることなく応接室に案内された。

しばらくして、美術館の総務部長が現れた。五十代前半だろうか、太っていてかなり体重のありそうな男性だ。全社的にクールビズを実施しているらしく、彼はノーネクタイのワイシャツ姿だった。

「うちの竹内が拉致されたというのは、本当ですか」

総務部長は声を低めて訊いてきた。ええ、とSITの樫村が答える。

「ご本人が音声を吹き込んだと思われる、ICレコーダーが見つかっています。それから写真が一枚……」

ノックの音がして、女性社員がお茶を運んできてくれた。一時的に室内の会話が途切れる。女性社員が一礼して出ていくと、樫村は話の続きを始めた。

「竹内憲一さんについて、詳しく聞かせていただけますか」

総務部長は手元の資料を開いた。老眼鏡をかけて、文字を目で追い始める。

「竹内は学芸員として、うちの美術館で働いています。三十九歳、独身。ご両親はもう亡くなったと聞いています」

「学芸員の資格を持っていたわけですね？」

「ええ。大学を出たあと画廊に勤めていたそうで、得意なジャンルは彫刻作品だということでした。うちの美術館で彼を中途採用したのは、今から五年前のことです」

「勤務の状況はいかがでしたか」

「あとから入ったので、同僚たちと少し距離をとっているような感じはありました。でも、特に問題を起こすようなことはなかったですね」

「最近、何か悩みを抱えている様子はありませんでしたか？」

総務部長はじっと考え込む。記憶をたどっているようだったが、やがて首をかしげた。

「どうでしょうね。彼はあまり自分のことを話すタイプではなかったので……」

「ご両親は亡くなっているということですが、ほかにきょうだいや親戚の方などは？」

「きょうだいはいません。香川県に叔父さんといとこがいるようですが、普段から疎遠だったと聞いたことがあります」

叔父の連絡先を教わって、塔子はメモ帳に書き写した。

しばらく質問を続けたが、これといった情報は出てこない。樫村は手櫛《てぐし》で髪を整えながら、何か考え込む。

「私のほうから質問してもいいですか？」門脇が口を開いた。どうぞ、というように樫村は右手を前に出した。門脇は総務部長に尋ねた。

「竹内さんが銀座に出かけていたという話はありませんでしたか」

「銀座ですか？　聞いていませんが、それが何か……」

「銀座七丁目のヤマチカというブティック、同じく七丁目のケルンというビアホール、そして六丁目の笹木鞄店という名前に心当たりはないでしょうか」

「……いえ、覚えがありません」

「黒田剛士、茂木芳正という人たちのことは？」

門脇はメモ用紙に、ふたりの名前を漢字で書いた。総務部長はしばらくそれを見ていたが、申し訳なさそうに言った。

「すみません、まったく知らない名前です」

「では、八月十六日という日付から何か連想することは?」

「え……。明日のことですよね?」総務部長は怪訝そうな顔をした。「あの、いったい何の話をしていらっしゃるんですか?」

不審に思われても仕方がない状況だった。この総務部長が、拉致事件に関わるような情報を聞いていたとは思えない。質問しても、得るものはなさそうだ。

と、そこまで考えたとき、塔子は気がついた。

――違う。ここで訊くべきなのは、拉致事件のことじゃない。

「質問、よろしいですか」軽く手を挙げたあと、塔子は総務部長に尋ねた。「リアルなマネキン人形について、何かご存じありませんか。人間そっくりの、まるで生きているように見えるマネキンです」

「マネキン……」総務部長は宙を睨んだ。「記憶にないですね。竹内もそんな話はしていませんでした」

外れだろうか、と塔子は戸惑った。いや、竹内はこの美術館で「彫刻作品」を専門としていたのだ。どこかにリアルマネキンとの接点があるのではないか?

そうだ、と塔子は思った。

「竹内さんは以前、画廊に勤めていたんですよね。何という画廊ですか」

しばらく資料をめくっていたが、ややあって総務部長は顔を上げた。

「すみません、ちょっとわからないですね」

「採用なさったときの履歴書を見れば、載っているんじゃないでしょうか」

「申し訳ないですが、古い資料なので探してみないと……」

「あとで、わかったら教えていただけますか」

塔子はメモ用紙を取り出し、特捜本部の電話番号と自分の名前を書いた。気が進まないという表情だったが、総務部長は紙を受け取ってくれた。四つに畳んで胸のポケットにしまい込む。

「最後にもうひとつ」塔子の隣で鷹野が言った。「竹内さんの自宅を教えてください」

「彼の家は……中野区ですね」

総務部長が読み上げた住所を、塔子はメモ帳に書き込んだ。

3

十二時四十五分、塔子たち五人は中野区にある賃貸マンションを訪ねた。

竹内憲一の住まいはこのマンションの四階にあるという。周辺の確認を行ったあと、樫村が先に立ってエントランスに入っていった。

一階には管理人の男性がいた。デッキブラシで共用部分の掃除をしていたらしい。

樫村は彼に声をかけ、外から見えにくい場所へ連れていった。警察手帳を呈示して、低い声で言う。

「警視庁の者です。竹内憲一さんが事件に巻き込まれた可能性があります。部屋を調べたいんですが、鍵を開けていただけますか」

「え……。いや、急にそう言われても……」

「竹内さんには、ご両親もきょうだいもいないそうですね。さっき香川県にいる叔父さんに連絡して、部屋を調べる許可はもらいました。何だったら、電話で確認してもらってもかまいません」

淀《よど》みない口調で、樫村は管理人にそう話した。

相手は半信半疑という様子だったが、管理人室に入って資料を調べ始めた。やがて緊急連絡先である叔父の電話番号を見つけたのだろう、受話器を取って架電した。一分ほどで確認は終わったようだ。

「わかりました。じゃあ、マスターキーを持っていきます」

塔子たちはエレベーターで四階に上がった。

「最近、竹内さんと何か話しましたか？」と樫村。

「特に変わった様子はありませんでしたが……」管理人は振り返って答えた。「きちんとした方でね。まあ、少し神経質なところもあって、ごみの出し方なんかで、ほかの住民を注意していたようですけど」

管理人が玄関の錠を開けると、塔子たちは白手袋を嵌めて室内に入った。門脇、その相棒、鷹野、塔子、樫村の順だ。形式的なものだが、管理人に立ち会いをしてほしいと頼み、共用通路で待っていてもらった。

部屋の間取りは3Kだった。男のひとり暮らしという意味では、演出家の黒田と同じだと言える。だが決定的に違うことがあった。黒田宅がひどく散らかっていたのに対して、竹内の家は驚くほどきれいに整理整頓されていたのだ。

台所の茶箪笥を見ても、書棚やクローゼットの中を見ても、あるべきものがあるべき場所に収納されている。無造作に何かを突っ込んでおくとか、適当に積み上げておくということは一切なかったようだ。竹内は相当几帳面《きちょうめん》な人物だと思われる。

塔子たちは手分けをして、屋内を調べていくことにした。竹内は何か悩みを持っていなかったか。誰かにつきまとわれてはいなかったか。金銭を巡るトラブルはなかったか。もし、そういった事実が見つかれば大きな手がかりになる。

塔子と鷹野は、リビングルームに置かれていた書棚に近づいた。

「鷹野主任、見てください」塔子は本の背表紙を指差した。「美術書がこんなに……」

どれも大判で、かなり値段が高そうだ。試しに価格表示を確認すると七千円、一万円というような本もある。

「やはり彫刻の写真集が多いようだ。専門分野だからな」

ふたりはリビングルームを調べ終わると、竹内の寝室に移動した。ここにはベッドと机、クローゼットなどがある。

机の引き出しを調べながら、塔子は鷹野に尋ねた。

「学芸員というと……資格試験を受けるんでしたっけ？」

「大学で所定の単位を取れば、卒業と同時に学芸員になれるらしい」クローゼットを開けながら、鷹野は答えた。「ただ、そこから先、就職をどうするかは別の話だろうな。資格を取ったからには、みんな美術館や博物館で働きたいと思っているんじゃないだろうか。でも、それは狭き門だと聞いたことがある」

「竹内憲一さんも、最初は画廊に勤めていたという話でしたね」

「司書の資格を持っているのに、図書館で働けない人もいる。教員の資格を持っているのに、先生になれない人もいる。資格を取ることと就職試験とは、別ものだということだ」

「そう考えると、資格を取るという目標が、なんだか虚《むな》しくなるような……」

「いや、それは違うな。資格がなければ就職試験が受けられない、というケースがあるんだ。取れるなら、資格は取っておいたほうがいいだろう」

引き出しのチェックが終わったが、これといって気になるものはなかった。塔子はカーテンの陰を見たあと、ベッドの下を覗き込んだ。

収納ボックスが三つ、横に並べて置いてある。《美術古本》《雑誌》などと書かれていた。携帯電話のライトで暗がりを照らすと、奥のほうにきらりと光るものが見えた。

あれはいったい何だろう。収納ボックスを取り出そうとしたが、三つとも重くて動かせない。仕方なく、腹這いになってベッドの下に潜り込んだ。箱の隙間に沿って、奥に移動していく。これ以上進めないというところで、思い切り右手を伸ばしてみたのだが——。

——と、届かない……。

もぞもぞと体を動かし、何度か挑戦してみた。そのうち、ようやく指先がその物体に届いた。

そのとき、うしろのほうから「えっ？」という声が聞こえた。クローゼットを調べていた鷹野が、塔子の脚に気づいたらしい。

「如月、なんて恰好をしてるんだ」

「ここに何か……光るものが……。今、取れました」

その物体をつかんで、塔子は少しずつうしろに下がっていった。何度か頭をぶつけながら、ようやくベッドの下から這い出すことができた。

シャツに付いた埃《ほこり》を払いながら、右手を開いてみる。手のひらに載っているものを見て、塔子はぎくりとした。

それは、プラスチックのような材質で作られた目だった。

白目の部分の中央に、黒い瞳がある。眼球すべてではなく、前半分ぐらいが成形されていて、椀に似た形になっていた。本物の目と比べると、かなり小さいように思われる。

「何ですか、これ」塔子は眉をひそめた。

「義眼だろうか。しかし、竹内さんがそうだったという話は聞いていないよな」

念のため、これも借用していくことにした。

鷹野のほうは、クローゼットからモノクロの写真を見つけたという。見せてもらうと、下のほうに撮影日付がプリントされていた。今から九年前の五月三日だ。

どこかの室内で撮影されたものらしい。中央に裸の女性が立っているが、その顔には見覚えがあった。これはヤマチカに展示されていた、リアルマネキンではないだろうか。

「当たりですね」と塔子。

「ああ。おそらくHGマネキンだと思うが……」

そう言ったあと、鷹野は黙り込んでしまった。モノクロ写真をじっと見つめるうち、彼の表情が変わってきた。何かを疑うような目をしている。

「如月、これはマネキンだろうか。それともモデルとなった女性だろうか」

そう言われて、塔子も写真に目を近づけた。モノクロだから、どちらとも判断がつきにくい。そもそもHGマネキンは人間そっくりのリアルなものだ。モデルと似ているのは当たり前だと言える。

「細かいところがよく見えませんね」

塔子はバッグの中から、四角いプラスチック製品を取り出した。ボディーに黒猫のイラストが付いている。つまみの部分を引っ張ると、レンズが出てきてルーペになった。自動的にLEDライトも点くという便利な品だ。

鷹野が、おや、という顔をした。

このルーペは今年の二月、鷹野が塔子にくれたものだった。普段からバッグに入れていたのだが、今日、思わぬところで役に立った。

レンズを覗き込みながら塔子は言った。

「作業場のような感じですね。テーブルと椅子があって、そばに女性が立っています。うしろにあるのは何だろう。……ドラム缶に似た容器でしょうか」

「もしかして、マネキンを作っているときの写真だろうか」

「そうかもしれません」

これからマネキンを作るというタイミングだとすれば、ここに写っているのはモデルの女性だろう。逆に、もうマネキンが出来上がったというタイミングであれば、これはHGマネキンかもしれない。

「この写真では、どちらとも判断できませんね」

あきらめて、塔子はルーペから目を離した。すぐそばで、鷹野は腕組みをして考え込んでいる。彼の横顔を見てから塔子は言った。

「主任、このルーペ、役に立っていますよ」

「え？　ああ……」鷹野はこちらを向いてうなずいた。「それでいい。こういうときこそ、しっかり使ってくれ」

そこへ、うしろから門脇の声が聞こえてきた。

「鷹野、向こうの部屋から古い名刺が出てきたぞ」

「本当ですか？」鷹野は振り返って尋ねた。「本人の名刺もありますか？」

「見つかったよ。以前の勤務先がわかった」

門脇がこちらに差し出した名刺を、鷹野は受け取った。塔子も横から覗き込む。

竹内憲一の名刺だ。社名の部分には《秀和《しゅうわ》ギャラリー》と印刷されていて、所在地は三鷹《みたか》市となっていた。

「三鷹か……」鷹野は顔を上げた。「牧原美術館に採用される前、竹内さんはこのギャラリーで働いていたわけですね。おそらく写真を撮った時期と重なるはずです」

鷹野は先ほどの写真を門脇に手渡した。

「女か。いや、もしかして、あのマネキンか？」門脇も疑問に感じたようだ。

「と見せかけて、じつはやっぱり生身の女性かもしれません」

「いったいどっちなんだよ」

「わかりません。ただ、これは大きなヒントになりそうです」鷹野は写真を見ながら言った。「竹内さんは彫刻作品に詳しい学芸員だった。彼がギャラリーに勤務していたと思われる九年前、ＨＧマネキンの製作が行われた。そして今年マネキンが盗まれ、竹内さんは何者かに拉致された……。これまでばらばらだった情報が少しずつ、つながってきたとは思いませんか」

門脇は名刺と写真を交互に見ていたが、よし、と言ってうなずいた。

「部屋の捜索が終わったら、秀和ギャラリーに行くぞ」それから彼は、台所のほうに戻っていった。「樫村さん、このあとの予定ですがね……」

「私、先に電話をかけて、ギャラリーが営業しているかどうか確認します」

「そうしてくれ」と鷹野。

塔子はバッグから携帯電話を取り出し、名刺に記された番号に架電した。

4

　五人は電車を乗り継いで三鷹駅に移動した。

　地図を頼りに繁華街の道を進んでいく。名刺に書かれた住所は、駅から徒歩五分ほどの場所だった。雑居ビルの一階に《秀和ギャラリー》という看板が出ていて、入り口には重厚な印象のドアがある。ビル全体は鉄筋コンクリート造りだが、一階のギャラリー部分だけは内装を工夫して、木造のような雰囲気を出しているようだった。

　門脇組のふたりが先に入り、鷹野と塔子はあとに続いた。辺りを見回してから、樫村は最後についてくる。彼はどこに行っても慎重だ。

　ドアの中は作品の展示室になっていた。油絵を中心にして、版画やデッサンが壁に並んでいる。だが塔子が知っているような、著名な画家の作品は扱っていないようだった。

　秀和ギャラリーの経営者は、兼松雅臣《かねまつまさおみ》という男性だった。ひとめ見てまず驚くのは、彼のたくわえているひげだ。いまどき珍しく、鼻の下に八の字のひげを生やしている。年齢は五十代後半だろう。

　銀座の画廊ならスーツ姿で客を出迎えるはずだが、兼松はペイズリー模様のシャツに黒いスラックスという恰好だった。

「いらっしゃいませ。お待ちしておりました」

兼松は人のよさそうな笑顔を見せたあと、奥にある商談スペースを指差した。

「あちらのソファへどうぞ。今、冷たいものを用意させますので」

「恐縮です」門脇は軽く頭を下げてから、警察手帳を相手に見せた。「警視庁捜査一課の門脇といいます」

門脇、鷹野、樫村が三人掛けのソファに座り、その向かいに兼松が腰掛けた。塔子と若手の刑事は近くにあった円椅子《まるいす》を借りた。

従業員の女性が麦茶を持ってきてくれた。礼を述べてから、門脇は兼松に質問を始めた。

「今、我々は竹内憲一さんのことを調べています。五年前、牧原美術館に移られたそうですが、それまで竹内さんはこちらのギャラリーにいましたよね？」

「おっしゃるとおりですが、竹内くんの身に何かあったんですか？」

兼松は門脇をじっと見つめた。警察がいったい何を調べに来たのか、気になって仕方がないという様子だ。

「ある事件を捜査しているうち、竹内さんが……」

門脇が言いかけると、横から樫村が口を挟んできた。

「兼松さん、申し訳ありませんが、詳しいことはお話しできないんです。ただ、私たちが竹内さんのために全力を尽くしていることだけはご理解ください」

今の時点では、まだ拉致事件の詳細は話したくない、ということだろう。

咳払いをしてから、門脇は隣の様子をそっとうかがった。樫村は、さあどうぞ、というように右手を差し出した。

それを見て、門脇は質問を続けた。

「竹内さんがこちらのギャラリーに入ったのは、いつでしたか？」

「ええと、あれはたしか……彼が大学を出たあとですから、十六年前でしょうか。五年前まで、十一年働いてくれたことになります。竹内くんを採用したのは私の父でした。当時は父がこのギャラリーを経営していたんです」

その後父親が他界したため、兼松がギャラリーの仕事を継いだのだという。

「竹内さんの勤務状況はどうでした？」

「真面目で几帳面な性格でしたから、特に問題はありませんでした」そこで言葉を切ったあと、兼松は記憶をたどる表情になった。「ただ、この仕事に満足はしていなかったでしょうね」

「というと？」

「彼は学芸員の資格を持っていましたから、本当は美術館とか博物館で働きたかったはずなんです」

それは塔子にも理解できた。実際、ここを辞めたあと竹内は牧原美術館に就職している。十一年たって、ようやく所期の目的を果たしたという形だろう。

「ギャラリーの仕事について、竹内さんは不満を口にしていたんですか?」

「いえ、それはありませんでしたけど、美術館で企画を考えたりするのと、ギャラリーでお客さんに作品を売るのとでは、気持ちもずいぶん違うでしょうし……」

「美術館なら、学芸員としての資格も活かせますよね」

鷹野が言うと兼松は、そうですね、とうなずいた。

「ところで……」門脇が話題を変えた。「竹内さんが、ある写真を持っていました」

門脇が目配せするのを見て、鷹野はデジタルカメラを取り出した。液晶画面に画像を表示させ、兼松のほうに向ける。

「これをご覧になったことはありますか」と門脇。

兼松は表示された画像をじっと見つめる。しばらく考えているようだったが、やがて彼は首を横に振った。

「見たことがありませんけど……。写っているのはヌードモデルですか?」

「マネキン人形を作っているところじゃないかと思うんです」

「これがマネキン?」

驚いた様子で兼松はまばたきをする。

「ここの日付を見てください」門脇は液晶画面に映った写真を指差した。「撮影されたのは九年前の五月三日です。このとき竹内さんは秀和ギャラリーに勤めていた。もしかしたら仕事関係で撮影した写真じゃないでしょうか」

「ああ、そのころは父と竹内くんとでギャラリーをやっていたんです。私が父のあとを継いだのは七年前でしてね。まあそれまでにも、ときどき仕事を手伝ってはいたんですが」

門脇は落胆したという表情になったが、すぐに気持ちを切り換えたようだ。

「この当時をご存じないということですが、作品を取引した記録は残っていますよね。こういったマネキン人形で商売をしていたかどうか、調べてもらえませんか」

「ちょっと時間がかかるかもしれませんけど……」

「かまいません。何だったら我々も調べるのを手伝いましょうか」

「いや、それはけっこうですよ。自分たちで確認できますから」

少しお待ちください、と言って兼松は立ち上がった。女性従業員を呼んで、奥の事務所に入っていく。

しばし、沈黙が訪れた。

門脇が麦茶のコップを取り、一気に半分ほど飲んだ。彼は辺りを見回してから「煙草が吸いたいなあ」とつぶやいた。門脇は昔からの喫煙者だが、最近は禁煙の場所が多くて困る、とぼやいている。いっそやめたらどうかと周りに言われているが、本人にそういう気持ちはないらしい。

　鷹野は立ち上がって、展示されている作品を見物し始めた。近づいたり離れたり、腰を屈めたりして熱心に鑑賞している。

「いろいろ噂は聞いているよ」

　急に樫村が口を開いた。驚いて、塔子は彼のほうを向いた。

「噂、ですか?」

「無敗のイレブンというんだろう?　難しい事件を十一係が解決するというので、みんな注目している」

「自分も聞いたことがあります」と若手の刑事。

「ああ……。そんなふうに言われているみたいですね。私たち十一係は基本に忠実に、捜査をしているだけなんですけど」

　樫村は髪の毛を整えてから、あらたまった調子で言った。

「最初は君のことを、みんな色眼鏡で見ていたと思うよ。失礼な話だが、私もね」

「……そうなんですか?」

「父親のあとを継いで警視庁に入った。しかも抜擢《ばってき》されて捜査一課の刑事になってしまった。裏には幹部たちの思惑《おもわく》があるんだろう、と誰もが思った。しかし、君は予想以上の働きをしてみせた」

樫村は何が言いたいのだろう、と塔子は考えた。他人に難癖をつけたり、八つ当たりするような人でないことはよくわかっている。

「たまたま運がよかっただけだと思います」

塔子が言うと、樫村は大きくうなずいた。

「たしかに君は運がいい。その理由は、君の考え方が『警察官らしくない』からだと思う」

言葉の意味が理解できず、塔子は戸惑った。どう返事をしていいのかわからなかった。

それを察したのだろう、樫村はこう続けた。

「SITの一員として犯人と交渉しているとき、ときどきおかしいと感じることがあるんだ。犯人にとって、Aという選択肢がもっともメリットがあるはずなのに、なぜか彼らはBという行動をとる。本当に不思議なことだ。どうしてだろうと考えるうち、もしかしたら我々は理詰めでやりすぎているのかもしれない、と気がついた。

しかし如月くんは違う。君は警察官寄りではなく、一般市民寄りの考え方をしているような気がする。それが直感的なひらめきにつながるし、『運がいい』と言われる行動につながるんだろう。同じ特捜本部にいても、君は我々とは違うものを見ているんじゃないかと思うんだ」

「……そういうものでしょうか」塔子は首をかしげて考え込む。

そばで話を聞いていた門脇が、苦笑いしながら言った。

「樫村さん、これは禅問答ですか？」

「まあ結論から言うと……」樫村も口元を緩めた。「如月くんは、十一係の最終兵器なんだろうな」

「私がですか？」

塔子が驚いていると、門脇がささやいてきた。

「如月、最終兵器ってことは、出番がほとんどないってことだぞ」

「……え？」

門脇と樫村は笑っている。所属の違うふたりが、こんなふうに談笑するのを見たのは初めてだ。

「お待たせしてすみません」

声がして、事務所から兼松がやってきた。両手に資料を抱えている。

塔子たちは表情を引き締めた。鷹野もこちらに戻ってきて、ソファに腰を下ろした。

「マネキン人形を取引したという記録はありませんでした」兼松はテーブルに資料を置きながら言った。「ですが、これを見てください。竹内くんが企画を立てて美術展を開いた、と書かれています。期間は九年前の七月二日から六日。『奇想の人形展』という展覧会で、そのときマネキン人形も展示されたようです」

鷹野が身を乗り出してきた。塔子もテーブルの資料に目を落とす。そこには会期と経費、展示作品の一覧などが記されていた。

「私はこの企画展を手伝っていませんから、どんな内容だったのかは知りません。父が生きていれば、いろいろ聞くことができたんでしょうけど……」

残念そうな顔をして、兼松は自分のひげを撫でている。

「展覧会のチラシとかカタログとか、そういったものは？」門脇が尋ねた。

「ずいぶん前のことですから、もう処分してしまったはずです」

「何か手がかりになりそうなものは、ないんでしょうか」と樫村。

「ええとですね……」兼松は指先で資料の文字をたどっている。「彫刻家や人形作家にマネキン作りを頼んだわけではないようです。製作したのは『渥美マネキン』という会社ですね。そこうちのギャラリーとの仲介役として、黒田剛士という人の名前が書いてあります」

その名を聞いて、塔子ははっとした。

——話がつながった！

塔子は資料を見せてもらって、社名や人名をメモ帳に書いていった。

ＨＧマネキンを作った渥美マネキンは、第一の被害者である黒田剛士を通じて、『奇想の人形展』にマネキン人形を提供していた。そしてその展覧会を企画したのは、第三の事件で拉致された竹内憲一だ。だとすると第二の被害者である茂木芳正とも、どこかでつながっているのではないだろうか。

メモ帳をじっと見つめながら、塔子は事件の構図を想像していた。


何か思い出したら連絡してほしい、と伝えて塔子たち五人は外に出た。

それぞれ思案に沈みながら、大通りへと歩いていく。そのうち樫村がこちらを向いた。

「私は拉致事件の捜査に戻る。茂木芳正に竹内憲一、犯人はふたりの人間を拉致しているはずだ。一刻も早くアジトを見つけないとまずい」

塔子は被害者ふたりのことを思い出した。写真を見ると、茂木芳正は顔の右側を、竹内憲一は左側を傷つけられていた。あれは現場に残されていたマネキンの汚れと通じるものがある。ふたつのマネキンにはそれぞれ、茂木と竹内の血が塗られていたに違いない。

「しかし、アジトはそう簡単には見つからないでしょう」真顔になって、門脇は樫村に言った。「それより、要求内容を訊いたほうがいいんじゃありませんか？　犯人は一度、加賀屋百貨店に電話をかけてきています。もう一度加賀屋にかけてくるかもしれないし、ひょっとしたら牧原美術館にかけてくるかもしれない。その電話で、交渉を進めたほうがいいと思いますが」

「もちろんそれも考えている。加賀屋百貨店と牧原美術館、それに加えて被害者ふたりの自宅にも捜査員を張り付かせてある。犯人が連絡してきたら、人質解放の条件を探る予定だ」

そう言ったあと、樫村は腕時計を見てわずかに眉をひそめた。明日の昼ごろというリミットまで、もうあまり時間が残っていない。

「樫村係長、今が踏ん張りどきですよ」門脇が表情を緩めていた。「いざとなれば、十一係には最終兵器があります。必要があれば声をかけてください」

樫村は塔子のほうをちらりと見た。

「そうだな。最後の局面になったらお願いするよ。如月くん、そのときはよろしくな」

「え？　あ……はい」塔子は姿勢を正した。「了解です。全力を尽くします」

樫村は駅に向かって去っていった。

「さて、俺たちはこれからどう動くか……」

門脇は携帯電話を取り出し、特捜本部に報告を始めた。

その間に、塔子は自分の携帯を使ってネット検索を行った。企画した秀和ギャラリーに記録がないのだから、展覧会の公式ホームページなどは存在しないと思われる。だが数日であっても展覧会が開かれたのなら、誰かひとりぐらいそのことをネットに書いていないだろうか。

いろいろなキーワードで検索を続けるうち、あるサイトを発見した。

「ありました！　ヒットしましたよ」塔子は鷹野に報告した。「九年前、『奇想の人形展』を見た人がいます」

「どこの誰だ？」

「さすがに個人情報は書かれていませんね。メールアドレスだけはわかります」

「連絡してみてくれ。我々の正体は隠さなくていい」

塔子はその人物に宛てて、メールを送信してみた。自分は警視庁の捜査員であること、『奇想の人形展』について調べていることを本文に書いた。

それまで通話を続けていた門脇が、電話を切ってこちらを向いた。

「黒田が『奇想の人形展』に関わっていたことは、早瀬さんとトクさんにも伝えておいた。トクさんのほうも、何か手がかりをつかんだようだな。黒田と特別親しかった女性が浮上してきたそうだ」

「こっちも、早く情報を集めましょう」と鷹野。

三鷹駅に向かって歩いている間に、メールの返事が届いた。『奇想の人形展』を見たというその人物は土屋《つちや》といって、三鷹市の住人なのだそうだ。これからお会いしたいと連絡すると、お待ちしています、というメールが来た。

「すぐに移動しましょう」塔子は鷹野の顔を見上げた。

門脇の相棒は大通りのほうへ走りだした。大きく手を振ってタクシーを停車させる。少し窮屈だが、後部座席に門脇組のふたりと鷹野が乗り込み、塔子は助手席に座った。

土屋の家に到着したのは、約五分後のことだった。

築四十年ぐらいになりそうな、壁のあちこちに傷みのある建物だ。それでも車庫や玄関はきれいに掃除されている。

チャイムを鳴らすとインターホンから応答があり、ややあって玄関のドアが開いた。

「警視庁の如月と申します」塔子は警察手帳を呈示した。

「土屋礼次郎《れいじろう》です」

もう七十歳を超えているだろうか。土屋は青いシャツにループタイという恰好をしていた。禿《は》げ上がった頭に、わずかに白い髪が残っている。その頭を撫でながら彼は言った。

「お上がりください。冷たいものを用意してあります」

塔子たち四人は居間に案内された。室内には土屋の妻がいて、テーブルにアイスコーヒーを並べているところだった。

「あらあら、女の刑事さんも……」土屋の妻は丁寧に頭を下げた。「散らかっていてすみませんね。おいでになるとわかっていたら、片づけておいたんですけど。昨日まで私、息子の家に行っていたものですから」

「いえ、おかまいなく……」

座布団を勧められ、塔子たちは腰を下ろした。その向かいに座って、土屋の妻は塔子をじっと見つめている。

「あの……どうかなさいましたか？」

塔子が訊くと、彼女は何か企むような顔をした。

「いえ、女の刑事さんが来るとは思わなかったから。これも何かのご縁じゃないかしら」

「はい？」塔子は首をかしげる。

「失礼ですけど、あなた今おいくつ？　うちの息子、銀行員なんですよ。歳は四十過ぎてるんだけど、稼ぎはけっこうあるみたいなの。ねえ、どうかしら」

「ああ、そういうお話はちょっと……」塔子は苦笑いを浮かべてみせる。

「待ちなさい。おまえはまた、急にそんなことを」土屋が妻のほうを向いた。「まず、写真をお見せしなくちゃ駄目だろう？」

「いえ、あの、私たちは仕事で来ているわけですから……」

塔子が戸惑っていると、鷹野が口を開いた。

「すみません、彼女にはもう決まった相手がいるんです」

えっ、と言って土屋夫妻は鷹野を見た。塔子も一緒になって、彼を凝視してしまった。

鷹野は澄ました顔で、顎をしゃくった。

「どうした如月。早く質問を」

「あ……はい」塔子はこくりとうなずいて、土屋のほうを向いた。「先ほどメールした『奇想の人形展』のことですが、ご覧になった正確な日付はわかりますか？」

残念そうな顔をしていたが、土屋は気を取り直したようだ。彼はテーブルの上にあった古いノートを開いた。

「日記帳に書いてありました。私が行ったのは九年前の七月二日ですね」

秀和ギャラリーの兼松によると、開催期間は七月二日から六日だったはずだ。土屋の話は信用できそうだった。

「展覧会の会場に、これが展示されていなかったでしょうか」

資料ファイルの中から、塔子は一枚のコピー用紙を抜き出した。ヤマチカでコピーしてもらったもので、例のHGマネキンがプリントされている。

「そうそう、こういうマネキン人形がありましたよ。やけに本物っぽくてね。ほら、昔、東京タワーに人間そっくりの人形があったじゃないですか。何だっけ。……うーん、出てこないな」

禿げた頭を撫でながら土屋は考え込む。横で妻が言った。

「菊人形でしょ」

「違うよ。……ああ、そうだ。蠟人形だ」土屋は塔子のほうに視線を戻した。「まあ、その、蠟人形みたいに見えたわけです。あれはちょっと気味が悪かったですねえ」

「その人形のそばに、何か説明は書かれていませんでしたか。どうやって作ったとか、モデルは誰だったとか」

「いや、さすがにそこまでは覚えてないなあ」

九年前とあっては、それも仕方のないことだろう。

今まで黙っていた門脇が、ここで質問をした。

「展覧会のとき、ギャラリーの人間はいましたよね？」

「ええ、たしか男の人がひとりいました。ギャラリーのオーナーだったんじゃないでしょうか」

それは兼松の父親だったのだろうか。それとも竹内だったのか。

土屋は日記帳のページをめくっていき、やがて一枚の葉書をつまみ上げた。

「ああ、次に開かれた、工芸の展覧会の案内状ですね。人形の展覧会を見たとき、たぶん来場者ノートに住所や何かを書いたんだと思います。工芸には関心がないので、行きませんでしたけど」

「その葉書に、ボールペンで何か書かれていますね」

鷹野が葉書を指差す。土屋はその文面を読み上げた。

「ええと、『先日のお話、いかがでしょうか。ご注文いただければマネキンを製作いたします』とありますね。……そうだ、思い出しました。ギャラリーの人とマネキンについて少しだけ話したんですよ。そうしたら、興味があるなら販売しますとか、量産化の予定もありますとか、そんなことを言っていました。それで、次の案内葉書にこんなことを書いてきたんでしょう」

「土屋さんは興味を持っていたわけですね？」と鷹野。

「いや、まあ、面白い発想だとは思いましたけど、あれを実際に見るとねえ……」

土屋はアイスコーヒーを一口飲んだあと、何か思い出そうとするような顔になった。

「まったく、妙なマネキンでしたよ。モデルになった人にも知り合いがいただろうし、あの人形を見たらびっくりするはずですよ。そもそも、あんなものを飾っておいたら怖いですよね。ほしがる人なんていないと思うんですが」

さらに質問を続けてみたが、特別な情報は出てこない。残念ながら手詰まりのようだった。

あのリアルなマネキン人形は、ヤマチカに展示される前——今から九年も前に、秀和ギャラリーに展示されていた。そのことが、今起こっている事件とどう関係するのだろう。塔子はひとり考え込む。

黒田剛士はマネキン製作を仲介したために殺害されたのか。茂木芳正と竹内憲一はそれに関わったため、ひどい暴行を受けているのか。犯人は彼らを憎む気持ちから、衆目にさらすような真似をしているのだろうか。だが、犯行現場が銀座である理由は何なのだろう。

——タロスは、いったいどこに潜んでいるのか……。

犯人は今も銀座にいるのではないか、という気がする。人混みに紛れて、あらたな事件を画策しているのではないだろうか。

事件は現在も進行中だ。なんとしても、手がかりを見つけなければならなかった。

5

午後八時になると、みな自分の席に着いた。早瀬係長がホワイトボードのそばに立つ。起立、礼の号令のあと、夜の捜査会議が始まった。

おや、と思って塔子は辺りを見回した。徳重の姿が見えないが、まだ捜査から戻っていないのだろうか。

捜査員たちに向かって、早瀬が話し始めた。

「本日、午前八時五十分ごろ、銀座西六丁目交差点付近、笹木鞄店のそばで三件目の事件が発生しました。事件の形としては昨日のビアホール事件とよく似ています。ICレコーダーからエンドレスで音声が流され、暴行を受けた被害者の写真が残されていました。音声を吹き込んだのは竹内憲一、三十九歳。現場には血の付いたマネキンの頭部もあり、その血液型は竹内と一致しています。竹内は牧原美術館に勤務していますが、今のところ美術館に脅迫電話はかかってきていないと、SITから報告を受けています」

塔子は手元の資料に目を落とした。昨日のビアホール事件では、拉致された茂木芳正の勤務先、加賀屋百貨店に犯人から電話が入っている。その点が、第二の事件と第三の事件の相違点だと言える。

「捜査状況について……」早瀬は続けた。「周辺の防犯カメラの映像を調べていますが、不審な人物はまだ見つかっていません。ICレコーダーがタイマー起動されていた上、植え込みの部分はカメラに録画されていないこともあり……」

昨日のビアホール事件の現場も、防犯カメラの撮影範囲から外れていたという。犯人はそうしたことを調べた上で、ブツを置いていった可能性がある。

「昨日の事件もそうだが、なぜ被害者と関係のない場所が選ばれたんだろうな」

幹部席から神谷課長が言った。ホワイトボードのそばで、早瀬は資料を見ながら答える。

「おっしゃるとおりです。牧原美術館は六本木にあって、銀座地区とはまったく関係がありません」

「となると、個人的な関係という線だろうか」神谷は腕組みをした。「犯人は笹木鞄店に恨みを持っていた。それで嫌がらせのため、店のそばにICレコーダーなどを置いていった。……いや、それは無理があるか」

神谷はぶつぶつ言いながら、ひとり首をひねっている。

「偶然そこが選ばれたとするなら、話は簡単ですが」早瀬は眉をひそめた。「もしその場所に意味があったとすると、少し厄介ですね。単に地取りをするだけではなく、そこに誰が関わっているかを調べなくては……。地取り班と鑑取り班の間で、情報のすり合わせをしていく必要があります」

「早瀬、そのための捜査会議だろう？」

そう言ったのは手代木管理官だった。蛍光ペンの先を早瀬のほうに向けている。

「会議の場で、地取りと鑑取りの情報交換をしっかりやらなければ駄目だ。これまでにも、見落としていたことがあるかもしれないぞ」

「たしかに、その可能性はありますね」と早瀬。

手代木は捜査員たちに向かって言った。

「自分の仕事だけやっていればいい、というわけじゃないぞ。捜査は組織全体で行うものだ。ほかのメンバーが今何を調べているか、常に注意しておくように。気になることがあれば、すぐ我々に報告しろ」

はい、と若手の刑事たちが返事をした。それを横目で見ながら、鷹野は思案に沈んでいるようだ。

「場所について考えるなら……地取りの門脇、どうだ。これまでの捜査で何か気がついたことはないか」

早瀬に問われ、門脇は椅子から立った。体の大きな彼を、捜査員たちが一斉に見つめる。

「地図を見るとわかりますが、三つの事件は、狭い範囲で起こっていますよね。そこにヒントがあるような気がします。ブティック・ヤマチカの前の道をまっすぐ進むと、第二の事件現場、ビアホールのケルンがあります。さらにまっすぐ進むと笹木鞄店がある。三つの事件は交詢社通りと、その延長上の道で起こっているわけです」

門脇の言うとおりだ。ヤマチカとケルンの所在地は銀座七丁目、笹木鞄店は銀座六丁目だが、いずれも一本の道に面している。

「もしかしたら、犯人はあの地域に潜んでいるのかもしれません」

その意見を聞いて、塔子は深くうなずいていた。

今日、笹木鞄店のそばにある事件現場で、自分もそう感じたのだ。単に土地鑑があるだけではなく、犯人は一連の事件を間近で見て楽しんでいるのではないだろうか。

「遊撃班はどうだ」神谷課長がこちらに視線を向けた。「鷹野、今の時点で、何か筋読みはできないのか」

門脇と入れ替わりに、鷹野がのそりと立ち上がった。

「筋読みのために、いくつか前提条件が必要です。まず三つの事件の犯人は、同一人物であること。拉致されたと思われる茂木さんと竹内さんが、まだ生きていること。この先、あらたな事件が発生して、茂木さんと竹内さんが殺害されること」

「おまえ、嫌なことを言うなよ」神谷は顔をしかめる。

「ですが、それらの条件が整うものと仮定しないと、私の推測はお話しできません。そもそも、精度の高い筋読みをするにはまだ情報不足であって……」

「わかったわかった。話してみろ」

神谷に促され、鷹野は続きを話し始めた。

「ではその仮定のもとに……。犯人は最初に黒田さんを殺害し、そのあと茂木さんと竹内さんを拉致しました。この三人に恨みがあったことは間違いありません。しかしあとの二名をすぐに殺害しなかったのはなぜでしょうか」

「段取りの問題か？　それとも何か不都合が生じたとか？」

神谷が言うと、鷹野は大きく首を横に振った。

「黒田さん殺しの現場を見ると、犯人・タロスはかなり大胆に事を進めているように思えます。しかし、茂木さんと竹内さんについては殺害せず、拉致して暴行を加え、わざわざ声を録音したり、写真を撮ったりしている。これは、もともとそういう計画だったからじゃないでしょうか」

「まあ、そうだな。同じ場所かどうかはわからないが、犯人は今ふたりの人間を拉致している。アジトの準備が必要だから、計画的な犯行だったと考えられる」

「だとすると、なぜ犯人は殺害と拉致、ふたつの犯行に分けたのか。その理由はウエイトの違いじゃないでしょうか」

「ウエイト？」

そうです、と鷹野は言った。

「恨みの重さが異なっていたんです。黒田さんのことは本当に憎かったから、その夜のうちに殺害した。一方、茂木さんと竹内さんについては少しウエイトが低かった。すぐ始末するのではなく、拉致して痛めつけ、数日後に殺害するつもりだったんだと思います」

「憎い相手だから、生かしておいて恐怖心を与えた、とも考えられるが……」

「まあ、そういうこともあるでしょうが、重要度でいうとやはり黒田さんがもっとも高かったはずです」

「で、このあと茂木芳正と竹内憲一を順番に殺害すると？」

「ふたり同時にやるつもりかもしれません」

あるいは、と手代木が言った。

「この先、また誰かが拉致される可能性もあるな」

その言葉を聞いて、鷹野は手代木のほうを向いた。ゆっくりと首を左右に振る。

「いえ、それはないんじゃないでしょうか」

「なぜだ？」

「予告された日時は、明日の昼ごろまでです。今夜もうひとり拉致したとすると、明日ＩＣレコーダーを我々に見つけさせている余裕はないと思うんです。うかうかしていると昼になってしまいますからね。そういうわけで、明日殺害されるとしたら茂木さん、竹内さんのふたりだと思いますよ」

手代木は眉間に皺を寄せたあと、鷹野のほうに蛍光ペンを向けた。

「俺は可能性の話をしているだけだ」

鷹野は大きく眉を上下させた。それから手代木に向かって頭を下げた。

「ありがとうございます。今後の参考にさせていただきます」

一礼して、鷹野は椅子に腰を下ろした。

早瀬が議事を進め、各員からの報告が行われた。そろそろ鑑取り班の番が終わるというときになって、廊下から誰かが駆け込んできた。徳重だ。

「申し訳ありません。遅れました」息を切らして彼は言った。

「ちょうどよかった。トクさん、報告を」

早瀬に促され、徳重は自分の席に鞄を置く。深呼吸をしてから口を開いた。

「黒田剛士さんに関する情報です。劇団ジュピター時代、黒田さんは何人かの女優と交際していましたよね。今までにわかっていたのは、劇団２５６に所属している利根川泰子さん、それから、居場所は不明ですが当時暴行を受けた宮永舞子さん……。このふたりのほかに、もうひとりの女優が浮かびました」

みなが見守る中、徳重はメモ帳のページをめくった。

「島本瑞妃《しまもとみずき》という女性で、今は三十代だと思われます。十二年前に劇団が解散したあとはフリーの役者として活動していました。一部で人気があったようですが、九年前に突然活動を休止。現在どこで何をしているかはわかっていません。ジュピターの役者だった利根川さんに確認したところ、島本瑞妃という女優は一時期、かなり黒田さんに気に入られていたようです」

「黒田もずいぶん気の多い男だな」と神谷。

「それからですね……最近、利根川さんがジュピター時代のスタッフと会ったとき、島本さんの話が出たそうです。詳しいことは不明ですが、島本さんは怪我をして女優をやめたらしいんですよ。その怪我は黒田さんと関係している、という噂があるんだとか」

「それは気になるな。なんとか島本の居場所を突き止めたいところだ」

ええ、とうなずいたあと、徳重ははっとした表情になった。ポケットの中で携帯電話が振動したようだ。慌てて携帯を取り出し、画面を確認した。

「課長、今ちょうど島本瑞妃さんの写真が送られてきました。このメールに添付されているはずです」

徳重は話を中断して携帯を操作した。表示された画像を見て、彼は声を上げた。

「当たりです！」

塔子は立ち上がり、うしろから徳重の携帯電話を覗き込んだ。そこには女性の顔が映っている。細くて涼しげな目、高い鼻とふっくらした耳。塔子が知っている顔だ。

「この人、マネキンのモデルですよね？」塔子は言った。

鷹野や門脇、早瀬たちも徳重のそばに集まってきた。

「鑑識に確認してもらおう。カモさん……」

「転送してもらえますか？　すぐにチェックします」

鴨下主任は立ち上がり、ノートパソコンの前で部下に指示を出し始める。

――ついに重要な手がかりをつかんだ！

塔子たちは真剣な表情で、鑑識課員の作業を見守った。

午後十時十五分、塔子は先輩たちとともにスペイン居酒屋にやってきた。

現在、島本瑞妃の写真は、鑑識課で確認作業が進められている。島本がマネキンのモデルなのかどうか、明日の朝には判明するだろう。まだ途中経過の段階だが、鴨下主任によればおそらく間違いないということだった。

料理を注文したあと、尾留川はタブレットＰＣを操作し始めた。

「これでよし」尾留川は塔子たちのほうに画面を向けた。「島本瑞妃という名前がわかったので、あらためて予備班に、黒田宅で借用したビデオテープを調べてもらったんです。そうしたら、劇団ジュピターの稽古を録画した映像が見つかりました。テープの頭にテレビドラマが上書きされていたので、今日まで気がつかなかったようなんです」

「再生できるのか？」と門脇。

「ダビングしてデジタル化したデータを持ってきたので、ここで見られますよ。今ごろ早瀬係長たちも見ているはずです」

尾留川は動画をスタートさせた。

舞台の上で、三人の男性俳優が演技をしている。いずれも二十代後半というところだろう。そこへ、舞台袖から若い女性が現れた。地味なトレーナーを着ているが、ずば抜けて美しい人だ。涼しげな目に高い鼻、ふっくらした耳。島本瑞妃だった。

彼女は台詞を喋り始めた。少し甘えるような、鼻にかかった感じの声だ。

――こういう声、どこかで聞いたような……。

塔子は記憶をたどってみた。しかし、すぐには答えが出そうにない。

そのまま画面を見ていると、途中で演技にストップがかかった。演出家の黒田剛士がフレームに入ってくる。芝居が硬い島本に、演技指導をしているようだ。黒田は今年四十四歳だが、画面に映っている姿は若々しかった。ジュピターが解散したのは十二年前だから、この稽古が録画されたとき、彼はまだ三十歳前後だったのではないだろうか。

五分ほどでその動画は終わってしまった。

「島本瑞妃の動いている姿は、これしか残っていませんでした。残念ながら、あまり参考にはなりませんね」

尾留川はタブレットPCを自分のほうに引き寄せた。

「しかし、島本に少し近づくことができたぞ。これで捜査に弾みがつくといいんだが」

そう言って門脇は腕組みをする。

鷹野はポケットからデジタルカメラを取り出し、これまでに撮影してきた画像をチェックしているようだった。

「何か気になるものが写っていますか?」

塔子が尋ねると、鷹野は液晶画面を見つめたまま答えた。

「今それを探しているところなんだが、見つからないな。明日の昼ごろがリミットだというのに……」

しばらくボタンを操作していたが、鷹野はじきにため息をつき、カメラをテーブル

の上に置いた。塔子のほうを向いて、

「今回の捜査で、銀座の町には相当詳しくなったよ。特に現場の近く、交詢社通りの辺りはな」

「鷹野、そのことだけどな」門脇が口を開いた。「あの付近でローラー作戦をやったほうがいいような気がするんだ。今、地取りのメンバーを総動員して情報収集させているが、単に目撃証言を集めるだけじゃ駄目かもしれない。あのへんの店や会社の従業員、出入りしている業者、ビルに住んでいる人間、そういった関係者をすべてリストアップして、全員に話を聞いたほうがいいんじゃないか？」

「手間はかかりますが、そこまでやれば何か情報が出てくる可能性はありますね」

「情報というか、犯人そのものが見つかるような気がするんだが……」

鷹野は数秒考えてから言った。

「見事犯人を見つけられたら金星《きんぼし》ですが、その方法にはリスクもありますよね。不用意に聞き込みをして、相手が犯人だった場合、警察の動きを知らせてしまうことになります。高飛びされるかもしれないし、もしかしたら焦った犯人によって、とんでもない事件が起こされるかもしれません」

「とんでもない事件って何だよ」

「いや、それは俺にもわかりませんが……」

門脇は表情を曇らせて唸った。

「どうも鷹野と話していると、いろいろ不安になってくるな」

「可能性を検討するという意味では、手代木管理官の考え方と同じですがね」

鷹野はもう一度デジカメを手に取った。ボタンを押して、液晶画面の表示を次々変えていく。銀座の町の風景が順番に映し出されるのを、塔子は隣で見ていた。事件が発生した現場。集まってきた人々。周辺に建ち並ぶビル群。

「何かが引っかかるんだよな」

液晶画面を見つめたまま、鷹野はそうつぶやいた。


ビールを飲み、料理を食べたあとは殺人分析班の打ち合わせとなった。

先輩たちの指示に従って、塔子は捜査用のノートに項目を追加していく。以前と比べて情報が変わった部分は、必要に応じて訂正していった。

■ブティック事件（ヤマチカ）……被害者は黒田剛士
（一）被害者・黒田剛士はどのような経緯で店にやってきたのか。★拉致された？
それとも自発的に店へ？
（二）黒田剛士が右の靴下に蓄光テープと黒いアルミホイルを隠していたのはなぜ

か。★自分の身元を警察に知らせるため？
（三）黒田剛士がショーウインドウで殺害されたのはなぜか。★猟奇殺人？　または猟奇殺人を演出？　怨恨？
（四）ヤマチカにあったマネキン人形が持ち去られたのはなぜか。マネキン人形はどこにあるのか。
（五）現場付近から走り去った銀色の乗用車には、犯人が乗っていたのか。その車はどこへ向かったのか。
（六）九年前に黒田剛士（演出家）、茂木芳正（加賀屋百貨店社員）、竹内憲一（当時、秀和ギャラリー社員）はマネキン人形製作のために協力していたのか。その理由は何か。渥美マネキンとの関係は？
（七）マネキン人形のモデルは誰か。今どこにいるのか。★島本瑞妃？　黒田のせいで負傷？
（八）黒田剛士の消化器から右耳用のイヤホンが出てきたのはなぜか。★メッセージを残すため黒田が呑み込んだ？

■ビアホール事件（ケルン）……被害者は茂木芳正
（一）被害者・茂木芳正はどこに拉致されているのか。ＩＣレコーダーなどがビアホールのそばに置かれていたのはなぜか。
（二）現場に置かれていたマネキンの頭部には意味があるのか。
（三）犯人が八月十六日まで殺害を留保しているのはなぜか。どのような殺害方法を考えているのか。
（四）茂木芳正は黒田剛士、竹内憲一と関係があるのか。
（五）茂木の声とともに録音されていた音は何か。

■鞄店事件（笹木鞄店）……被害者は竹内憲一
（一）被害者・竹内憲一はどこに拉致されているのか。ＩＣレコーダーなどが鞄店のそばに置かれていたのはなぜか。
（二）現場に置かれていたマネキンの頭部には意味があるのか。
（三）犯人が八月十六日まで殺害を留保しているのはなぜか。どのような殺害方法を考えているのか。
（四）竹内憲一は黒田剛士、茂木芳正と関係があるのか。
（五）竹内宅で見つかった義眼のようなものは何か。

塔子は書き込みを終えると、項目を指差した。

「拉致事件はSITが中心になって捜査していますが、今の時点で手がかりと言えるのは、これです。ビアホール事件の項番五、茂木の声の背後に聞こえていた何かの音……」

「科捜研が調べてくれているらしいが、どうなんだろうな」門脇は渋い表情になった。「音量が小さかったようだし、特定は難しいんじゃないか？」

たしかに、と塔子は思った。科捜研では昨日から分析に着手しているはずだ。今の時点で連絡がないところを見ると、手こずっている可能性が高い。

「次に、ブティック事件の項番六ですが」塔子は続けた。「九年前に黒田さんたちがHGマネキンを作ったのは、たぶん商売のためですよね。渥美マネキンという会社でマスター原型が作られましたから、そのまま大量生産もできたはずです」

「加賀屋百貨店の茂木さんが一枚嚙んでいるから、あのデパートで使う予定だったんじゃないでしょうか」

尾留川が言うと、鷹野は何度かうなずいた。

「おそらくそうだろうな。ただ、実際には大量生産されなかった可能性が高い。たくさん作られていたのなら世間で評判になったはずだ」

「黒田さんは金のために、法に触れるようなことをしていたらしいですよね」尾留川はメモ帳を開いた。「そう考えるとリアルマネキン作りも、何か胡散臭《うさんくさ》い感じがしてきます」

　塔子たちはそれぞれ考えに沈んだ。

　ひとり太鼓腹を撫でていた徳重が、こんなことを言った。

「ああいうマネキンも面白いとは思いますが、流行にはならないでしょうねえ。リアルにするために緻密《ちみつ》な細工が必要だし、色を付けるのも大変でしょう。コストがかかりすぎますよ」

　最近のマネキンは頭部のないものが主流だと、磯原商事の社員も話していた。もしリアルなマネキンが発売されたとしても、人気が出ないという可能性もある。

「あとはこの項番七、あのマネキンのモデルは誰かということだが……」門脇は指先でノートをつついた。「たぶん島本瑞妃という女性だろうな。明日の朝にははっきりするはずだ」

「それについて、ひとつ新しい筋読みがあります」鷹野が言った。「黒田剛士さん、茂木芳正さん、竹内憲一さんの三人はリアルなマネキン人形を作ろうとした。その途中、何かトラブルがあったと仮定します。……ここで第一の筋読みとして、三人はそのモデルを死なせてしまった。それを知ったモデルの遺族などが今、三人に復讐《ふくしゅう》をしているんじゃないでしょうか」

「噂では怪我をしたということらしいが、まあいい。それから？」

「第二の筋読みとしては、マネキン製作時のトラブルで損害をこうむったモデルが、三人に復讐をしているというものです」

「うん、その線はありそうだ」門脇はうなずく。

「そして第三の筋読みですが……今のところ渥美マネキンという会社のことは、調べがついていませんよね。そこの人間が、何らかの理由で三人に復讐しているという読みです」

倒産した渥美マネキンについては鑑取り班が調べているが、マネキン人形の原型を作っていた会社だった、ということしかわかっていない。少ない人数で仕事をしていたらしく、まだ関係者が見つからないという話だ。

「いずれにしても、島本瑞妃のことを調べないと……」鷹野はつぶやいた。

「そうだな。生きているか死んでいるか、それだけでもわかるといいんだがなあ」

低い声で唸ったあと、門脇は塔子のノートをじっと見つめた。


食後のコーヒーを飲みながら、塔子たちはもうしばらく情報交換を続けた。

「報道関係者の中に犯人がいるんじゃないかという読みがありましたが、そっちの捜査は進んでいないようですね」

鷹野が話しかけると、そうだな、と門脇が答えた。

「相手がマスコミだから、警察としても無茶はできないよな」

「マスコミといえば、第二、第三の事件について、新聞社やテレビ局が情報を集めているみたいです」尾留川が言った。「拉致事件なので報道協定を結んでもらっていますが、いつか世間に公表しなくちゃいけないときが来ますよね」

「それはおまえ、事件が解決したときだろう?」門脇は不機嫌そうな顔をした。「その日のために、みんな頑張っているんじゃないか」

最初の事件が発生してから三日目が終わろうとしている。今塔子たちがこうして話している間にも、犯人は世間の動きを見て、にやにやしているのではないだろうか。そして茂木と竹内は瀕死の状態にあるのではないか。拷問を受け、もしかしたら腕や脚を折られているかもしれない。アジトの中に悲鳴が響く様子を、塔子は想像した。

「劇場型犯罪……」

塔子がつぶやくと、鷹野がこちらを向いた。

「そうだな。タロスは警察が右往左往するのを見て、喜んでいるんだろう」

「でも、この事件で劇場型犯罪って言葉を使うのは、ちょっと不思議な感じがしますね」

「どういうことだ?」

「だって、黒田さんはお芝居の演出家でしょう。その彼が劇場型犯罪に巻き込まれたんですから、出来すぎというか何というか……」

たしかにな、と言って鷹野は考え込む。

コーヒーを飲んでいた徳重が突然、あ、と声を出した。少しこぼれてワイシャツにかかってしまったようだ。彼は慌てておしぼりを取り、ぽっこり出た腹の辺りを拭き始めた。

「なるほど。人が慌てているのを見るのは、たしかに興味深いことかもな」

門脇は徳重を見て、口元に笑いを浮かべている。

「最近、私、ものをよくこぼすんですよ。まいったな」

コーヒーを拭き終わると徳重は、ふう、と息をついた。それから尾留川に尋ねた。

「ねえ尾留川くん、芝居を見るとき、一番いい席ってどこなのかな。真ん中辺り？それとも前のほう？」

「芝居によって違いますけど、最前列は舞台が見にくいことがあるので、避けたほうがいいかもしれません。俺の場合は舞台全体を見たいから、うしろのほうの通路際を取ることが多いですね」

「バルコニー席ってあるでしょう。左右の壁のちょっと高い場所に、ボックスみたいなのがあってさ……。あれはどうなのかな」

「舞台を正面から見られないので、俺はお勧めしません。ただ、デートで使うんなら有りですね。ふたりきりになれる席もあるし」

「さすが尾留川くんだ。答えに迷いがないよね」

からかうように徳重は言う。尾留川はひとり苦笑いしている。

門脇は携帯電話を操作し始めた。何を見ているのかと思ったら、明日の天気予報だという。

「うわ、明日も三十四度だってさ。まいったな」

まだ当分、暑い日が続く可能性があった。夜も寝苦しくなりそうだな、と塔子は思う。

「今思い出しましたけど……」塔子は言った。「シェークスピアに『夏の夜の夢』っていう作品がありましたよね」

「どうした、急に？」鷹野がまばたきをする。

「シェークスピアの芝居って、途中ごたごたしても最後にはちゃんとまとまりますよね。お話だから、そうなるんでしょうけど……」

ああ、なるほど、と門脇がうなずいた。

「芝居みたいに、この事件もうまく解決してくれたら、ということか。その気持ちはよくわかるぞ」

「デウス・エクス・マキナですね」と尾留川。

「何だって？」門脇は怪訝そうな顔をした。

「古代ギリシャの芝居で、話の収拾がつかなくなったとき、最後に神様が出てくることがあるんですよ。それがデウス・エクス・マキナです。その神様の言葉によって、すべてが解決されるというわけです」

「ご都合主義だな。俺がよく見るドラマと、いい勝負だ」

「いやいや、その作品の中でつじつまが合っていれば問題ないんです。一般の人はすぐ、ご都合主義って言うからなあ……」

「だけど、あんまり急に解決するのはやっぱり変だと思うぞ。演劇の世界も、けっこういい加減だよな」

「現代の芝居はそんなことないですよ。最近はストーリーが破綻《はたん》していると、お客さんが怒りますから」

尾留川は今までに見てきた芝居について、あれこれ話してくれた。最近はコメディーでもシリアスな芝居でも、脚本が重視される傾向にあるそうだ。

デジタルカメラを操作しながら、鷹野がぽつりと言った。

「我々の前にも、デウス・エクス・マキナが現れてくれたらいいんですがね」

「まったくだ」門脇はコーヒーカップに手を伸ばした。「気持ちは焦るんだが、手がかりが足りない。こうなると神頼みしたくなってくるよ」

　そういえば、と塔子は思った。犯人が使っているタロスという名前も、ギリシャ神話に出てくるものだった。今の話を聞くと、何か因縁でもあるように感じられる。

　劇場型犯罪というものについて、塔子はひとり考え始めた。

6

　午後十時五十五分。仕事を終えて、私は達成感と解放感に浸っていた。

　道を歩きながら、昔飲食店でアルバイトしていたころのことを思い出した。休憩室でお菓子を食べながら、私は先輩によく愚痴をこぼしたものだ。時給は安いし、疲れるし、この仕事は面白くないですよね、と。だが先輩は首を横に振った。

「仕事ってつらいものだよ。世の中に面白い仕事なんて、ひとつもないんだから」

　しかし今、私は自分の好きな仕事をしている。それは心底、面白いと思えるものだった。じつは、世の中に楽しい仕事はたくさんあるのだ。多くの人は、自分の目標を見つけられずにいるだけではないだろうか。

　もちろん私にとっても、すべてが順調だったというわけではない。ここまで続けてくるのは簡単なことではなかった。

——だからこそ、この仕事を失うわけにはいかないんだ。

私は拳を握り締める。心臓の鼓動が速くなった。

はたして、こうなることは必然だったのだろうか。今となってはもうわからない。

だがひとつだけ言えるのは、私にとってあの連中が邪魔な存在だということだった。

奴らはどうしても排除しなければならない。それが私の出した結論なのだ。

心を落ち着かせるため、私はルーティンの動作を行った。呼吸を整え、胸のペンダントをそっと包み込む。これで私は誰よりも冷静になれる。萎縮せず、実力を発揮することができる。

あと少し——。目的を果たすため、自信を持って私は進んでいくのだ。


前方に古い建物が見えてきた。

私は何気ない仕草で周囲の様子をうかがった。こちらを見ている者はいない。白いワンボックスカーの陰に隠れて、ドアを開ける。するりと塀の中に忍び込む。

建物に入り、ハンドライトで足下を照らしながら進んでいった。やがて私は目的の部屋にたどり着いた。

暗い部屋の中に人の気配がある。その人物はハンドライトを点けて、自分の顔を照らした。私の共犯者だ。

「様子はどう？」

私が小声で尋ねると、共犯者も声を低めて答えた。

「だいぶ弱っていますね。縛ってあるし、もう体を起こすこともできないと思います」

共犯者は壁に近づき、パイプスペースの扉を開けた。ぽっかりと口を開けた空間に、ハンドライトの光が走る。共犯者とともに、私は中を覗き込んだ。闇の中に、血と埃で汚れた顔が浮かび上がった。奥のほうにひとつ、そして手前にもうひとつ。

ふたりとも、だらしない恰好で横たわっている。呼吸をしていることはわかったが、もう呻き声も出せないようだった。

「明日の主役はおまえたちだ」私は人質たちに話しかけた。「どう？　誇らしい気分でしょう。拍手喝采の中、おまえたちは血みどろになって死んでいくの。これこそ最高のエンターテインメントだと思わない？」

手前にいた男が身じろぎをした。苦しい体勢のまま首を上げようとしている。

私は右手を伸ばして、男の口からガムテープを引き剝がした。光を当てると、男は眩《まぶ》しそうな顔をした。

「おまえ、私に話すことがあるんじゃないの？　ねえ、詫《わ》びのひとつもないわけ？」

「……悪かった」

「何を偉そうに言ってるのよ！」

私は男の髪を、思い切り引っ張った。汗と埃でひどく汚れ、べたべたした手触りだ。不快だった。

「す……すみません、でした」男はかすれた声で言った。「俺たちは、あなたに、ひどいことをした。……許してください」

「自分のしたことをすべて告白しなさい。おまえの仲間がやったこともね」

ときどき咳き込みながら、男は告白を始めた。私は共犯者とともに、その言葉に耳を傾ける。やがて彼の話が終わると、私は言った。

「黒田の話したことと一致するわね。いいわ。これで全部わかった」

「助けて、ください。殺さないで……」

男は情けない顔で懇願した。まるで子供のように、みっともない姿で泣きじゃくっていた。

「ええ、まだ殺さないわ。だけどあと半日よ。それまでせいぜい後悔することね」

私は再び、男の口をガムテープでふさいだ。それから、ゆっくりとパイプスペースの扉を閉めた。

第四章　マネキン

1

シャワーを浴びてさっぱりしたあと、塔子は身支度を整え、軽く化粧をした。

鏡に映った自分の顔には緊張の色があった。今日は八月十六日。昼ごろまでに救出しなければ人質が死亡する、と予告された日だ。それなのに、まだ彼らの手がかりは見つかっていない。

腕時計を見ると、午前七時三十分だった。正午まで、あと四時間半ほどしかない。

ＳＩＴの捜査はどうなっているのだろう、と思った。樫村たちは、昼までに人質ふたりを見つけ出すことができるのだろうか。

それにしても、と塔子は考えた。タロスはいったい何をするつもりなのだろう。これまでの経緯を見ると、奴は被害者をさらし者にする可能性があった。黒田剛士は窒息死させられたあと、ショーウインドウの中で見せ物のように吊るされていた。あのときのように、今回もまたタロスは遺体を人目にさらすのではないだろうか。劇場型犯罪の仕上げとして、そんなことを企んでいるのではないか。

——絶対に、そんなことをさせるわけにはいかない。

そのとき、バッグの中から携帯電話の着信音が聞こえた。手早く携帯を取り出し、液晶画面を確認する。鷹野からだった。

「はい、如月です」

「早瀬さんから連絡があった。科捜研の河上さんが何か見つけたらしい。朝の会議は出なくていいから、話を聞いてきてほしいということだった」

「わかりました。鷹野さんは今、どちらに？」

「一階のロビーにいる」

「わかりました。すぐに行きます」

上着とバッグを持って、塔子は廊下に出た。

築地署の一階ロビーで鷹野と合流する。彼の表情も、いつもより硬いように思われた。

「今日は移動時間のロスをなくしたい。タクシーを使おう」

早瀬係長から許可をもらっているそうだ。

塔子はタクシーを停めるため、大通りのほうに向かった。

科捜研に到着したのは、七時五十三分のことだった。

研究員の河上啓史郎は今日も白衣を着て、黒縁の眼鏡をかけていた。恰好はいつものとおりだが、顔を見るとかなり疲れているようだ。

「おはようございます、河上さん。……あの、大丈夫ですか？」

すると河上は、慌てた様子で姿勢を正した。

「気をつかわせてしまってすみません。ゆうべも徹夜だったものですから」

「もしかして、私たちの案件のせいで……」

「ええ」河上はうなずいた。「こうしている間にも、人質の身に危険が迫っているかもしれません。朝いちで如月さんたちが活動できるよう、夜のうちに調べておきたかったんです」

彼は眼鏡を外して自分のこめかみを揉んだ。やはり疲労の色が濃いようだ。

「あまり無理しないでくださいね」

「あ……ありがとうございます」なぜだか河上は落ち着かない表情になった。「でも如月さん、私は当然のことをしているだけですよ。内勤の人間にもできることがあるわけですから、全力を尽くさないと。……そうですよね？　鷹野さん」

鷹野は意外そうな顔をしていたが、「助かります」と答えた。

塔子たち三人はテーブルを挟んで向かい合った。河上がこちらに資料を差し出す。

「さっき鑑識課から連絡があったんですが、島本瑞妃という人はマネキンのモデルに間違いないということでした」

塔子はメモ帳を開いて、そのことを書き込んだ。

「それから昨日、竹内憲一さんの家で義眼のようなものが見つかりましたよね。調べたところ、あれはビスクドール用のアクリルアイだと判明しました」

「ビスクドール？」

塔子と鷹野は顔を見合わせた。聞いたことのある言葉だが、それがどんなものを示すのか、塔子にはわからない。

「ビスクというのはビスケットと同じで、二度焼くという意味があります。ビスクドールは粘土を素焼きして作る人形ですね。昔ヨーロッパで流行ったもので、けっこう高級品です」

「昨日見つかった目は、その人形に使われるものなんですね？」と鷹野。

「ええ。普通それらのパーツは、専門のメーカーが作っています。しかしあのアクリルアイは特殊なもので、個人が作って販売していることがわかりました。裏側にサインというか、ロゴのようなものが入っているので間違いありません」

「あれを個人が……」

「ウェブサイトをチェックしたんですが、その人はもともと趣味でビスクドールを作っていたようですね。ネットで写真を公表していたら、ぜひ譲ってほしいという人が何人も現れたので、人形の販売を始めたそうです。以前は既製品の目を使っていたんですが、物足りなくなって、オリジナルの目を作るようになったんだとか。かなり技術のある人だと思います」

その人形製作者は坂井清《さかいきよし》というらしい。ウェブサイトによると江東区森下《もりした》に工房があり、そこで人形を製作しているということだった。

住所を紙に印刷してもらって、塔子はバッグにしまい込んだ。

「それともうひとつ」河上はノートパソコンを操作した。「ビアホール事件で、茂木さんの声の背後に何かの音が入っていましたね。音質が悪くて確認が難しいんですが、まず、録音された場所は建物の中だと思われます。それから、途中で例の音が入るわけですが……」

スピーカーから茂木芳正の声が流れだした。

「私は……茂木芳正、加賀屋百貨店・銀座店の従業員です。私は拉致され、暴行を……ひどい暴行を受けています」

ここです、と言って河上はマウスのボタンを押した。

「暴行を」のあとのわずかな間に、何かが聞こえた。河上はボリュームを上げて、その部分を何回かリピート再生させた。

塔子の耳には単なる騒音としか聞こえない。音質の悪さがネックとなっているようだ。

「たしかにこれは難しい」鷹野は首をかしげた。「何の音です？」

「まだ特定できていません。ですが反響の具合から、建物の外の音が聞こえてきていると思われます」

「たまたま、このときだけ音がしたのか。それとも、何か音がする場所の近くにアジトがあるのか……」

ひとりつぶやいて、鷹野はじっと考え込む。

「我々は引き続き、この録音の分析を行います」と河上。

「何かわかったら教えていただけますか？」塔子は彼に向かって、深く頭を下げた。

「この件については河上さんだけが頼りですから」

「いや、そんなことは……」

河上はそう言いかけたが、鷹野のほうをちらりと見てから口調をあらためた。

「任せてください」河上は胸を張って言った。「なんとしても、この音の正体を突き止めてみせます」

2

早瀬係長に電話で報告したあと、塔子たちはタクシーで森下駅へ移動した。

駅といっても辺りにそれらしい建物はなく、広い通りをタクシーやトラックが走っているばかりだ。ここは都営地下鉄の駅だから地上に駅舎はない。よく見ると、あちこちに地下へ行くための階段が設けられているのがわかる。

塔子はいつも使っている地図帳を開いた。先ほど河上に教えてもらった住所を探して、地図上の道を指でなぞっていく。

「この先ですね」塔子は歩きだした。

鷹野は辺りの写真を撮りながらついてくる。

裏通りに入ると、マンションや民家の並ぶ住宅街があった。道はあまり入り組んでいないから、迷うことはない。

午前九時過ぎ、塔子たちは目的の家に到着した。

そこは古い二階建ての民家だった。玄関先に植木鉢がいくつか置いてあり、葉や土がわずかに湿っている。この家の住人は今朝、これらに水をやったようだ。

門には《坂井》という表札とともに、《坂井ドール店》という看板が出ていた。ただ、その表示はごく小さなものだったし、一見して店舗とわかるような入り口はない。おそらく商売の中心は通信販売で、店舗営業はほとんど行っていないのだろう。チャイムを鳴らして中からの応答を待つ。しかしインターホンから声が聞こえてくる前に、玄関のドアが開いた。

サンダル履きで出てきたのは六十代と見える、もみあげの長い老人だった。すでに隠居の身なのか、それとも普段からこういう恰好なのか、灰色の作務衣を着ている。どこか浮世離れした雰囲気のある人だった。

「おはようございます。坂井です」

その老人は塔子たちに向かって頭を下げた。あまりに丁寧なお辞儀で、こちらが恐縮してしまうぐらいだった。

「あ……おはようございます」会釈をしたあと、塔子は警察手帳を呈示した。「先ほどお電話を差し上げた、警視庁の如月といいます」

「昔のことを調べていらっしゃるんですよね？」思い詰めたような表情をしながら、坂井は言った。「散らかっていますが、どうぞお上がりください」

踵を返して、彼は家の中に戻っていく。「お邪魔します」と言って、塔子と鷹野はあとに続いた。

廊下を歩きながら坂井は言った。

「八年前に妻を亡くしてからは、このとおり掃除も行き届かなくて……。すみません」

「いえ、そんなことは……」塔子は首を振ってみせる。

老人は塔子たちを、奥の洋室に案内してくれた。

中を見て驚いたのだが、その部屋は妙に暗かった。窓に目をやると、厚いカーテンが引かれている。そのせいで外光が入らないのだ。

「今、明かりを点けます」

坂井は壁のスイッチを押した。すぐに蛍光灯が点いて、部屋の中が明るくなった。

周囲を見回して、塔子はぎくりとした。

右手の壁に大きな棚があり、何十という目が光っている。そこには三十体ほどの人形が飾ってあった。みな、身長は五十センチぐらいだろうか。

人形たちはどれも驚くほど肌の色が白かった。そしてどれも無表情のまま、こちらをじっと見つめている。こういうものに慣れていない塔子などには、少し違和感があった。何ともいえない、居心地の悪さが感じられる。

棚のそばには机と作業台があり、製作中の腕や脚などが置かれていた。サイズは小さいものの、形はかなりリアルだ。

床には部品箱や粘土の袋、型枠、何かの装置らしい四角い箱などがあった。鷹野はそれらの品を興味深そうに観察している。

坂井は塔子たちを部屋の中央のローテーブルに招いて、座布団を勧めてくれた。

「飲み物を用意しますので」

「どうかおかまいなく。あまり時間もありませんから……」

まあそうおっしゃらず、と言って坂井はお茶のペットボトルを三本持ってきた。塔子は礼を述べてから、姿勢を正した。

「早速ですが、お訊きしたいことがあります。坂井さんはビスクドールだけでなく、アクリルアイ——人形の目も作っていらっしゃいますよね？」

「はい、これがそうです」

坂井は部品のケースをテーブルに置いた。そこには人形用の目がいくつも並んでいる。白目の真ん中に黒や茶、青、緑などさまざまな色の虹彩《こうさい》と瞳があった。

「外国人の人形も作っていらっしゃるんですか」

「いえ、外国人というわけじゃなくて、そういったイメージの人形ですね」坂井は奥にある棚を指差した。「私が作っているのは、正確に人間を象《かたど》るものではないですから。お客さんの希望もあって、青い目や緑の目、ときには金色の目も作ります。あまりリアルさにこだわることはありません」

彼はアクリルアイを指し示しながら、そう説明してくれた。

「坂井さん、今私たちはある事件を調べています」塔子はあらたまった調子で言った。「十四日の夜、牧原美術館に勤務する竹内憲一さんの行方がわからなくなりました。何者かに拉致されたものと思われます」

報道協定のせいで、まだ新聞でもテレビでも報じられていないことだった。だがこのことを話さなければ、坂井から情報は得られないだろう。もちろん、早瀬係長から許可はもらっていた。

「昨日竹内さんの自宅を調べたところ、古いモノクロ写真が出てきました。これです」

資料ファイルからコピー用紙を抜き出し、坂井のほうに差し出した。そこには、作業場のようなところで裸体をさらした女性が写されている。

「この写真が撮影されたのは、今から九年前の五月三日だと思われます。そしてこの女性そっくりのマネキン人形が、七月二日から六日まで、三鷹の秀和ギャラリーに展示されていました。『奇想の人形展』という展覧会に出品されていたんです。竹内憲一さんは彫刻に詳しい人で、この展覧会の企画立案者でした」

坂井はお茶のペットボトルを見つめたまま、視線を動かそうとしない。

「竹内さんの部屋を調べたとき、もうひとつ見つかったものがあります。坂井さんがお作りになったアクリルアイです」

塔子は別の紙をテーブルに置く。昨日発見した人形の目がプリントされていた。坂井はわずかに眉をひそめた。

「坂井さんは竹内さんのことを知っているんじゃありませんか？　ご存じのことを教えていただけないでしょうか」

塔子と鷹野は、正面に座った坂井をじっと見つめた。

空咳をしてから、坂井はようやく口を開いた。

「竹内さんには、そのアクリルアイを販売しました。完成品のビスクドールも、何体か売ったことがあります」

「それは竹内さんの趣味だったんでしょうか」塔子は首をかしげた。「でも、竹内さんの家に人形はありませんでしたが……」

「彫刻に詳しかったということですから、仕事で使ったのかもしれませんね。そうでなければ、誰かに転売したんじゃないですか」

「販売するとき、竹内さんとお会いになりましたか？」

「ええ、年に一回ぐらい会っていました。竹内さんとは九年前からのつきあいです」

九年前。それが意味するところは容易に想像がつく。

「竹内さんとは、どういう関係だったんでしょうか？」と塔子。

お茶を一口飲んだあと、坂井は部屋の中に目を走らせた。棚に並んだ人形たちをしばらく見てから、彼はこちらに視線を戻した。

「あらかじめ釈明させてもらいますが、私は平凡な男です。ただ臆病なだけの人間なんですよ」

塔子に向かって微笑みかけたあと、坂井は表情を引き締めた。

「九年前、秀和ギャラリーの社員だった竹内憲一さんが『奇想の人形展』を企画しました。玩具としての人形、伝統行事などで使われる人形、商業的な意味を持つ人形、そして崇拝される偶像のような人形。いろいろなものを集めたいということでした。その計画の中にリアルマネキンもあったんです。美術的な価値を持つ彫刻と、デパートなどで使われるマネキン。このふたつを掛け合わせてハイグレードなマネキン人形を作りたい、と竹内さんは言いました」

「ＨＧマネキンですね？」

「ええ。……竹内さんは渥美マネキンに相談して、私にその仕事が回ってきたんです。当時私は、あの会社でマネキン人形の原型を作っていました。普通のマネキンではなく、生身の人間から型取りしたものを開発しようとしていたんです」

やはり、と塔子は思った。以前浜町の磯原商事で聞いたとおり、あのリアルな人形は渥美マネキンで製作されたものだったのだ。だがその後、渥美マネキンは倒産してしまった。

坂井は居住まいを正してから、説明を続けた。

「マネキンを展覧会のためだけに作るのでは、費用がかかりすぎて割に合いません。ですが竹内さんには考えがありました。リアルなマネキン人形を流行させて、商売につなげようとしていたんです。マネキン人形といえば、使うのはデパートやブティックなどですよね。それで、以前から親しくしていた加賀屋百貨店、婦人服部の茂木芳正さんを仲間に加えたそうです。

展覧会のあと、マスコミをうまく使って話題作りをする。そうしてHGマネキンをあちこちに売り込むという計画でした。もちろん加賀屋でもたくさん使ってもらう。茂木さんにはあとで高額の謝礼を支払う、という話になっていたんでしょう。

売り場で使うばかりではなく、別の用途も考えていたようです。普通のマネキンはFRP──繊維強化プラスチックで作られますが、やわらかい素材を使えば、本物の女性に似せることができます。生々しい話ですが、愛玩用の人形を作って外国に販売するという計画もあったようです。……ああ、女の人の前ですみません」

坂井は、ばつの悪そうな顔をしている。彼に向かって、塔子は首を振ってみせた。

「いいえ、気にしないでください。それより今の話を聞いて、思い当たることがあります。九年前の『奇想の人形展』でマネキン人形を見たお客さんが、ギャラリーの人から言われたそうです。興味があるなら販売しますとか、量産化の予定もありますとか、そんなことを」

　坂井は少し驚いたようだった。

「展覧会の時点で、もうそんな話をしていたんですか」

「計画が内輪のものだったとすると、観覧客にその話をしたのは竹内さんでしょうね。好事家《こうずか》——と言っていいのかどうかわかりませんが、国内でもそういう趣味の人に販売できるかもしれない、と考えたんじゃないでしょうか」

　そして、竹内がそう考えていたのなら黒田も同じ考えだったに違いない。ＨＧマネキンを使って、彼らは商売をしようとしていたのだ。

「しかし、その後リアルマネキンが流行しなかったところを見ると……」鷹野が口を挟んだ。「おそらく彼らの計画は頓挫したんでしょうね」

　坂井は再びビスクドールたちに目をやってから、真剣な表情で言った。

「ですが、芸術的な価値のある計画だったと思いますよ。それまで商業用というイメージしかなかったマネキン人形を、美術品として扱おうという試みですから。人間にとって人形とは何か、という問いかけにもつながるでしょう」

「……で、あなたはその計画に加わったわけですね？」

　鷹野が訊くと、坂井は慌てた様子で否定した。

「違います。私の仕事はマネキン人形の原型を作ることだけでした。その後の商売について、一応計画は聞かされていましたが、仲間になるつもりはなかったんです。実際、原型を作ったあの日以降は、まったく協力していません。ただ、竹内さんはときどきビスクドールを買ってくれるので、年に一度ぐらい会って酒を飲んでいたんです」

「黒田剛士さんとは面識がありましたか?」と鷹野。

はい、と坂井はうなずいた。

「この前、殺された人ですよね。……九年前、リアルなマネキン人形を作ると決まったあと、モデルをどうしようかという話になったんです。そのとき竹内さんが声をかけたのが、知り合いの黒田剛士さんでした。ご存じでしょうか、昔、黒田さんは劇団を主宰していまして……」

「劇団ジュピターですね」

「そうです。九年前の時点ではもう解散していましたが、黒田さんはまだ演劇界で働いていました。あの人は演出家という立場上、たくさんの女優を知っています。美しい人を紹介してほしい、と竹内さんは頼みました。何人か候補を出してもらったあと、最終的にひとりの女優が選ばれたんです」

塔子は右手を伸ばして、テーブルの上のコピー用紙を指し示した。九年前のモノクロ写真が印刷されている紙だ。

「この女性ですね。名前は島本瑞妃さん」

それを聞いて、坂井は両目を大きく見開いた。動揺していることがよくわかった。

「やっぱり警察の人に隠し事はできませんね」坂井は舌の先で唇を湿らせた。「おっしゃるとおりです。以前、黒田さんの交際相手だった人だと聞きました」

彼はテーブルから古い手帳を取って、ページをめくっていった。

「ああ、この日です。九年前の五月三日、連休中に型取りをしました。場所は、小《こ》金《がね》井《い》市にあった渥美マネキンの作業場です。ほかの従業員には見られたくないということだったので、会社が連休になったタイミングで、私たちは作業場に集まりました。企画者である秀和ギャラリーの竹内さん、黒田さんとモデルの島本さん、そして私です。加賀屋百貨店の茂木さんは、仕事があるので夜に合流するということでした。型取りは体の隅々までしっかりやる必要があったので、作業は朝九時から夜八時ごろまでかかりました」

「そこで何かが起こったんですね？」鷹野は相手の目を見つめた。「その結果、島本さんは怪我をしてしまった……」

テーブルに手帳を置くと、坂井はひとつ深呼吸をした。それから、こう答えた。

「型取り自体は無事に終わりました。しかしそのあと、問題が起こったんです」

坂井はときどき口ごもりながら、当時の状況を話しだした。

その日、軽自動車でやってきた黒田と島本を見て、坂井は違和感を抱いた。どう見ても、ふたりの間には険悪な空気があったからだ。いざ作業を始めようとしたとき、それがはっきりした。型取りをするので服を脱いでほしい、と坂井が頼むと、島本は驚いたという顔をした。聞いていない、と言って彼女は黒田に詰め寄った。どうやら黒田はこの仕事の内容をしっかり伝えないまま、島本を連れてきたようだった。あとで聞いたところでは、劇団ジュピターが解散したあと、島本は黒田と別れていたらしい。だが数年たって現れた黒田に、しつこくつきまとわれてしまった。それで、この仕事が最後だと約束して、渥美マネキンにやってきたということだった。

夜八時ごろに型取りは終わった。島本が帰る準備をしていると黒田がやってきて、このあと打ち上げに誘われている、と言った。

「竹内さんに指示されて、私はビールやつまみを買ってきていたんです」坂井は記憶をたどる表情になった。「それを社員食堂に用意して、四人で軽く食事をしよう、ということになりました」

ところがこのとき、黒田と竹内との間に、とんでもない約束が交わされていたらしい。黒田は事前に金を受け取っていて、島本に対して、ホステスのように振る舞うことを強要したというのだ。

「あとで茂木さんが来ることになっていました。彼は加賀屋百貨店の従業員です。あのデパートはカガヤホールという劇場を持っているから、接待しておけば今後の女優業で絶対有利になる……。そんなふうに黒田さんは、島本さんを説得したようです」

　仕方なく、島本はホステス役を引き受けた。ところが竹内の要求はエスカレートしていった。挙げ句の果てに、このまま泊まっていくよう、黒田は島本に命じたのだ。私に夜のサービスまでしろって言うの？　島本は激昂《げきこう》して席を立った。驚いている黒田の横面をひっぱたき、渥美マネキンから飛び出したという。

「気まずい雰囲気でしたよ」坂井は首を振りながら言った。「まあしかし、私には関係ないことです。もう型取りは終わっているし、食堂の後片づけをして帰ろうと思っていました。ところが五分ぐらいたったころでしょうか、遅れていた茂木さんから、竹内さんに電話がかかってきました。今、車で近くまで来ているが、飛び出してきた女性を撥ねてしまった、というんです。今日、型取りのモデルが来ているはずだが、その人ではないか、と言われて服装を確認してもらうと、島本瑞妃さんに間違いありませんでした。茂木さんは取り乱していました。勤務先はイメージを大事にする百貨店だからこれはまずい、悪いのは飛び出してきた女だ、なんとかしてくれ、と……」

　そういうことか、と塔子は思った。これが島本の怪我の原因だったのだ。

「竹内さんは黒田さんに、自分の軽自動車で現場に行くよう命じました。島本さんを連れてきたのは黒田さんなのだから、責任をとれというんです。竹内さんに頭が上がらなかった黒田さんは、了承しました。竹内さんはそのまま車で逃げた。黒田さんは島本さんを助けたあと、息のかかった医者に連れて行きました。島本さんは左腕を折って、顔面にもかなりひどい怪我をしていたそうです。

しかし島本さんは茂木さんの顔を見ていなかったし、車の特徴も覚えていなかったんでしょう。意識を取り戻してからも、警察に届けることができなかったようですね。黒田さんが脅して、警察に駆け込ませないようにした、という話もあとで聞きました」

そこまで話して、坂井は深いため息をついた。九年前の出来事ではあるが、これだけ大きなトラブルなのだ。忘れることはできなかったに違いない。

「ひとつ教えてください」塔子は言った。「坂井さんはこのことを今まで誰にも打ち明けず、ずっと黙っていたんですか？」

坂井は一瞬、言葉を失ったようだった。表情を曇らせながら、彼はこう答えた。

「責められても仕方がないですよね。でも黒田さんに脅されたし、竹内さんからは、黙っていれば金を出すと言われたんです。当時私は借金を抱えていたもので……。そう、竹内さんはこうも言いました。『心配するな。死人が出たわけじゃない』と。たしかにそのとおりだな、と思ってしまったんです」

死人が出たわけではない。それは事実だ。だが、死ななかったから、ごまかしが利くというものではないだろう。

「あの……私は罪に問われるんでしょうか」

坂井は上目づかいに尋ねてきた。メモ帳に何か書き付けながら、鷹野が答える。

「九年前にあなたが通報してくれていたら、銀座での殺人事件や拉致事件は、起こらなかったかもしれません。本当に残念です」

坂井はじっと黙り込んだまま、テーブルの染みを見つめていた。ややあって、彼は顔を上げた。何か釈明したいという様子にも見えたが、言葉を呑み込んでしまったようだ。

「本当に、私は小さい人間です」

彼は塔子たちに向かって、深く頭を下げた。

3

午前九時三十分。私はエアコンの効いた部屋の中で、ひとりくつろいでいる。

窓の外に目をやると、真夏の陽光があちこちの建物に反射しているのが見えた。ネットの天気予報によれば今日も晴れだ。今はまだいいが、これから急激に気温が上がって、昼過ぎには三十四度を超えるだろう。

その暑さの中で事件は起こる。今日これから私の前で、過去に類を見ない残酷な出来事が繰り広げられるのだ。

その様子を想像すると、体の芯が熱くなるようだった。私はもともと暴力的な人間ではなかったし、嗜虐癖《しぎゃく》があるわけでもない。ごく普通の、演劇と言葉と物語を愛する人間だった。その自分がこれほど残酷な出来事を好み、期待しているのは不思議なことだった。

自分は変わったのだ、と私は思う。いや、変えられてしまったのだ。

私をこんなふうにしたのは、黒田たち三人だった。

コーヒーを一口飲んだあと、私はあらためて窓から外を覗いてみた。今日も銀座の町には大勢の人がいる。会社に向かう者、荷物を配達する者、店の前を掃除する者。

そんな中、私が用意した特別な舞台に、出演者たちが集まっていた。彼らの役目は重要だ。だが彼らは全員、自分が演じる役割について何も意識してはいない。

今の私は、開幕ベルが鳴るのを楽しみに待つ観客だった。そしていざ幕が上がれば私だけでなく、多くの人たちがこのステージを楽しんでくれるはずだ。みな驚き、目を見張り、息を呑んで舞台を見つめることだろう。

これこそが舞台芸術の醍醐味《だいごみ》だ。エンターテインメントの楽しさだ。

私はテーブルに置いたマネキンの頭部に手を伸ばす。美しい頬を、耳を、唇を撫でる。まもなく、待ちに待った開演の時刻だ。

——いよいよ、今年最高の芝居が始まる。

私は窓辺に椅子を引き寄せ、鑑賞のための特等席を用意する。マネキンの頭部を手にとって、ゆったりとその席に腰を下ろす。

美しい頭部を抱えて、私は真夏のステージに注目した。

4

坂井の家を出たあと、鷹野は急ぎ足で歩きながら言った。

「あの人は嘘《うそ》をついていないと思う。島本瑞妃は黒田さんの紹介で、マネキンの型取りに応じた。しかしその夜、茂木さんの車に撥ねられて大怪我をした。現在、彼女の行方はわからないが、どうやら別の名前で芸能活動を続けているらしい。これらが事実だとすると、たぶんその島本瑞妃がタロスだ」

「早瀬係長に連絡します」

塔子は携帯電話を手に取って、メモリーから番号を呼び出した。発信ボタンを押すと、四コール目で相手が出た。

「お疲れさまです、如月です。急ぎの報告があります」

「今、森下だったな。何かつかめたか？」

「島本瑞妃は交通事故に遭ったようです。彼女は黒田さんに連れられて……」

塔子は先ほど聞いた話を、かいつまんで早瀬に伝えた。

「よし。至急トクさんに連絡する。ほかの聞き込みは一旦止めて、島本瑞妃の捜索を最優先にしよう。SITの樫村さんにも情報を流しておく」

「お願いします。また何かわかったら……」

そのとき、鷹野が塔子の肩をつついた。何だろう、と思って見上げると、彼は右手を差し出してきた。塔子は携帯電話を手渡す。

鷹野は早口になって、早瀬に言った。

「島本瑞妃は顔に怪我をしていますから、芸名だけでなく、見た目も変わっている可能性があります。劇団ジュピター時代の写真や、マネキン人形とは違っているんじゃないかと思います。注意してください」

通話を終えると、鷹野は一息ついて塔子に携帯電話を返した。

そのあと何か思い出したのだろう、鷹野はポケットから自分の携帯を取り出し、電話をかけ始めた。予備班のメンバーに指示を出しているようだ。

その間、塔子は携帯でネット接続してみた。一連の事件に関係ありそうなキーワードで検索を行う。あちこちのサイトにアクセスし、何か新しい情報が出ていないかとチェックしてみる。

通話を終えると、鷹野はメモ帳に何か書き込んだ。やがて顔を上げ、ゆっくりと辺りを見回す。顎に指先を当てて、彼は思案する表情になった。

「さて、犯人の捜索は早瀬さんに任せるとして、俺たちは何をすべきか。今我々にできることは何なのか……」

「最優先となるのは人質の救出ですよね。そのためにはアジトを見つけないと」

「そうだな」鷹野はうなずいた。「あらためて考えてみよう。タロスは一度、加賀屋百貨店に電話してきたが、身代金の要求は一切なかった。ただ『十六日の昼ごろまでに救出しなければ、茂木は死ぬ』と言っただけだ。奴は取引に関して慎重なんだろうか。いや、そうではないと思う。もともとタロスには、身代金をとるつもりはなかったんじゃないだろうか。奴の目的は復讐だ。黒田さん、茂木さん、竹内さんの三人を殺害することが第一義だった。人通りの多い場所にICレコーダーなどを置いたのは、騒ぎを大きくしたかったからだろう」

「劇場型犯罪として、ですね？」

「そう。奴は町中で事件を起こし、一般市民が驚くのを見て喜んでいるんだ。タロスは——島本瑞妃は、演劇の世界に身を置いていた。自己顕示欲が強く、目立ちたがりで派手なことが好きなんだろう」

「そして愉快犯的な性格も強い、と……」

「俺はそう思う」

本来、演劇というのは出演者全員の共同作業で作り上げるものだ。島本瑞妃も、元はそういう気持ちで劇団に参加していたのだろう。だが九年前の事件があってから、彼女は変わってしまったのではないか。自分の人生そのものを、復讐劇と見なすようになってしまったのではないだろうか。

鷹野は何か考えながら歩きだした。つぶやくように喋り続ける。

「タロスの性格をもう少し掘り下げてみよう。奴の起こした事件に、何か特徴的なものはあるか。イエスだ。犯行を目立たせるというのが最大の特徴だが、もうひとつある。タロスは殺害という行為に関しては、少し消極的のような気がする」

「消極的？」

「奴は第二、第三の事件で、茂木さんや竹内さんをすぐには殺害していない。何かためらいがあるんだろうか。そういえば最初の事件にも、少し気になることがあった。タロスは足の爪先が届くかどうかという高さに、黒田さんを吊るした。結局黒田さんは力尽きて死亡し、我々はそれを残酷な処刑のように考えていたわけだが、本当にそうだったんだろうか」

「あの事件に、ためらいがあったというんですか？」

塔子が尋ねると、鷹野は考え込みながらひとり首をかしげた。こちらを向いて、

「どうだろう。違和感があるか？」

「それを言うなら、ためらいではなくて……たとえばですね、自分の手を汚したくない、という気持ちとか……」

「自分の手を汚さずに復讐を果たす、か」鷹野は顎をさすったあと、うなずいた。「如月の言うとおりかもしれない。吊るしたのは自分だが、直接殺害したわけではない。力尽きて死んでしまったのは黒田さんの責任、というわけだ」

「相当、身勝手な言い訳だと思いますが、たしかにタロス自身が手を下したわけではないんですよね」

「もしそうだとすると、茂木さん、竹内さんの事件はどう解釈すればいいんだろう。タロスが殺害を躊躇《ちゅうちょ》しているのではなく、自分の手を汚さずに始末する、という計画を立てているとしたら……」

「今までの例からいくと、次も銀座地区で事件が起こる可能性が高いですよね」

「うん、俺もそう思うんだが……」

ひとつ唸ったあと、鷹野は空を見上げた。今日も朝から快晴だ。気温も急速に上がりつつある。

「この暑さの中で、衰弱死させようということか？　いや、タロスは『十六日の昼ごろまで』と予告している。そのタイミングで、ふたりが同時に衰弱死することは考えにくい。だとすると何なんだ。奴はいったい何を狙っている？」

鷹野は乱れた髪に手をやり、苛立った表情で頭を掻いた。

「自分の手を汚さず、誰か他人にやらせようとしているんじゃないでしょうか」と塔子。

「金を渡してヒットマンに頼む、とでも言うのか？　それはないだろう」

「でも日付を指定していますよね。だいたいの時間もです」

たしかに、と鷹野はうなずく。

「そこが謎なんだ。なぜ今日の『昼ごろ』までなんだ？　どうして時刻がはっきりしていないのか。不確定要素があるというんだろうか」

そのとき、塔子の携帯電話が鳴りだした。液晶画面には《科捜研　河上さん》と表示されている。急いで通話ボタンを押した。

「はい、如月です」

「お疲れさまです、科捜研の河上です。今ちょっといいですか？」

「ええ。何かわかりましたか？」

「ICレコーダーの件ですが、茂木さんの声の背後に小さな音が聞こえていましたよね。あれの正体がわかりました。鉄道の走行音です」

「鉄道？」塔子は眉をひそめた。

「ＪＲの電車の音に間違いありません。茂木さんが囚われている場所の近くを、鉄道が通っているんだと思います」

「仮に、アジトが銀座地区にあるとすると……」

「東京から有楽町を経て新橋まで、このどこかだという可能性が高いと思います」

塔子は銀座地区の地図を思い浮かべた。今の話がたしかなら、アジトの場所が推測できそうだ。

「助かります！　河上さん、ありがとうございました」

「あの、如月さん」慌てた様子で河上は言った。「なんとしても助けてあげてください。この捜査に関わった者として、人質の無事を祈っています」

「わかりました」

塔子は電話を切り、今の情報を鷹野に伝えた。それから地図帳を取り出して、銀座地区のページを開いた。

「事件が起こっていたのは、交詢社通りとその延長上の道路ですよね」塔子は地図上の道路を指でたどっていく。「犯人がこの一帯にこだわっているのなら、アジトもそれほど離れていないだろうと思うんです」

「そしてJR線のそば、ということになると……」

「このへんじゃないでしょうか」

塔子は地図上の一点を指差す。交詢社通りの北西の端、高架にぶつかる辺りだ。この高架の上には東京高速道路があり、それに併走する形でJRの線路が設けられている。

「たしかに可能性はある」鷹野はうなずいた。「一連の事件はごく狭い範囲で起こっているからな。この辺りなら、交詢社通りにも面しているし……」

「あっ！」

突然、塔子は大きな声を上げた。驚いて鷹野がまばたきをした。

「何だ？　どうした」

「ここですよ。ここに間違いありません」

塔子は鷹野の顔を見たあと、すぐ地図に目を戻した。

「昨日の会議で神谷課長に訊かれましたよね。八月十六日は何がある日か、と。そのとき私は答えました。お盆が終わる日ですって。……まさにそれだったんです」

塔子は地図に指を這わせ、東京高速道路の高架に面した位置にある、ひとつのビルを指し示した。

「ここに解体工事中のビルがありましたよね。工程表に書いてあったんですが、十一日から十五日までは休みだったんです。ということは今日、十六日に工事が再開されるということですよ」

鷹野は両目を大きく見開いた。

「ビルの解体……。まさか、重機で壊すということか？」

「そうです！　犯人は工事が再開されるのを待っていたんです。茂木さんと竹内さんはビルとともに、つぶされてしまう可能性があります」

塔子は腕時計を見た。午前十時二十五分を過ぎたところだ。

「もう工事は始まっているはずです」

「まずいぞ。これはまずい」鷹野は携帯電話を取り出した。「特捜本部に連絡する」

「私はタクシーをつかまえてきます」

地図帳をバッグにしまうと、塔子は全力で走りだした。

5

タクシーを降りると、塔子と鷹野は工事現場に向かって走った。

辺りにはトラックやワゴン車、ワンボックスカーなどが集まっている。東京高速道路の向かいにあるクリーム色のビルで、今まさに解体工事が行われていた。

表示板によると、そこは銀座大島《おおしま》ビルといって、八月中には解体工事が終わる予定だそうだ。外側は高さ三メートルほどの鋼板《こうはん》でぐるりと囲んである。関係者が出入りするためのドアが目に入った。ピッキングに通じたタロスであれば、あれを解錠することは可能だっただろう。タロスは深夜、この工事現場の仮囲いの中で人質を痛めつけていたのではないか。

黒田や茂木、竹内はなぜ易々《やすやす》と犯人に捕まってしまったのか。犯人に誘い出されて、彼らは少しも警戒しなかったのか。その謎がようやく解けた。犯人、島本瑞妃はもともと彼ら三人の知り合いで、しかも女性だった。だから黒田たちは油断していたのではないか。

そして今、この工事現場のどこかに茂木と竹内がいるのではないだろうか。彼らは死の危機に瀕《ひん》している。いや、もしかしたらもう——。

仮囲いに沿って走ると、工事車両用のゲートがあった。敷地の中に、解体工事のための重機が二台入っているのが見える。

巨大な鉄の爪が振り上げられ、振り下ろされていた。そのたびに耳を聾《ろう》するような音が響き、大きな振動が伝わってくる。頑丈なコンクリートの壁や床が、いとも簡単に崩されていく。ただただ続けられる破壊。あちこちで鉄筋が剝き出しになり、それは死にゆく生物の神経のようにも見えた。

中に入っていこうとする塔子たちを、警備員が制止した。

「……ですから、入らないで……の方は向こうで……」

重機の破壊音がひどくて、相手の言うことがよくわからない。こちらも声を強めないと向こうに聞こえないだろう。珍しく、鷹野が大きな声を出した。

「警視庁の者です。責任者はどこにいますか？」

「ここから動かないでください」

そう言って警備員は踵を返した。

塔子はいらいらしながら、彼が戻るのを待った。二十秒、三十秒。こうしている間にも、人質は鉄の爪で引きちぎられてしまうかもしれない。

腕時計を見ると、すでに午前十一時を回っていた。この解体工事は何時ごろから始まっていたのだろう。朝八時ぐらいからか。だとしたら、もう三時間近く作業が続いていることになる。

――だからタロスは、昼ごろまでと言ったんだ。

それまでには重機が茂木たちを押しつぶし、気づいた作業員が大騒ぎを始める。パトカーや救急車が駆けつけ、野次馬が集まり、テレビ局もやってくる。そんな状況をタロスは予想していたのだろう。

二分ほどで、先ほどの警備員が戻ってきた。作業服とヘルメットを着用した、大柄な男性を連れている。眉が薄く、表情に乏しい人物だった。

彼が現場監督だというので、鷹野は警察手帳を呈示した。

「警視庁の捜査一課です。今すぐ作業を中止してください」

「急にそんなことを言われても困りますよ。うちにもスケジュールってものがあるんだから」

「この建物の中に、人がいる可能性があるんです」

え、と言って現場監督は鷹野を見つめた。

「どういうことですか」

「最近、銀座で殺人事件があったことは知っていますよね？　その事件の犯人が、ここでふたりの人間を殺害しようとしているんです」

「殺害って……いったい、どうやって？」

「あれです！」鷹野は、鉄の爪を振り回している重機を指差した。「犯人はあれを利用するつもりです」

そのとき、一際激しい音がした。重機のアームが大きく動き、高い位置にあったコンクリート片を地面に落としたのだ。地震かと思うほど、地面が激しく揺れた。

「とんでもない話だ！」

現場監督は、作業指揮所に向かって走っていった。

塔子の視野の隅に、赤いランプが映った。応援の覆面パトカー三台が到着したのだ。車から捜査員たちが降りてくる。早瀬係長の姿を見つけて、塔子は大きく手を振った。

「係長、ここです！」

小走りになって、早瀬と門脇がやってきた。ふたりとも、重機の激しい動きを見て驚いている。

「おい、まだ動いているじゃないか！」と早瀬。

「今、現場監督が止めようとしています。もう少しです」

そうこうするうち、ようやく二台の重機が動きを止めた。早瀬は辺りを見回し、ひとつ息をついた。

「よし、捜索を始めよう」門脇が仲間たちに呼びかける。

「ちょっと待ってください」現場監督が指揮所から戻ってきた。「そんなことは許可できません。素人が現場に入ったら危なくて仕方がない」

「しかし、囚われた人たちは衰弱している可能性があるんです。このまま放っておくわけには……」

「あんた方だけじゃ危ないって言ってるんです」現場監督は部下に向かって指示を出した。「誰かが閉じ込められているそうだ。警察の人が現場を捜索するから、作業員は協力してやってくれ。安全を確保しつつ、中を調べるんだ」

「ありがとう。助かります」早瀬は頭を下げた。

塔子たちはヘルメットを借りて頭にかぶり、現場に入っていった。崩落の危険はないようだが、足下は瓦礫だらけだ。捜査員と現場作業員たちは、崩れたコンクリートの下を覗き込みながら、少しずつ進んでいく。

「茂木さん！　竹内さん！　警察です」塔子は声を張り上げた。「返事をしてください。声が出せなければ何か音を立ててください」

そう呼びかけたあと、黙って反応を待つ。何も聞こえない。再び茂木たちの名前を呼ぶ。そして反応を待つ。

捜査員たちも同じように呼びかけ始めた。声を出すタイミングと耳を澄ますタイミングを分け、小さな物音も聞き漏らさないよう注意する。

だがそのとき、大きな騒音が響いてきた。驚いて塔子たちは振り返った。東京高速道路の向こう、高架の上をＪＲ線の列車が走っている。その音と振動は思った以上に大きい。

山手線の列車が通過したあと、塔子たちは再び人質の名を呼んだ。しかし耳を澄ます段階になって、また列車の音が聞こえてきた。今度は京浜東北線だ。高架の上の線路は、東海道本線や新幹線も通過することになる。そのたびにかなりの騒音がここまで伝わってくるのだ。

「これじゃ、人質が声を出しても聞き取れないぞ」

門脇が忌々しげに言った。彼は茂木の名を呼んで反応を待ったが、そこへまた列車の走行音が響いてきた。

「くそ。どうすりゃいいんだ。なんとかしてくれよ、鷹野」

「そう言われても、相手は鉄道ですよ」さすがの鷹野も戸惑っているようだ。

門脇も鷹野も早瀬も、黙り込んでしまった。捜査員や現場作業員たちも、どうしていいのかわからないという顔で立ち尽くしている。

徐々に時間は過ぎていく。人質たちは体力を消耗し、意識を失ってしまうかもしれない。あるいは怪我の具合がひどく、出血多量で命を落としてしまうかもしれない。

また電車の音が聞こえた。今度はかなり長い。あれは新幹線の響きだろうか。

塔子は空を見上げた。真夏の太陽がまばゆい光を放っている。塔子の額や首筋を、汗が伝い落ちていく。

――ほんの数分でも電車が止まってくれれば。

そうすれば、なんとか人質を見つけられるのではないか。それは直感でしかなかった。だがそこに、いくらかの可能性があることはたしかだ。

このとき塔子は思い出した。そうだ、試してみる価値はある。いや、今はそれに賭けるしかない。

携帯を取り出して、塔子は徳重に架電した。

「もしもし。どうかしたのかい？」

「トクさん、この前のメモ、まだ持っていますよね」

「この前のって……どのメモのこと？」

「吉富刑事部長からいただいたメモです。番号を教えてください」

横にいた鷹野が驚いている。それにはかまわず、塔子は徳重から聞いた番号をメモ帳に書き取った。挨拶もそこそこに電話を切る。

「それを使うのか？」と鷹野。

「緊急事態が起こったときには相談するように、と言われました。今がそのときですよね？」

「……わかった。俺が頼んでみる」

鷹野は塔子からメモ帳を受け取り、早瀬のほうを向いた。

「早瀬係長、吉富部長に相談してみます。越権行為かもしれませんが、許してください」

「かまわない、やってくれ」と早瀬。

メモ帳を見て、鷹野はその番号に架電した。相手はすぐに出たようだ。

「お忙しいところ、失礼します。十一係の鷹野です。……はい、今捜査を行っていますが、緊急で部長にお願いがあります」一呼吸おいてから鷹野は言った。「ＪＲの電車を止めていただけないでしょうか。有楽町駅と新橋駅の間です」

周囲の捜査員たちが目を丸くしている。作業員たちも驚いているようだ。

鷹野は状況を報告し始めた。相手は刑事部長という雲の上の存在だが、彼は落ち着いた口調で話し続けた。無駄なく、要点を押さえた報告だ。

しかし、横にいた早瀬が戸惑う様子で口を挟んできた。

「ちょっと待った。部長に相談するって、そういうことなのか？　いくらなんでもそれは無茶だ。ＪＲを止めるなんて法的根拠がない」

鷹野は携帯から口を離して、早瀬に説明した。

「ええ、だから吉富部長の力を借りるんです。我々はＪＲに命令するわけじゃありません。協力を要請するんです。人命がかかっていることを訴えて、ＪＲ側の判断で電車を止めてもらうんですよ」

鷹野は再び通話に戻った。

一分半ほどで話は終わったようだ。鷹野は電話を切り、こちらを向いた。

「そのまま待て、とのことです」

早瀬と門脇は顔を見合わせている。この突拍子もない依頼が通じたのかどうか、半信半疑という表情だった。

門脇の指示で、捜査員たちは引き続き、瓦礫の隙間などを調べ始めた。だがそうする間にも列車の騒音が響き、小さな音は聞こえなくなる。捜査員たちに焦りの色が濃くなってきた。

そのうち、鷹野の携帯電話に着信があった。

「お疲れさまです、鷹野です。……はい……ええ……そうですか。了解しました。ありがとうございます」

「どうでした?」と塔子。

みなが見守る中、鷹野は言った。

「十一時四十分から五分間だけ、JRが運行を停止してくれます。その間は『サイレントタイム』とします。我々も音を立てず、人質の声や物音に注意しましょう。全員に周知徹底願います」

「了解!」捜査員たちはうなずいた。

「みんな、十一時四十分からは喋るなよ」作業員たちも、互いに声をかけ合っている。「静かに探すんだ。腹も鳴らすんじゃねえぞ!」

塔子は、昨日見たテレビの一シーンを思い出していた。海外の紛争地帯からの映像だ。そこに映されていたのは、瓦礫の中から人々を助け出す様子だった。

災害救助のときなど、どこに人がいるのかわからない状況下では、作業時間が無駄になることがある。そこで設定されるのがサイレントタイムだ。時間を決めておいて、その間はみな声を出さず、音を立てないようにする。ひたすら耳を澄まし、助けを求める声や物音を探って、生存者の居場所を特定するのだ。

午前十一時四十分。どうなるだろうかと不安に思っていたが、本当に電車の音が聞こえなくなった。今この瞬間、近くの線路には列車が一編成もいないようだ。

——止まってくれた！

塔子は驚いていた。信じられないという思いがあったが、これは事実だ。どの列車も最寄りの駅に停車し、時間調整をしてくれているのだろう。

「今から五分間だ」門脇がみなに告げた。「どんな物音も聞き逃さないよう、注意してくれ」

塔子たちは瓦礫の間を歩きだした。ときどき立ち止まって耳を澄ます。

もちろん完全に無音というわけではなかった。有楽町駅や新橋駅からは、列車の遅れを伝えるアナウンスがかすかに聞こえてくる。東京高速道路を走る車の音や、商店のBGMなどが少し耳に届く。だが電車の騒音がなくなっただけでも、格段に条件はよくなった。

捜査員、作業員たちは足音を立てないよう気をつけながら、工事現場を歩いていく。どの顔も、これ以上ないというぐらい真剣だ。

少々危険かと思ったが、塔子は建物の奥へ進んでいった。廊下のあちこちに瓦礫が転がっているが、人がいそうな場所は見当たらない。

前方に、壁の一部が崩れてしまった部屋がある。左右の壁にもひびが入っていた。斜めに射す陽光の中、大量の埃が舞っている。辺りは静かだった。不審な物音は何も聞こえない。

残り二分を切った。塔子の中で焦る気持ちが膨らんでいく。やはり駄目なのか。ふたりはもう、息絶えてしまっているのか。

そのときだ。かすかな物音が聞こえた。何かを叩いているような音。いつ途切れてもおかしくないような、ごく小さなものだった。それでも塔子にはわかった。あれは、意志を持った者が立てている音だ。

発生源を探して、塔子は足を進めていった。

前方は壁になっていて行き止まりだ。この部屋の中に、大きな瓦礫は落ちていない。誰かが下敷きになっていることはないはずだ。

——だとしたら、この音はどこから？

まさか壁の中から聞こえるわけではないだろうし。そう思ったとき、塔子の目に鉄製の扉が映った。パイプスペースだ。あの扉の向こうには空間があるはずだった。

塔子はその扉に駆け寄り、ハンドルを手前に引いた。扉は簡単に開いた。

中から音が聞こえる。誰かがパイプを叩いているのだ。塔子は携帯電話のライトで
パイプスペースを照らした。暗闇の中にふたりの男性が横たわっていた。

手前の男性の顔を見ると、口にガムテープを貼られていることがわかった。急いで
それを剝がし、小声で尋ねる。

「警察です。あなたの名前は？」

「たけ……うち……」

間違いない。この二名が、塔子たちの捜していた被害者だ。

ふたり揃っているのなら、もう問題はなかった。塔子は大きな声で仲間を呼んだ。

「人質二名を発見しました！　ひとりは竹内と名乗っています！」

捜査員や作業員が、塔子のそばに集まってきた。鷹野や早瀬、門脇たちの姿も見えた。

「門脇さん、そっちを持ってください。俺はこっちを……」

鷹野がパイプスペースの中に手を伸ばす。

竹内たちの体が外に出たことを確認してから、早瀬が告げた。

「十一時四十四分、被害者二名を救出！　みなさん、ありがとうございました」

おお、という歓声があちこちから上がった。自然に大きな拍手が起こった。

かなり暴行を受けたのだろう、茂木芳正と竹内憲一は傷だらけだ。顔も腫れ上がっていたが、所持品などから本人だと確認することができた。

鷹野は覆い被さるようにして、被害者たちに問いかけた。

「竹内さん、茂木さん、あなたたちをこんな目に遭わせたのは誰なんです？」

何度も質問を繰り返したが、衰弱が激しいようで返事がない。結局、ふたりから手がかりを得ることはできなかった。

竹内と茂木は救急車に乗せられ、病院へ搬送されていった。


サイレントタイムが終わり、ＪＲの列車はすでに動きだしていた。

響いてくる走行音を聞きながら、塔子はひとり胸をなで下ろした。あと少し遅ければ、あのふたりは重機に押しつぶされていたかもしれない。最悪の事態を回避することができて本当によかった。

だが隣にいる鷹野は浮かない顔だった。犯人について、何も聞き出せなかったことが心残りなのだろう。

あのまま死者が出ていたら、と考えて、現場監督はぞっとしたに違いない。彼は早瀬に向かって、深く頭を下げていた。早瀬のほうも、捜査協力への礼を述べていた。

このあと鑑識課が到着する予定になっている。現場検証と採証活動が行われるから、少なくとも今日一日は解体工事ができなくなるはずだ。現場監督としてはスケジュールが気になるところだろうが、警察の正式な捜査が入るのでは仕方がない。

「ＳＩＴの樫村さんにも電話しておいた」

早瀬がこちらにやってきて、そう言った。人質を救出できたことで、彼の表情も明るくなっている。

「ふたりともよくやってくれた。あとは犯人のことだが」早瀬は腕時計を見た。「島本瑞妃については鑑取り班に調べてもらっている。早く情報が入るといいんだがな」

「また交詢社通りでした……」考え込みながら鷹野は言った。「タロスはこの騒ぎを楽しみにしていたはずです。問題は、奴の居場所がどこなのかということです」

「うん。だから今、トクさんたち鑑取り班が全力で探している」

鷹野はこめかみを掻きながら、早瀬の顔を見つめた。

「タロスは――島本瑞妃は、どこかこの近くにいるんじゃないでしょうか。だから交詢社通りにこだわり、いつもこの付近で事件を起こしているのでは？」

「そういう筋読みは今までにも出ていたよな。タロスには土地鑑があるんじゃないか、ということだろう？」

「いえ、土地鑑とか、そういう話じゃないような気がします。タロスは最初からずっと、事件現場を見ていた可能性があります」

「門脇から相談を受けたよ。この際、交詢社通りにローラーをかけて、犯人を炙り出すべきじゃないかと」

鷹野は腕組みをして、低い声で唸った。

「ええ、その方法は有効かもしれません。もし交詢社通りに勤める者、住んでいる者が犯人なら、今までの事件現場をつぶさに観察することができたでしょう。しかし何かが引っかかるんです。……如月はどうだ？」

急に呼ばれて、塔子はまばたきをした。

「はい？　何ですか」

「如月が犯人だとして、自分が働いている場所や住んでいる場所で事件を起こすだろうか。タロスが大胆な奴だというのは事実だが、ひとつ間違えば捕まるおそれがある」

「たしかにそうですね。自分が交詢社通りにいるのなら、通り沿いで事件を起こすのはリスクが高すぎます」

「だからタロスは警察に捕まらないような方法で、騒ぎを見ていると思うんだ」鷹野は言った。「ネットで事件の写真を集めているんだろうか。しかしそう都合よく、ＳＮＳに画像がアップされるわけじゃない。……もしかして、町の防犯カメラをクラッキングして、映像を抜き出しているのか？」

「それは考えにくいな」早瀬が首を振った。「銀座地区の防犯カメラは、セキュリティーのレベルが高い。ちょっとやそっとでデータを盗み見ることはできないはずだ」

そうですよね、と応じたあと、鷹野は首をかしげてひとり考え込む。

「あと少しで、何かわかりそうな気がするんですが……」

さすがの鷹野も手詰まりという状態らしい。

何か得られる情報はないかと、塔子はまた携帯でネット接続してみた。SNSを調べたり、演劇関係者を検索したりする。

そのうち、ある動画を見つけた。何人かの女性が順番に挨拶し、コメントを述べている。よくある宣伝動画だったが、しばらく見ているうち塔子ははっとした。

――この声、聞いたことがある。

もう一度、動画を再生してみた。本当にそうなのかと言われれば、百パーセントの自信はない。だが、疑ってみる価値は充分にあった。

「主任、これを見てください！」

「どうした？」鷹野は腰を屈めて、塔子の手元を覗き込む。

その動画を何度か見るうち、彼も疑いを抱いたようだった。

「似ているな。昨日、尾留川から聞かされた声と……」

「この人が島本瑞妃じゃないでしょうか」

早口になって塔子は言った。鷹野は険しい表情になっていた。

「まだ断定することはできない。だが可能性は非常に高いと思う」鷹野はうなずいた。「彼女が島本であり、タロスであると仮定してみよう。タロスはこの事件をいったいどこから……」

そこまで言って、彼は口をつぐんだ。辺りを見回そうとしたようだが、急にそれをやめて身を固くした。彼の顔は強ばっていた。

何が起こったのか、塔子にはわからなかった。ただ、鷹野の様子がいつもと違うことだけはたしかだ。

「どうしたんですか、主任」

それには答えず、鷹野は早瀬にこうささやいた。

「係長、少し歩きましょう。ごく自然な感じでお願いします。そうですね、何か冷たいものでも飲みに行こうか、というように」

塔子と早瀬は顔を見合わせた。鷹野はゆっくり歩きだす。そのあとに塔子たちはついていった。

鷹野は東京高速道路の高架に沿って新橋方面に向かった。一ブロック進んだところで左に曲がる。もう一ブロック進んでまた左折した。この先には交詢社通りがある。そこを左に曲がれば元の銀座大島ビルが見えるし、右に曲がれば笹木鞄店やビアホール・ケルン、ブティック・ヤマチカの看板が遠くに見えるだろう。

交詢社通りに出る手前で、鷹野は足を止めた。建物の陰からそっと顔を出し、左側の様子をうかがっている。彼の視線の先にあるのは、先ほどまで塔子たちがいた銀座大島ビルの仮囲いだ。

「鷹野、いったいどうしたんだ？」

早瀬にそう訊かれて、彼はこちらを振り返った。

「我々は大変なものを見落としていました」真顔になって鷹野は言った。

「あの工事現場付近に、何かあるということですか？」と塔子。

少し考えたあと、鷹野はこう説明した。

「俺は、犯人が『劇場型犯罪』を狙っているんじゃないかと思っていた。その場合、タロスは主人公、一般市民は観客という形になる。しかし、この事件はそうじゃなかったんだ。タロスは事件の推移を見て楽しんでいる。奴は今回、茂木さんと竹内さんを殺害せず、ビルの解体作業で死亡するような仕掛けを作った。赤の他人である作業員たちが、そうとは知らずに被害者を死なせてしまうという、悪意に満ちた殺害計画だ。

ブティック事件でもそうだった。ぎりぎり足がつくように吊るして、最初は黒田さんを生かしていたが、そのうち彼は力尽きて窒息死した。……タロスは自分の手を汚さず、事件の進行を見守っていた。これはおそらく『観客型犯罪』とでも言うべき事件なんだ」

「観客型……犯罪？」塔子は眉をひそめる。

ああ、と鷹野はうなずいた。

「奴はいつも『特等席』から、事件の様子を観察していたんだ。今日もそうだ。……ビアホール事件で、犯人はなぜ加賀屋百貨店のそばではなく、銀座六丁目交差点にICレコーダーを置いたのか。鞄店事件ではなぜ牧原美術館の近くではなく、銀座西六丁目交差点にブツを置いたのか。その理由はたぶん、最初のブティック事件を、交詢社通りの延長上で起こしたからだ。それを観察するための特等席を作ったから、奴は第二の事件、第三の事件、今日の『解体ビル事件』の現場をあとから決めた。特等席から見えるように、事件の場所を選んだんだ」

鷹野は塔子のバッグを指差したあと、右手を前に出した。

「如月、双眼鏡を持っているよな。この前、河上さんからもらったやつだ」

「あ……はい」

塔子はバッグの中から、双眼鏡を取り出した。

それを受け取って、鷹野はレンズを自分の目に当てた。体を建物の陰に隠したまま、ある方向を観察している。

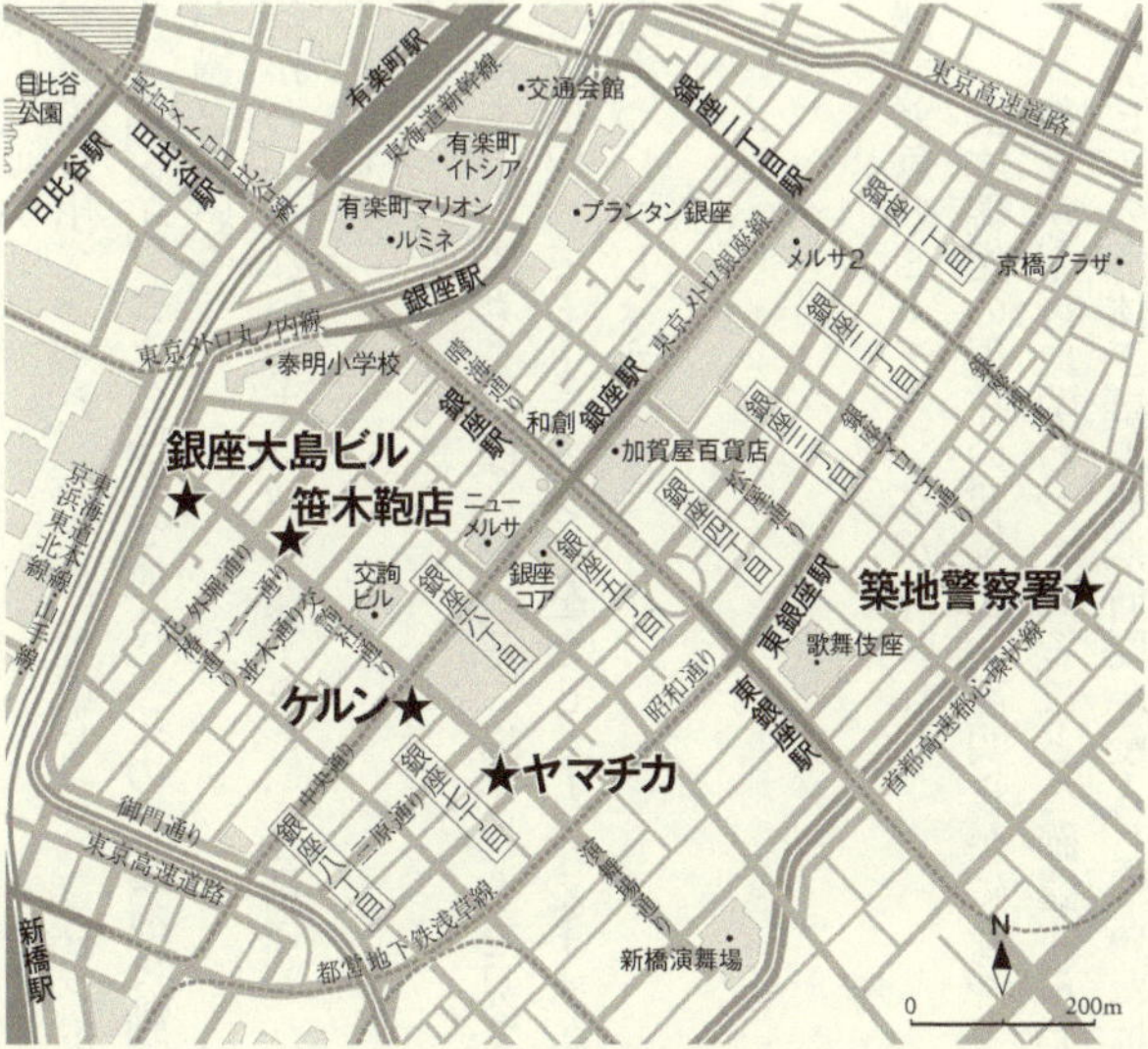

日比谷公園
日比谷駅
日比谷駅
有楽町駅
東海道新幹線
交通会館
有楽町イトシア
有楽町マリオン
ルミネ
プランタン銀座
銀座一丁目駅
東京高速道路
銀座一丁目
メルサ2
京橋プラザ
銀座駅
東京メトロ丸ノ内線
泰明小学校
東京メトロ銀座線
銀座二丁目
銀座駅
和創
銀座駅
加賀屋百貨店
銀座三丁目
銀座四丁目
銀座大島ビル★
笹木鞄店
ニューメルサ
交詢ビル
銀座コア
銀座五丁目
銀座六丁目
東銀座駅
築地警察署★
歌舞伎座
ケルン★
昭和通り
東銀座駅
首都高速都心環状線
★ヤマチカ
御門通り
東京高速道路
銀座七丁目
銀座八丁目
新橋駅
都営地下鉄浅草線
新橋演舞場
N
0
200m

「ここからでは見えにくいな」

鷹野は腰を屈めて車道に出ていった。路上に駐車しているワンボックスカーのうしろに張り付き、そっと頭を出して双眼鏡を覗く。そのまま彼は動かなくなった。十秒、二十秒と時間が過ぎていく。

塔子と早瀬は事情がわからないまま、彼の様子をじっと見守った。

やがて、鷹野はつぶやいた。

「あそこだ。とうとう見つけたぞ……」

双眼鏡を外し、ゆっくりとこちらに顔を向ける。塔子たちを見て、鷹野は言った。

「早瀬係長、一旦、署に戻ってミーティングをさせてもらえますか。この事件、裏を取って今日中に決着をつけましょう」

6

築地署の特捜本部で緊急のミーティングが行われた。

徳重の報告により、島本瑞妃の現在の状況が一部明らかになっていた。動機については充分だ。あとは、彼女が犯行に関わっていることを確認する必要があった。島本が犯人なら、銀座大島ビルの解体工事現場に何度か侵入していたはずだ。

その姿を探すため、周辺の防犯カメラの映像を調べることになった。あのビルの近くにもカメラはあり、すでにデータは入手できている。ただ、量が膨大だったから今までチェックできていなかったのだ。

「手分けして、大至急データを調べてくれ」早瀬が捜査員たちに指示した。「あのビル自体は撮影されていないが、その近くの映像は残っているはずだ。被疑者の写真をもとに、防犯カメラの映像をチェックしてほしい」

塔子もパソコンを使って録画データを確認していった。ここで手がかりが得られなければ、犯人を追い詰めることはできない。急ぎながらも慎重に作業を進める必要がある。

そのうち捜査員のひとりが報告した。

「白いワンボックスカーが何度か撮影されています。ナンバーは隠してありますが、プレートへの細工の特徴から、同じ車両だとわかります」

その車は八月十三、十四、十五日のいずれも夜間に見つかっているという。十三日は茂木が拉致された日、十四日は竹内が拉致されたと思われる日だ。

「最初の事件のときは銀色のセダンだったが……」神谷課長がつぶやいた。「念のために車を乗り換えたのかもしれない」

「白いワンボックスカーなら業者の車のように見えます」早瀬が言った。「工事現場の近くに停まっていても、不審に思われることは少ないでしょう」

「よし。映像で、その車をさらに追ってみろ」

時間帯を絞り込んで、捜査員たちはデータを確認していく。やがて尾留川が手を挙げた。

「見つけました！　十五日、夜の映像です。場所は、工事現場から約一ブロック離れたところです」

塔子たちは彼のそばに駆け寄った。尾留川がマウスを操作すると、パソコンの画面に映像が流れだした。

暗い路上に白いワンボックスカーが停まっている。運転席から誰かが降りてきて、車体を調べ始めた。焦っていてどこかにぶつけてしまったのだろうか、ボディーの傷を調べている。助手席の窓を開けて、別の人物が顔を出した。

そこで尾留川は映像をストップさせた。

「この女ですよね？」

塔子たちは画面を見つめる。おそらく町中ですれ違っても気づかないだろう。だがじっくり見れば、顔の輪郭や目、耳の特徴などから本人だとわかる。

「島本瑞妃ですね。今は別の名前を使っていますが……」鷹野が言った。「もうひとりは誰だ？」

尾留川は映像を先に進めた。

車体の傷をチェックしたあと、運転手は辺りを見回した。そのとき、カメラが正面から顔をとらえた。

「止めてくれ」と鷹野。

尾留川がマウスをクリックして映像を停止させる。

「あれ？　ちょっと待ってください」塔子は眉をひそめた。「この人、どこかで……」

「俺も見たことがある」鷹野もうなずいた。「いったいどこで会ったんだ？」

塔子は必死になって記憶をたどった。それほど前に見かけた人ではない。たぶん、ここ数日の捜査の中で会った人物だ。

そのうち、気がついた。

「鷹野主任、もしかしてこの人……」

塔子が名前を口にすると、鷹野は何度かまばたきをした。すぐにはぴんとこないという顔だ。だが、ややあってその人物を思い出したようだった。

「驚いたな。そういうことだったのか。……この人が犯人なら、俺はどこかで写真を撮っていたかもしれない。あとでカメラを調べてみよう」

そうだ。鷹野は捜査の間、銀座のあちこちでシャッターを切っていた。野次馬に交じっていたこの人物を、そうとは知らずに撮影していた可能性がある。

「これで筋読みが可能になったぞ。あとは裏付けをとって……」鷹野は腕時計を見た。「よし、なんとか間に合いそうだ」

彼は早瀬のそばへ行き、報告と相談を始めた。


態勢を整えて、塔子たちは再び銀座の町に出た。

午後五時を回って、太陽は西の空へと移動している。町を歩く人々の影もかなり長くなってきた。日中は三十四度を超える暑さだったが、だいぶ気温が下がってきたようだ。

塔子たちは打ち合わせのとおり、ある建物の前で張り込みをした。

盆休みが明けたばかりの今日、会社員たちは早めに仕事を切り上げているようだ。仲間同士、一杯やりにいく姿があちこちに見えた。そのほか家族連れや若者のグループ、外国人旅行客なども行き交っている。

エレベーターホールにいた捜査員から、一斉配信のメールが届いた。《マル対、外出》というタイトルで、画像が添付されている。

女性の写真だった。ベージュのシャツに紺色のパンツ、眼鏡、つばの広い白の帽子を着用し、茶色のショルダーバッグを持っている。

塔子の隣で、鷹野がひとりうなずいていた。この捜査プランは彼が立案し、早瀬係長や神谷課長に進言したものだ。予定どおりに進むよう、細かく状況を確認しているのだろう。

捜査員たちが注意を払う中、建物のエントランスからひとりの女性が出てきた。

――タロスだ！

息を殺して、塔子は被疑者に注目する。タロスは白い帽子のつばに手をやり、角度を直してから歩きだした。

タロスと入れ替わりに、早瀬係長が建物に近づいていくのが見えた。所轄の刑事をひとり連れて、早瀬はエントランスに入っていく。そのまま受付カウンターに向かうようだ。

「行くぞ」

鷹野がささやいた。塔子はタロスに視線を戻した。

塔子たちは二十メートルから三十メートルの距離をとって、被疑者を尾行した。タロスは特に急ぐ様子もなく、かといってのんびりするでもなく、通行人の流れに乗って歩いていく。

数分後、前方に仮囲いが見えてきた。銀座大島ビルの解体工事現場だ。

辺りにはまだ警察車両が何台か停まっている。現場検証が続いているため、工事は中断されたままだった。歩道には大勢の野次馬が集まっている。

タロスは足を止め、少し離れた場所から工事現場を見ていた。それから野次馬たちと同じように、携帯電話で写真を撮影した。

何枚か撮ったあと、彼女は携帯を手にしたまま場所を移動した。野次馬たちにぶつからないよう注意しながら、敷地内の様子をうかがおうとしている。だがテレビクルーがそばにやってきたので、仕方なくあきらめたようだった。タロスは再び道を歩き始めた。

ほかに目的があるわけではないらしく、タロスは一定のペースで歩いていく。数分後、彼女はガードをくぐって日比谷方面に抜けた。

ここでタロスの尾行を別の捜査員たちに任せ、鷹野組と門脇組の四名はシアターダイヤの正面に向かった。当日券の列の中に、大きめのイヤリングを付けた女性の姿が見えた。

あ、と小さく声を出して、彼女は頭を下げてきた。

「一昨日はどうもありがとうございました」

炎天下で並んでいる途中、具合が悪くなってしまった女性だ。一昨日はつらそうだったが、今日は顔色もすっかりよくなっている。

「あのあと大丈夫でしたか？」塔子は尋ねた。

「もうあまり無理はしないようにします。といっても、また並んでるんですけど

「……」

はにかむような顔でイヤリングの女性は答えた。彼女の前後に並んでいるのも、一昨日見かけた人たちだ。リュックを背負った女性と眼鏡の男性もいた。

塔子と鷹野は演劇ファンたちに会釈をして、踵を返した。

視野の隅に、門脇とその相棒が映った。門脇組には、塔子たちとは別の任務がある。ここからは別行動だ。

「よし、予定の場所に向かおう」鷹野が小声で言った。

「了解です」塔子は鷹野の顔を見上げた。「あとは、トクさんたち鑑取り班からの連絡を待つわけですね」

「そうだ。情報が揃ったところで奴を追及する。絶対に逃がしはしない」

塔子たちは交差点に向かって足を速めた。


今夜の『東京コンチェルト』公演は先ほど終了したようだった。

女性客たちが興奮冷めやらぬ様子で、感想を口にしながら外に出てくる。このあとカフェやレストランで感動を分かち合おうというグループが多いようだ。

塔子と鷹野、尾留川と所轄刑事の四人は、シアターダイヤの楽屋口にいた。

着替えを終えて森山陸斗、海斗の兄弟が出てくると、三、四十人の女性たちが歓喜の声を上げた。それぞれプレゼントを手渡し始める。

兄弟は慣れた様子で対応していた。彼女たちに手を振ってから、マネージャーが用意したワンボックスカーに乗り込んでいく。車が角を曲がって消えるまで、女性たちはテールランプを目で追っていた。誰もが幸せそうな表情だ。

目的を果たして、ファンの女性たちは楽屋口から離れていった。

その騒ぎが収まったころ、ほかの男性俳優たちがひとりひとり出てきた。彼らに出待ちのファンはいないらしい。

午後九時五十五分、最後に女優ふたりが姿を見せた。清楚《せいそ》なイメージで売っている朝倉果穂と、個性派女優の上岡友代だ。

「お疲れさまです」

そう言って尾留川が前に進み出た。彼は穏やかな表情で、朝倉果穂を見つめた。

「朝倉さん、警視庁の者です。こちらへおいでいただけますか」

「どういうことです？」と朝倉。

そのとき、うしろから誰かが走ってきた。朝倉の現場マネージャーだ。

「いったい何ですか。警察が来るなんて聞いてませんよ」

尾留川はマネージャーの耳元で何かささやいた。相手は驚いた様子だったが、ひとつ咳払いをして朝倉のほうを振り返った。

「果穂さん、ちょっとこっちへ」

「なに？　どうしたの」

「大丈夫です。俺がついてますから」マネージャーはうなずく。

尾留川とともに、朝倉とマネージャーは表通りのほうへ去っていった。

残ったのは上岡友代と塔子、鷹野の三人だ。この時刻になると、もう出演者やスタッフが楽屋口から出てくることもない。

「一昨日うかがった、警視庁の如月です」塔子は上岡に向かって話しかけた。「上岡さん、今日マネージャーさんはいらっしゃらないんですか」

「ええ、いませんよ」上岡は笑顔で答えた。「うちのマネージャーは用事のあるときしか来ないんです。ほら、私は朝倉さんみたいな有名人じゃないので」

「そんなことはないでしょう。上岡さんも、いろいろな舞台やテレビ番組に出ていますよね」

「私は主役にはなれない人間ですから。面白おかしく舞台を盛り上げるために、配役されているだけなんです」

上岡は白い歯を見せて笑った。腫れぼったい目に、たるんだ顎。愛嬌《あいきょう》があるといえばそうだが、たしかに主役になれる女優ではないだろう。だが彼女は、自分を卑下しているわけではなさそうだった。主役でなくても、名脇役として人気を得ることはできる。それを自信に変えて、彼女は芸能生活を続けてきたのではないだろうか。

「上岡友代さん、なぜ私たちがここにやってきたか、おわかりですよね？」

あらたまった口調で塔子は問いかけた。

隣では鷹野が見ている。今日ここで、上岡から事情を聞くのは塔子の役目だと、鷹野は言った。同じ女性が話を聞いたほうがいい、という判断だったのだろう。

「さあ、わかりませんけど」

上岡はそう言って首をかしげた。何も思い当たることがない、といった表情だ。

「今日、銀座七丁目で起こった事件をご存じでしょう？」塔子は尋ねた。「解体工事中だった銀座大島ビルから、衰弱した男性ふたりが救出されました。いずれも拉致され、暴行を受けていた人物です」

「ああ……そんな事件があったみたいですね。だけど私には関係ありませんし」

「でも、あなたはその事件現場を『特等席』からずっと見ていましたよね」

「特等席？」

そうです、と言って塔子はうなずいた。バッグから地図帳を取り出し、楽屋口の明かりの下でページをめくる。

「ここ数日、事件の起こった四つの場所は、いずれも交詢社通りとその延長上に位置しているんです。具体的に言うと、交詢社通りの先にあるブティック・ヤマチカ。銀座六丁目交差点のビアホール・ケルン。銀座西六丁目交差点の笹木鞄店。そして解体工事の行われていた銀座大島ビル。すべて一直線上にあります。しかも一回ごとに、現場は北西の方向に移動している。このこともヒントになりました。……じつは、これらの現場をすべて見ることのできる場所があるんです」

「あの……何の話なのかさっぱりわからないんですが」と上岡。

塔子は双眼鏡を取り出して、彼女に見せた。

「今日、銀座大島ビルで茂木さんたちが救出されたあと、私たちはこの双眼鏡で、ある場所を観察しました。そのとき、同じように双眼鏡を使っている人を見つけたんです。上岡さん、あなたですよ。今日、あなたはあそこから工事現場を見ていましたよね？」

塔子は振り返って、道路の向こうに建っているビルを指差した。夜空をバックにして黒々とそびえているのは、三十数階建ての東都ホテルだ。

「こちらは日比谷側ですが、反対側——銀座側にも客室がたくさん用意されています。その銀座側の客室のうち、有楽町寄りの部屋から交詢社通りが見通せるんです。この地図のとおり、まっすぐにです。

二十七階、有楽町寄りの客室で今日、誰かが双眼鏡を使っていました。その部屋のことを調べたところ、宿泊していたのは上岡さんだと判明しました。あなたはＪＲの線路越しに、銀座大島ビルの解体工事現場を見下ろしていましたね？　その部屋からは笹木鞄店の横の植え込みも、ケルンの横の植え込みも、ブティック・ヤマチカの前の歩道も見えます。ちなみにホテルからヤマチカまでは約五百六十メートルです。性能のいい双眼鏡があれば、驚いている人たちの顔まで見えたんじゃありませんか？　あなたは連日事件を起こして、離れた場所から騒ぎを観察していたわけです」

塔子は上岡の様子をうかがった。彼女は完全に表情を消している。怒りも悲しみもない、能面のような顔がそこにある。

「四つの事件はすべてホテルから見えるように計算されていました」塔子は続けた。「百貨店や美術館には行かず、交詢社通りにICレコーダーを置いたのは、そういう理由があったからです。事件発覚のタイミングも、あなたの都合に合わせてあった。夜になるとお芝居の仕事があるから、遅くとも昼ごろまでには騒ぎを起こしたかったんでしょう。

私たちは情報を集めて、盆休み初日の八月十一日から今夜まで、あなたが東都ホテルに宿泊していることを知りました。あなたはホテルに連泊し、仕事の時間を除けば昼間でも深夜でも、自由に行動することができた。準備を整えて計画を実行し、涼しい部屋の中から、地上の騒ぎを優雅に見物することができたんです」

上岡は今も表情を隠したままだった。もしかしたらそれは、役者として身につけた

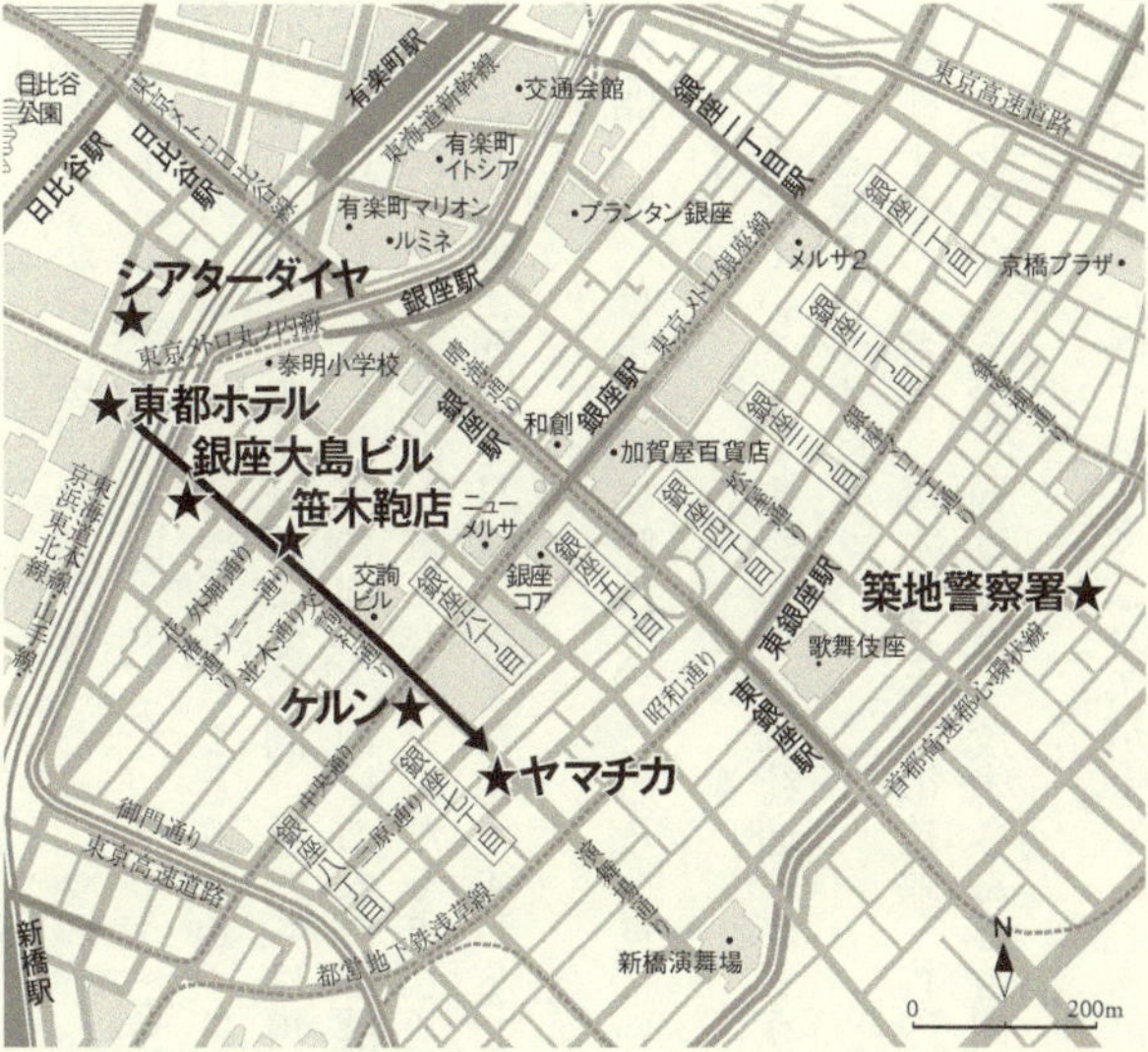

日比谷公園
日比谷駅
日比谷駅
有楽町駅
東海道新幹線
交通会館
有楽町イトシア
有楽町マリオン
ルミネ
プランタン銀座
銀座一丁目駅
東京高速道路
銀座一丁目
メルサ2
京橋プラザ
シアターダイヤ
銀座駅
東京メトロ丸ノ内線
東京メトロ銀座線
泰明小学校
銀座二丁目
東都ホテル
銀座駅
和創
銀座駅
加賀屋百貨店
銀座三丁目
銀座大島ビル
笹木鞄店
ニューメルサ
銀座四丁目
東海道本線
京浜東北線
山手線
外堀通り
ソニー通り
並木通り
交詢ビル
銀座コア
銀座六丁目
銀座五丁目
東銀座駅
築地警察署
歌舞伎座
昭和通り
ケルン
東銀座駅
ヤマチカ
首都高速都心環状線
中央通り
銀座七丁目
銀座八丁目
御門通り
東京高速道路
新橋駅
都営地下鉄浅草線
新橋演舞場
N
0
200m

技術なのかもしれない。

鷹野のほうをちらりと見てから、塔子は話を続けた。

「令状が間に合わない状態で、あなたの部屋まで入っていくことはできませんでした。でもあなたが今日の夕方、ホテルから出てくることはわかっていた。大事な舞台の仕事がありますからね。あなたが出かけるまでの間、私たちは裏付け捜査を続けました。そしてあなたを尾行した。……仕事に向かう前、あなたは解体工事現場を見に行きましたよね。なぜ計画が失敗したのか気になっていたんでしょう。だからほとぼりがさめた夕方、仕事に行く前に間近で見ようとしたんですね？」

「あの、刑事さん」

ようやく上岡が口を開いた。首を斜めに傾けて、こちらを見ている。

塔子は上岡の表情に注目した。

「あなた方は何の事件を調べているんですか？　交詢社通りがどうとかって、私にはまったく関係ないことだと思うんですけど」

「調べているのは黒田剛士さんの殺害、茂木芳正さんの拉致、竹内憲一さんの拉致。この三件です。いえ、私たちがもう少し遅ければ、茂木さんと竹内さんの殺害も加わるところでした」

「そんな事件を起こしたというんですか？　この私が……」

「あなたには動機があるはずです。九年前に起こった事件のことは、当時渥美マネキンに勤めていた坂井清さんから聞きました。今は上岡友代と名乗っていますが、本名は島本瑞妃さんですよね？　昨日私たちは、劇団ジュピター時代のビデオテープを見つけました。

そして今日は『東京コンチェルト』のウェブサイトで、宣伝用の動画を見ました。劇団ジュピター時代から、あなたには鼻にかかったような声を出す癖がありますよね。直そうとしていたかもしれませんが、今でもその特徴が残っています。科捜研で音声を比較したところ、両者は非常によく似ているという結果が出ました。

あなたは、自分の女優人生を一度奪った黒田さんたちを恨んでいた。黒田さんは捕らえた夜のうちに殺害し、茂木さんたちはしばらく拉致したままにしたけれど、これは恨みの強さが違っていたからだと思います。あなたは黒田さんを一番恨んでいたんですよね？」

上岡は表情を変えないまま、眉を大きく上下させた。

「それは言いがかりだと思いますよ。だいたい、何か証拠でもあるんですか。私がやったという証拠が」

彼女の顔を見て、塔子は思った。上岡は自分の計画や行動に自信を持っているのだろう。自分は慎重な人間だ。だからミスはしない。そう考えているに違いない。

「さすが役者ですね、上岡さん」

そう話しかけたのは鷹野だった。上岡は、塔子から鷹野へと視線を移した。

「あなたの舞台度胸は大したものです。しかしこの事件には、もうひとり演劇関係者が関わっています。ヤマチカで殺害された黒田さんですよ。彼はあなたを告発するために、ある行動をとりました。それは演劇人だからこその着想だと言えます」

「その人が、何をしたっていうんですか」

「ヤマチカに連れてこられる前、黒田さんは別のアジトに拉致されていたと考えられます。このあと殺害されると悟って、彼は警察への手がかりを残そうとした。ペンや紙がなかったから、黒田さんはステレオイヤホンの右側を呑み込んだんです。この意味は何なのか。子供の思いつきのようなものですが、最後の最後、追い詰められた状態で彼はこの方法にたどり着いたんでしょう。それは私にとって、ひとつの手がかりになりました。……イヤホンの右側。右手の方向。黒田さんは舞台の演出家でしたから、客席から演技指示するのが普通ですよね。舞台に向かって右側。これを演劇関係者は何といいますか？」

「上手《かみて》でしょう？」

「そう、上手です。黒田さんはその言葉で、『上岡』という名前を連想させようとしたんですよ。考えてみれば蓄光テープと黒いアルミホイルが隠してあったのも、右側の靴下の中でした。また、もしかしたら黒田さんは、靴下の中身で『犯人は演劇業界の人間』だと伝え、イヤホンで『犯人はテレビ業界の人間』だと伝えたかったのかもしれません。……あなたは演劇の世界だけでなく、四年前からはテレビの世界でも活動していますよね。黒田さんはそういうことをメッセージとして残そうとしたんじゃないでしょうか。そうは思いませんか、上岡さん」

上岡は口を閉ざした。数秒たってから彼女は、奇異なものを見るような目で鷹野と塔子を見つめた。それから首をすくめた。

「馬鹿みたい。そんなことで人を疑うなんて、あり得ないでしょう」

「ええ、そうですよね」鷹野は何度かうなずいた。「今の話だけで、あなたが犯人だと決めつけるわけにはいきません。ですが、こういうことは気づきのきっかけになるんですよ。犯人はあなたではないかと考え、私は情報を集め始めました。そして、だんだんわかってきた。あなたは毎回、非常にうまく変装していましたよね。

たぶん、役者だから衣装や持ち物を替えて、外見を違う印象にすることは得意だったんでしょう。銀座という人の多い場所だから、見つけにくいということもある。だがそれにしても、あなたはすごかった。我々は捜査の初日から防犯カメラのデータを分析していますが、いまだに上岡さんが事件に関与したという、決定的な場面を確認できていません。緑色のポリ袋を持ち歩く人物さえ、見つけることができなかった。

正直、脱帽します」

「だったら、このやりとりはもう意味がありませんよね」上岡は言った。「舞台が終わったばかりで疲れているんです。早く帰りたいんですが……」

その言い方には、少し苛立っているような雰囲気があった。鷹野もそれを感じ取っているはずだ。

「お疲れなのは承知ですが、もう少し待ってください」鷹野は続けた。「今言ったように、上岡さん単独の姿は見つかっていないんですが、あなたのお仲間は発見できました」

「……え？」

「あなたと一緒に行動していた、共犯者の姿です」

鷹野が呼びかけると、建物の角からがっちりした姿の男性が現れた。門脇だ。彼はふたりの人物をうしろに従えていた。ひとりは所轄の刑事、もうひとりは一般市民の男性だった。

その男性を見て、上岡は大きく両目を見開いた。明らかに動揺していることがわかった。

「あなたのファンの新井さんですよ」鷹野は彼を指差した。「あなたの舞台が見たくて、毎日のように劇場に来ていた人です」

眼鏡をかけ、地味なグレーのシャツとジーンズを穿いた二十代後半の男性。暑いのに当日券の列に並んでいた人物だ。

「八月十三、十四、十五日の夜、解体工事現場付近で白いワンボックスカーが、防犯カメラに記録されています。十五日の夜の映像で、運転していたのは新井さんだとわかりました。そして助手席に乗っていたのは上岡さん、あなたでした」

おい待てよ、と怒鳴る声が聞こえた。新井が喚いていた。

「僕はその人とは関係ない！　ただ芝居が好きで、見に来ていただけだ」

こちらに向かってこようとする新井を、若手の刑事が押しとどめていた。門脇はふたりを連れて、角の向こうに消えた。そこには警察車両が停まっているはずだ。

「もうひとつ補足すると、彼の姿は私のカメラにも写っていたんですよ」鷹野はポケットからデジカメを取り出した。「先ほどデータを確認することができました。私はビアホール・ケルンのそばで野次馬を撮影したんですが、その中に新井さんの姿があったんです。ビアホールの事件のとき、彼がその場にいたことは偶然だったのかもしれません。ですがその後、解体工事現場の近くで白いワンボックスカーを運転していたこと、あなたと一緒にいたことまで偶然かというと、そうは思えないんです」

上岡は黙ったまま辺りに目を走らせている。鷹野は続けた。

「考えてみれば、女性ひとりで実行するのは難しい計画でした。黒田さんを吊るすことや、茂木さんたちをパイプスペースに押し込めることは、あなたひとりでは厄介な作業でしょう。でも共犯者がいたのなら何も問題はなくなる。この事件に関して新井さんは従犯、計画を立てた上岡さんは主犯。そういうことだったと考えていいですよね？」

鷹野は上岡を正面から見つめる。その視線を受け止めながら、上岡はゆっくりと首を横に振った。

「そんな、単純な話じゃないわ」

「私の推測が間違っているなら、訂正してもらえますか」と鷹野。

それには答えず、上岡は塔子に向かって言った。

「あなたたちに何がわかるっていうの。ねえ、あなたには私の気持ちがわかる？　同じ女だから理解できるとでも言うつもり？」

決して激昂するわけではない。だが押し殺したような調子だからこそ、上岡の憤りが本物なのだとわかる。彼女の目は真剣だ。ごまかしはきかないだろう、と塔子は思った。

「私には……」言い淀んだあと、塔子は少し考えてから続けた。「私にはわかりません。上岡さんは黒田さんたちを恨んで、復讐の計画を立てた。でも私は黒田さんのことをよく知らないし、恨んでもいません。私には、あなたの気持ちを理解することはできません」

「でしょうね。だったら私のことなんか……」

ですが、と塔子は言った。

「わからないからこそ、教えてほしいことがあります。上岡さんが今までどんな経験をしてきたのか。なぜ黒田さんたちを襲わなければならなかったのか……。どんな犯罪にも必ず理由がある、と私は考えています。この事件の捜査をしてきた私には、上岡さんの話を聞く義務があると思っています。だから……」

「警察の人間が何を言ったって、私の心には届かないわ」

「そうかもしれません。でも、その逆はどうでしょうか。上岡さんの言葉は、私たち警察官に届くと思います。なぜあなたがこんな事件を起こしたのか、その理由は伝わるはずです。……だって上岡さん、あなたは夢を叶えつつあったんじゃないですか？　これからいろいろな舞台やテレビで活躍できるというときに、どうしてあんな事件を起こしたのか。それは説明しておくべきじゃありませんか？」

上岡が言うように、警察官である塔子が何を言っても、相手の心には届かないのかもしれない。だが上岡が自分の中の激情によって行動したのなら、私を見てほしい、話を聞いてほしい、という気持ちが今もあるのではないか。

「これまで経験してきたことを、私たちに聞かせてください。上岡さんにとって、それは大事なことなんじゃないか、という気がするんです」

上岡は夜空を見上げた。月はどこにもない。星もほとんど瞬いていない。そのことを確認するように首を巡らしてから、彼女は塔子に視線を戻した。

「あなたに聞かせるわけじゃない。私が話したいのよ、自分の言葉で」

早瀬係長がこちらにやってくるのが見えた。ほかの捜査員たちも、油断のない表情で近づいてくる。

鷹野が上岡を促した。犯罪者タロスは、表通りに向かってゆっくりと歩きだした。

7

塔子たちは上岡友代——島本瑞妃を、ワンボックス型の警察車両に乗り込ませた。シートに座り、島本は背筋を伸ばしている。顔は少し青ざめているものの、女優らしく凜《りん》とした雰囲気を身にまとっていた。

共犯者である新井は今、別の車両で門脇たちの尋問を受けている。島本瑞妃に対しては早瀬係長と鷹野、塔子の三人で事情を聞くことになった。

「島本瑞妃、年齢は三十四歳、職業は女優。間違いありませんね」鷹野が尋ねた。

ここでは鷹野が主導する、という段取りになっていた。塔子はそれをサポートし、早瀬は責任者として立ち会うという形だ。

「事件ではタロスという名前も使っていたけどね」島本は答えた。

「あなたは、HGマネキンと呼ばれるマネキン人形のモデルですよね。当時と今とでは顔が違っていますが、それは手術のせいですか？」

「マネキンは昔の姿よ。私はあの顔が好きだった。あの容貌で女優として成功しようと思っていた。それなのに、大事な顔を奪われてしまったの。華やかな舞台の上から、突然、奈落の底へ突き落とされたような気分だった」

島本の話はこうだった。

九年前、HGマネキンの型取りをしたあと、嫌な目に遭って渥美マネキンを飛び出した。夜道でワゴン車に撥ねられ、島本は左腕と顔に大怪我をした。路面に叩きつけられ、転がったせいで額の右側や鼻、まぶた、左右の頬、顎の左側など、顔の傷はひどいものだった。手術でなんとか傷痕は消えたが、元の美しい顔に戻すことはできなかった。まぶたは腫れぼったくなり、顎にたるみが残ってしまったのだ。黒田の知り合いだというその医師は、美容外科医としては三流だったと言わざるを得ない。最初の処置がまずかったせいで、のちに別の医師に診てもらっても、再手術は難しいと言われてしまった。

黒田に脅されて、交通事故のことを警察に相談できないまま、島本は二年ほど自宅に引きこもっていた。父はもう亡くなっていて、生活費を稼いでくれるのは母だった。母は島本の気持ちも知らずに、うるさいことを言った。もう芝居はあきらめろとか、就職してうちに金を入れてくれとか、いっそ見合いでもしろとか……。一度は芝居で成功しかけていたのに、母は何もわかっていなかった。島本は何度も母に反論した。だが実際のところ、あの美しい顔をなくした自分が舞台に立てるとは思えない。仕方なく彼女は派遣の仕事を始めた。

仕事をすれば生活費を得ることはできた。だが時間に縛られ、上司に怒鳴られ、やり甲斐もまったくない状況に満足できるわけはなかった。

もう一度芝居がしたい、と島本は思った。スポットライトを浴び、観客の拍手を受け、体が震えるような達成感を味わいたい。自分にはそれしかないのだ。

「上岡友代と名乗って、私はタレント養成校に入った。この容貌では主役は無理だ、とはっきり言われたわ。それは自分でもわかっていたことだから、個性的な脇役になれるよう、演技を磨くことにしたの」

周りは自分より若い生徒ばかりだった。彼らにからかわれたり、嫌味を言われたりすることもあった。だが島本は努力を続けた。自分にはこの道しかない、バイプレーヤーとして力をつけるしかないと考え、ひたすら練習を重ねた。結果から言うと、その道は正しかった。

「結局、怪我をする前の私には、甘えがあったんでしょうね。自分の顔に自信があって、それで役がもらえていたから、そのままでいいと思っていた。だけど顔が変わってしまってからは、演技で人に認められるよう頑張るしかなかったの。デフォルメしたキャラクターを演じることも、泥臭い役を引き受けることも、喜んでやろうと思った。何か吹っ切れたというのかな……。

そうしたら不思議なもので、四年前、ローカル局だけどテレビの仕事が来たのよ。バラエティーだからずいぶん馬鹿なこともやったけど、おかげで人気が出たわ。そのうち舞台に出演してみたら、思ったより演技がうまいじゃないかと評価された。努力を続けて、個性派女優という肩書きをもらえるようになったのよ」

徐々にテレビの仕事は減っていったが、逆に舞台の仕事は増えてきた。島本は女優業でなんとか生活できるようになった。再起した姿を母に見せたいと思ったが、病気で亡くなってしまったのは残念だった。

その後いくつもの舞台に出て、バイプレーヤーとしての人気はさらに上がった。そしてついに今年、シアターダイヤで上演される『東京コンチェルト』への出演が決まったのだ。島本の役は言ってみれば狂言回しのようなものだったが、それでも嬉しかった。商業演劇の世界へ進出するチャンスでもあったから、島本は張り切っていた。

スケジュールとしては七月末まで稽古をし、八月いっぱい公演を行うということに決まった。

「ところが今年の六月、噂を聞いて黒田がまた現れたのよ。相変わらず、あいつはどうしようもない男だった」

眉根を寄せて、島本はそう言った。

黒田は借金取りに追われる生活だということだった。島本のところにも金目当てでやってきたらしい。

「銀座七丁目のブティックに面白いものがある、とあいつは言ったわ。店を覗いてみて、私は衝撃を受けた。店の奥にあのリアルマネキンが展示されていたのよ。どうして今ごろ、と思った」

数日後、黒田の酒につきあわされたとき、島本はマネキンのことを訊いた。彼女は知らされていなかったが、以前、竹内憲一が秀和ギャラリーでリアルマネキンを展示していたことがわかった。また九年前、黒田たちから逃げたとき、島本を撥ねたのは茂木だったと聞かされた。あの日、茂木は仕事が長引いたため、夜になって車で渥美マネキンに向かっていたらしい。その途中で島本を撥ねたのだ。

なぜそれを黒田は島本に話したのか。おそらく黒田としては、少しでも島本の気を引きたかったのだろう。あわよくば、よりを戻したいと思っていた節があった。

翌週、島本は茂木に接触し、九年前自分を撥ねて逃げたことを問い詰めた。

「私と口論になったとき、茂木はほざいたのよ。『役者風情が偉そうなことを言うな』ってね。本当に頭に来たわ。もう時効は過ぎていたけど『轢《ひ》き逃げのことを加賀屋百貨店の上司に伝えてやる』と私は言ってやった。でも、それがまずかった」

たまたま舞台の仕事でミスをしてしまい、島本は落ち込んでいた。そこへ黒田がやってきたので、つい気を許してまた酒を飲んでしまった。最初のうち黒田は慰めてくれていたが、島本をひどく酔わせたあと、あろうことか大麻を吸わせたのだ。

そこへ、隠れていた茂木と竹内が現れた。彼らは、ふらふらになった島本の写真を何十枚も撮影した。裸の写真も撮った。茂木は、過去の轢き逃げが会社に知れたら出世の道が閉ざされると恐れ、黒田や竹内に相談していたらしい。その結果、島本は罠に嵌《は》められたのだった。

撮影した写真は、島本が大麻を所持し、常用している証拠にするという。いつでも週刊誌に売り込むことができる、と黒田たちは言った。

「本当に薄汚い連中だった。私から絞れるだけ金を絞り取ろうという考えだったんだと思う。大麻のことを公表されたくなければ、まず百万円払えと言われた。もし拒んだら、黒田は自棄《やけ》になって、あることないこと情報を流すかもしれない。そんなことをされたら、私の女優生命は終わってしまう。……だから一度は金を払ったの。でも

はこのことだったわけですね」

「以前、黒田さんが『俺たちはパトロンを見つけた』と言っていたそうですが、それ

黒田だけでなく茂木や竹内までが私を脅してきた」

鷹野が問うと、島本は不機嫌そうな顔をしてうなずいた。

「まったく、ろくでもない連中だったわ」

二度目から金を出すことを断ると、だったら体で払えなどと言われたらしい。無理やりホテルに連れていかれることもあった。竹内が特にひどくて、嗜虐癖があるのか、島本の体に傷をつけたがった。もう駄目だ、と島本は思った。このままでは一生、こいつらにつきまとわれる——。

「もう殺すしかないと思ったの。黒田も竹内も茂木も、三人とも始末しなくちゃ私は破滅する。今まで血の滲《にじ》むような努力をして、ようやくここまでたどり着いたのに、将来への道が閉ざされてしまう。そんなことは許せなかった」

当時の怒りがぶり返してきたのか、島本は拳を握り締め、体をぶるぶる震わせた。

——罪を犯すことになっても、演劇のほうが大事だったんだろうか。

塔子はこの話に疑問を感じた。だが島本の人生は島本自身のものだ。彼女が演劇をどれほど大切にしているかは、塔子にはわからない。理解したいと思っても、島本の育った環境やものの考え方などを、塔子は知らないのだ。

「七月になって『東京コンチェルト』の稽古が始まった。それに参加しながら、私は殺害計画を立てた。私は役者よ。殺人犯だって立派に演じてみせる、と決意した」

島本は黒田たちの行動パターンなどを調査したそうだ。その上で、綿密なスケジュールを組んだ。計画の実行は八月十二日から十六日までと決めた。

今まで女優として見られる側だったが、今回は見る側に回ることにした。三人を痛めつけ、殺害する。騒ぎを起こす。その様子を遠くから見物してやろうと考えた。奴らはそうされるだけの悪事を重ねてきたのだから、文句は言えないはずだ。

最初の現場はヤマチカに決めた。あのマネキン人形を取り戻し、もう誰にも見せないようにしたい、と思ったのだ。ここで島本は思案した。

店の近くまで行けば、ショーウインドウに吊るされた黒田を、野次馬たちと一緒に見ることができるだろう。だがそうすると島本は一般市民に顔を見られ、彼らの記憶に残ってしまうおそれがある。リスクは避けたかったから、どこか安全な場所から騒ぎを眺めたかった。

そこで思いついたのが、東都ホテルに部屋をとる、という方法だ。芝居が上演されるシアターダイヤについて考えているうち、すぐそばに東都ホテルがあることに気がついたのだった。あそこからなら、ヤマチカを見ることができる。

「東都ホテルを使ったことには、もうひとつ理由があった。九年前の交通事故の意趣返しよ。あのとき私は『見られる側』の人間だった。意識が朦朧《もうろう》とした状態で、ずっと助けを求めていたの。顔を上げると、まっすぐ延びた道の向こうに車が停まっていて、誰かが電話をかけていた。二十メートル、いや、三十メートルぐらいだったかしら。たいした距離ではなかったのに、私にとっては何百メートルにも思えた。月明かりの下、私は声も出せずに、その人のほうへ手を伸ばそうとしていたのよ。あとでわかったけれど、それは私を撥ねた茂木だった。茂木は私のほうをちらちらと見ながら、電話で話していた。

そのうち別の車がやってきて、茂木のそばで停まった。降りてきたのは黒田だったわ。あいつは茂木と何か話しながら、倒れている私のほうを見ていた。ふたりはこの事故をどう隠すか、相談していたんでしょうね。私はアスファルトの上に倒れたまま、ずっと奴らに見られていたのよ。……その後、黒田に助けられたけれど、死の間際にいたあのときの絶望感は忘れられない。だから今度は、私が『見る側』になってやる。黒田たちの遺体が発見される様子を、離れた場所から眺めてやる。そう決めたの」

殺害計画を実行するに当たり、島本は八月十一日夜から十六日夜まで東都ホテルに部屋をとった。予約のときに希望を伝えて、交詢社通りがすっかり見通せる場所を確保した。そこを活動拠点と決めたのだ。

「計画を実行する間、マネージャーや芝居の共演者には、ホテルのことは隠していた。私みたいに一流ではない人間が、高級な東都ホテルに泊まっているのは不自然でしょうからね」

八月十二日の夜、公演のあと島本は銀座大島ビルの解体工事現場で黒田を捕らえ、ヤマチカに運んだ。黒田をショーウインドウに吊るし、苦しみながら死ぬ様子をしっかり見届けたあと、マネキンを持ち出した。車で中央通りへ出てから新橋方面に向かったのは、警察の捜査を攪乱するためだった。

十三日も夜の公演のあと、午後十一時過ぎに行動を開始した。茂木を銀座大島ビルへ拉致し、ＩＣレコーダーに彼の声を録音して写真を撮った。

翌十四日の午後、加賀屋百貨店宛ての録音と写真、顔なしマネキンを、銀座六丁目交差点のケルンのそばに置いた。防犯カメラの位置はわかっているから、撮影されないように注意した。マネキンには、拷問のときに流れた血をたっぷり塗りつけておいた。これは自分のこだわりでもあり、茂木への意趣返しでもあった。ホテルに戻って双眼鏡で騒ぎを眺めたあとは、夜の公演に出演。そして午後十一時過ぎに、今度は竹内を拉致した。前日と同様、録音と写真撮影をした。

十五日、ＩＣレコーダーなどを銀座西六丁目交差点、笹木鞄店のそばに置いた。ホテルで眺めたあと、また夜の公演に出演した。午後十一時過ぎに銀座大島ビルへ行き、竹内と茂木の様子を最終的に確認した。

　そして今日、十六日。島本は朝から昼過ぎまで、ホテルで解体工事現場を見物していたというわけだ。

「だけど、途中で重機が止まったでしょう。どうしてふたりが救出されたのか気になって、夕方見に行ったのよ。まさか、あなたたちに邪魔されることになるとは思ってもみなかった……」

　そこまで話すと、島本は姿勢を崩してシートにもたれかかった。窓の外に目をやり、彼女は小さく息をついた。


「共犯者について話してもらえますか」

　鷹野が言うと、島本は再びこちらを向いた。少し考えてから、彼女は口を開いた。

「新井くんは、私が上岡友代としてテレビ番組に出演し始めたころからのファンなの。いわゆる『追っかけ』で、すごく熱心に応援してくれた。芝居のチケットも毎回たくさん買ってくれてね。チケットが取れていないときは、当日券で見てくれるのよ。あれは嬉しかったわ。自営業だと言っていたけど、仕事の調整は大変だったんじゃないかな」

　過去のことを思い出したのだろう、島本の表情が少しやわらかくなった。

「そのうち、交際するようになったんですか？」

いいえ、と島本は首を振った。これは意外な反応だった。交際していたからこそ、新井は事件を手伝ったのではなかったのか。

「十二日の夜、私はスタンガンを使って黒田を捕らえた。でも縛り上げようとしたら黒田に抵抗されて、少しばかり手こずったのよ。そこへ現れたのが新井くんだった。その日、彼は私のあとをずっと追いかけていたらしいの。こうなるともう、ストーカーよね。……彼は私に手を貸してくれた。だけど、そのあとも事情を尋ねようとしないのよ。『どうして何も訊かないの』と私が言うと、彼はこう答えた。『僕はあなたのファンだから、すぐそばであなたの行動をずっと見ていたいんです』とね」

「それでわかりました」鷹野は納得したという表情になった。「黒田さんの事件で使われた車は銀色のセダンでしたが、翌日からは白いワンボックスカーに替わりましたよね。ワンボックスカーを用意したのは、共犯者である新井さんだったわけだ」

「そういうことよ」

ふたりは完全に、共犯関係になった。その後、竹内を捕らえるときも、新井がいて助かったという。

予想外の告白を聞いて、塔子の心に波が立った。新井は事情も訊かずに、大それた犯行を手伝っていたというのか。彼にとって島本は、それほど大事な人だったということなのか。

「ひとつ質問させてください」島本の目を見ながら塔子は尋ねた。「あなたは新井さんを事件に巻き込んでしまって、本当に平気だったんですか?」

「まあね。ファンというのはありがたいものよね」

そんなことを言って島本は口元を緩めた。真顔のまま、塔子は続けた。

「あなたたちの関係は間違っていると思います。彼はファンだからこそ、あなたの犯行を止めるべきでした。あなたも、ファンを利用するようなことを考えるべきではなかった……」

「新井くんは私のそばにいたかったのよ。ファンとして私に協力したかったの」

「そうでしょうか。ファンはファン、俳優は俳優として一線が引かれるべきだと私は思います。新井さんを舞台に上げてしまった時点で、あなたはもう、一流の俳優ではなくなっていたんじゃありませんか?」

島本の頰がぴくりと動いた。自分の膝に目を落としたあと、彼女はこう言った。

「ファンの心理というのは、ファンにしかわからないものよ。あなたたち刑事の心理だって、刑事にしかわからないだろうし」

「そして役者の心理は、役者にしかわからないということですか?」

「そういうこと」島本はうなずいた。「さあ、私のほうの事情は全部話したわ。刑事さん、このあと、あなたは私に何をしてくれるのかしら」

　島本は挑戦的な目をして塔子を凝視する。塔子は目を逸らさなかった。

「今あなたの心の中に、何があるのか聞かせてください。茂木さんや竹内さんへの怒りですか。それとも、捕まってしまったことを嘆く気持ちですか。あるいは、目的を果たせなかったことへの後悔……」

　ふん、と島本は鼻を鳴らした。

「達成感よ。目的を果たすことはできなかったけど、私は計画どおりに自分の役を演じきった。長く芝居をやっていれば、うまくいくときもあるし、ミスしてしまうときもある。でもそれが面白いのよ」

　塔子の隣で早瀬係長が身じろぎをした。彼から見れば、その言葉はひどく不遜なものと思えたのだろう。

「本当でしょうか」塔子は首をかしげてみせた。「それは本当に面白いと言えることですか？」

「ええ、面白いわ。役者っていうのは多かれ少なかれ、自分の満足のために芝居をしているの。私を見て！　私の言葉を聞いて！　という気持ちで演技をしている。それを観客に伝えることが楽しいのよ」

　島本の言うことはたぶん正しいのだろう。誰よりも目立ちたい。自分を見てもらいたい。そういう気持ちが俳優たちの原動力になっているはずだ。

だが、それでも塔子の中には違和感があった。

「島本さん、あなたの生き方は少しずるいと思います」

「……何よ。どういうこと？」島本は怪訝そうに眉をひそめた。

「あなたは地味な仕事を嫌っていて、自分の好きなことしかしないんですよね？　それはそれでひとつの生き方だと思いますが、もしあなたが観客を無視して、自己満足のためだけに演技をしているのだとしたら、とても残念なことです。世の中には面倒なことが本当にたくさんあります。それを放り出して、子供のようにわがままに振舞うというのなら、私は島本さんを軽蔑します」

塔子の言葉を聞いて、島本は拳を握り締めた。彼女は声を荒らげた。

「あなたの考えを私に押しつけないで！」

「押しつけるわけじゃありません」塔子はゆっくりと首を振った。「私は『観客』の立場から感想を伝えたいんです。島本さん、今回あなたが銀座の町で繰り広げたお芝居は、決して面白いものではありませんでした。現場を見た多くの観客たちもそう思っているはずです」

島本は眉根を寄せ、険しい表情で塔子を睨みつけた。まばたきもせず、唇を震わせている。

塔子は小さく息をついた。それから相手に向かって軽く頭を下げた。

「失礼なことを言ってすみませんでした。でも島本さんにはどうしても聞いてほしかったんです。普段あなたのお芝居を楽しみにしていた人たちは、こんな事件を望んではいなかったと思いますよ」

「うるさい、うるさい、うるさい！」

人が変わったように、島本は激しい声を出した。自分の感情を抑えられなくなった、という表情だ。

「島本瑞妃としての感情が出ましたね」塔子は穏やかに話しかけた。「役者ではなく、それはあなた個人の感情ですよね？　ごまかしのない、本当の気持ち……。これからの取調べで、私たちはあなたの本心を探っていくことになります。どうかそのつもりでいてください」

早瀬係長は難しい顔で腕組みをしている。鷹野は指先でこめかみを掻いている。

黙りこくったまま、島本瑞妃は深呼吸を繰り返していた。シャツの中からペンダントを取り出し、両手で包み込む。そうしているうち、彼女は普段の落ち着きを取り戻していった。島本のこの変化に、塔子は驚かされた。

「そのペンダント、何か特別なものなんですか？」

「スポーツ選手のルーティンと同じよ。舞台の本番前に、自分を冷静にさせるおまじない」島本は言った。「こういう方法を教えてくれたのは黒田なの。このペンダントもあの人がくれたものよ。まだ、まともだったころの黒田がね」

一時期、島本は黒田と交際していた。そのころにプレゼントされたものなのだろう。

「黒田さんが教えてくれたルーティンで、あなたは事件の間、平常心を保っていたわけですか」

そのまじないが、黒田を殺害したときの動揺も抑えてくれたのだろう。なんとも皮肉なことだった。

「あのころの黒田は人生のリスクなんて、何も考えていなかったわ。面白い舞台をたくさん作って、この世界で有名になるんだって話していた。それが魅力だったのに、劇団が解散したあとはすっかり俗物になってしまった。口を開けば金、金、金って」

「生活していくためには、必要なものですよね」と塔子。

「今まで私が知り合ってきた人は、ほとんどそうだったわ。生活のことを考え始めると、途端に演劇人として駄目になってしまう。どうしてもっと頑張ろうとしないのか、本当に不思議だった」

「一流になれるのはわずかな人だけなんですよね？　だから、脱落する人が出るのは仕方ないことでしょう。そんな中、黒田さんやあなたには、大きなチャンスがあったかもしれないのに……」

塔子が言うと、島本は唇を噛んだ。やがて彼女はゆっくりとうなずいた。

「私、黒田には昔のままでいてほしかったのよ。俺はすごいんだ、優秀なんだって、自信たっぷりに話してくれるあの人が好きだったの」

島本はペンダントを両手で押さえた。そうやって、高ぶる感情をなんとか抑え込もうとしているようだった。

8

八月十九日、午前八時三十分。築地署に設置された特捜本部で、朝の捜査会議が始まった。

今日は盆休みが明けたあとの、最初の日曜日だ。しかし塔子たちにはやるべきことが山ほどあった。被疑者の供述内容について、関係者に当たって裏をとらなければならない。どのように犯行を計画したのか、凶器はどこで入手したのか、被害者を誘い出した経緯はどんなものだったのか。そうしたことを、ひとつずつ確認する必要があった。

早瀬係長がみなの前で口を開いた。

「では連絡事項から。まず今回の被疑者逮捕について、SITの樫村係長から我々に、感謝の言葉がありました」

塔子は樫村係長の顔を思い浮かべた。部署が異なるから、彼とは捜査の仕方も、ものの考え方も違う。だが事件を解決に導きたいという思いは、誰でも同じはずだった。

「現在、主犯の島本瑞妃と共犯者の新井保《たもつ》に対して取調べを行っています。両名とも大筋では犯行を認めていて、全容解明まであと一息というところです。

実際の犯行については、次のような供述がとれています。まず黒田剛士殺害の件。十二日の夜、シアターダイヤでの公演が終わったあと、島本は黒田と会いました。六月ごろから島本は脅迫を受け、金を渡していましたから、黒田は簡単に誘いに乗ったということです。ふたりは解体工事中の銀座大島ビルに向かった。島本はあらかじめピッキングで解錠しておいたこのビルに、黒田を誘い込みました。ピッキングは以前派遣されていたホームセキュリティーの会社で、ひそかに身につけたそうです。……少し抵抗されましたが、あとをつけてきた新井に助けられ、島本は黒田を昏倒《こんとう》させた。手足を縛ったあと、過去の事情を聞き出すなどしてから、銀色のセダンに黒田を押し込んだ。防犯カメラに引っかかりにくいよう、いくらか遠回りをして銀座七丁目のブティック・ヤマチカに向かいました。島本はピッキングで裏のドアを開けた。そして黒田を店に運び込み、ショーウインドウの内側に吊るして窒息死させました」

塔子は事件現場の様子を思い出した。もちろん島本は、すべてを自分だけの力で実行するつもりだったはずだ。しかし手足を縛ってあるとはいえ、ひとりで殺害を行うのは容易な作業ではなかっただろう。新井の登場は島本にとって、幸運なことだったのだ。

「そのあと島本たちは店にあったマネキン人形を持ち去りました」早瀬は眼鏡のフレームに指先を当てた。「人形はパーツが外せるようになっていたので、頭部だけ手元に置いておきたいと島本が言ったそうです。彼女は頭を東都ホテルに持っていきました。胴体については新井がセダンに載せて、自分の家に持ち帰ったということです」

島本の逮捕後、尾留川組と鷹野組は東都ホテル二十七階の客室を確認した。残されていたリュックサックの中には、美しいマネキン人形の頭部が入っていた。窓際にテーブルがあり、そこに性能のいい双眼鏡が置いてあった。

カーテンを開けると、窓から交詢社通りをはるか向こうまで見通すことができた。島本は双眼鏡を使って、地上で起こった騒ぎを眺めていたのだ。そして彼女の姿を、鷹野は地上から発見することができたのだった。

――そうだ。河上さんによくお礼を言っておかないと。

彼からもらった双眼鏡が、今回役に立ってくれたのだ。そのことを伝えたら、河上も喜んでくれるに違いない。

ホワイトボードの前で、早瀬は話を続けていた。

「顔なしタイプ、顔ありタイプの定番マネキンの頭は、リアルマネキンとは別に用意してあったようです。かつて自分がマネキンのモデルにされたことから、茂木や竹内への恨みを晴らすため、あのように使ったということでした。

ビアホール事件、鞄店事件で島本と新井はICレコーダーなどを置き、タイマー機能で音声を再生させました。夜、島本は毎日シアターダイヤで芝居に出ていた。新井は当日券を買って、連日島本の芝居を見ていたそうです。もともと島本のファンだったということですが……」

「熱心なファンだったとはいえ、そこまでするものだろうか」

幹部席のほうから声が聞こえた。神谷課長だ。

そうですね、と早瀬はうなずいた。

「新井は島本に熱を上げ、殺しの手伝いまでしました。しかも事件が進行中だというときに、劇場で当日券の列に並んでいたんです」

「俺にはわからない話だ」神谷は捜査員席に目を向けた。「尾留川は芝居に詳しいんだったな。どうだ、そのへんの心理は理解できるものなのか？」

尾留川は椅子から立ち上がった。少し考えたあと、彼は言った。

「想像になりますが、新井は島本を尊敬していた……。いえ、偶像のように崇拝していたのかもしれません。島本の芝居を見ることも犯行を手伝うことも、新井にとっては同じように重要だったんじゃないでしょうか。だから共犯者になることで、一生島本を裏切らない、と誓ってみせたわけです。

一方、島本のほうは、このまま協力してもらっていいのかどうか迷っただろうと思います。でも黒田を拉致してしまった以上、計画を中止することはできない。やるなら最後まで走り続けなければ、と決めた。……黒田につきまとわれたことは、本当に大きな脅威だったんでしょう。金を取られるのも問題ですが、このままでは女優人生が終わってしまう、と恐れたはずです」

「女優人生が終わる、か……」

「あの世界はイメージが大事ですから」尾留川はうなずいた。「自分という人間の商品価値が下がったら、途端に収入が減ってしまいます。舞台の役者は一回の出演でいくらという契約です。端役の人ならわずかな額でしょうが、人気・知名度によって出演料はどんどん上がります。高い人だと、一回二時間の舞台で数十万円というケースもあるそうです。テレビドラマの出演料も役者のランクによって変わりますよね」

同様に、ＣＭ出演料も人によって大きく変わると聞いたことがある。そのランク付けは視聴者の好感度に左右されるわけだから、タレントなら誰でも噂には気をつけるようになるだろう。

神谷課長は尾留川から塔子へと視線を移した。

「女性捜査員の話も聞いてみたい。如月、どうだ？　島本に関して何か気になるところはあるか」

尾留川と入れ替わりに、塔子は椅子から立ち上がった。

「犯罪者に同情すべきではないと思うんですが……」

「かまわない。言ってみろ」

「今になって思えば、たぶん島本瑞妃には演劇しかなかったんでしょう。若いころに黒田さんと出会いましたが、彼は女性関係が派手で生活能力のない人でした。島本は黒田さんとの関係を終わらせて、自分自身の力で生きていこうとしたようです。そんな中、九年前の事件が起こりました。そのときの怪我で島本は一度、女優をあきらめています。

数年後、彼女はプライドを捨ててタレント養成校に入りました。途中、ずいぶん悔しい思いもしたはずです。それでも腐らず、個性派女優に転向して、島本は自分の道を見つけました。

ところがそこに、再び黒田さんが現れた。ここまで努力を重ねてやっと成功をつかみかけたのに、また邪魔をされるのか……。九年前のことが甦《よみがえ》ってきて、精神的にも追い詰められてしまったんだと思います。今回は二回目だったから、我慢できなかったんじゃないでしょうか」

神谷課長は低い声で唸った。手代木管理官は蛍光ペンを手にして、塔子のほうをじっと見ている。鷹野は資料に目を落としたままだ。

気がつくと、早瀬係長が不思議そうな顔をしていた。

「この前、如月は島本に対してかなり批判的だったようだが……」

「あ……はい。あのときも同情の余地はあると思っていたんです。でもそれはそれ、これはこれです。事情聴取では刑事として、厳しく接する必要があると判断したものですから」

なるほどな、と早瀬は言った。

着席して塔子がひとつ息をつくと、鷹野がこちらを向いた。無言のまま、彼は何度かうなずいていた。


午前中、先輩たちとともに事務作業を行った。今まで捜査で忙しく、ずっと後回しになっていた書類が何枚かあったのだ。

作業に疲れたのだろう、尾留川が背伸びをしながら尋ねた。

「そういえばトクさんの娘さん、転職するって言ってましたよね。その後、動きはあったんですか？」

徳重は書類から顔を上げてこちらを向いた。言いたいことがありそうだが、少しためらっているように見える。

「その顔は、何かあったんですね？」と尾留川。

「うん、まあね……」

「娘さんはたしか、人の役に立つ仕事が好きなんですよね」

塔子は横からそう尋ねた。ただ、徳重の娘はこうも言っていたらしい。「残念だけど、私はお父さんみたいにはなれない」と。そこまではっきり拒絶されてしまっては、父親として複雑な気分だったに違いない。

「娘さんも悪気があったわけじゃないと思いますよ」徳重を見つめて、塔子は言った。「まあ、『お父さんみたいにはなれない』っていうのは、ちょっときついかもしれませんけど……」

「あ、それは違うんだよ」

彼が首を左右に振ったので、塔子は意外に思った。

「どういうことです？」

「お父さんみたいになりたくない、という意味じゃなかったんだ。自分は警察官には向かないから、お父さんみたいにはなれないだろう、ということだったらしいよ」

それを聞いて、塔子はほっとした。他人の家のことではあるが、ずっと気になっていたのだ。

「よかったじゃないですか。娘さんも、トクさんの仕事をわかっていたってことですね」

「ところが、また別の問題が起こってね」徳重は難しい顔で腕組みをした。「人の役に立ちたいから医療関係に進みたい、なんて言うんだよ。信じられるかい？　今から専門学校に入り直すとしたら、一人前になるまで何年かかるんだろう。私はもう五十四だっていうのに……」

はあ、と徳重はため息をつく。からかう調子で尾留川が尋ねた。

「とか何とか言って、じつは頼られるのが嬉しいんでしょう？」

「まったく、困ったものだよ」徳重は苦笑いした。「私も過保護だよね」

そんなやりとりを聞いて、所轄の捜査員たちも思わず笑っていた。捜査が一段落して、みな気持ちに余裕が出てきたようだ。

書類を前にして塔子が考え込んでいると、突然、神谷課長や手代木管理官が立ち上がった。驚いて塔子はうしろを振り返った。

廊下から、品のいいスーツを着た男性が入ってくるのが見えた。刑事部長の吉富哲弘だ。

塔子や鷹野も椅子から立って、直立不動の姿勢をとった。吉富はまっすぐこちらへやってくる。塔子たちの前で、彼は足を止めた。

「取調べは順調らしいな」吉富は塔子に話しかけた。「今回も鷹野・如月組が頑張ってくれたと、神谷課長から報告を受けている。ご苦労だった」

「ありがとうございます。運にも助けられたと思います」と塔子。

「君が成果を挙げてくれるのは、私としても嬉しいことだよ。女性捜査員を育成する計画は着実に進んでいる、とアピールできるからね」

「部長のご期待に応えられるよう、今後も努力したいと思います」

うん、と吉富はうなずく。

「吉富部長」鷹野が口を開いた。「先日は急なお願いをしてしまって、申し訳ありませんでした」

「JRの件か。私ひとりでは、あんなことはできなかったよ。最後にものを言うのはやはり人脈だ」吉富は口元を緩めた。「それにしても、あのときは驚いた。突然電話がかかってきて、『電車を止めていただけないでしょうか』だからな。自分の耳を疑ったよ」

「ほかに方法がなかったものですから」

「もし私が電話に出なかったら、どうするつもりだったんだ」

「その場合は、如月が電車を止めに行ったんじゃないかと思います」鷹野は塔子のほうをちらりと見た。「そういう奴ですから」

なるほど、と言って吉富は笑った。その笑い声を聞いて、ほかの捜査員たちが不思議そうな顔をしている。

「如月くん、これからもしっかりな。期待しているぞ」吉富は塔子の肩を叩いた。

「鷹野くんも、よろしく頼む」

「全力を尽くします」

吉富は塔子たちから離れて、幹部席のほうへ歩いていった。神谷課長と手代木管理官が深々と礼をする。電話をかけていた早瀬係長も、慌ててそちらに向かった。

門脇と徳重が、そっと鷹野のそばへやってきた。

「被疑者が捕まったから、部長はわざわざ来てくれたのかな」門脇は鷹野に問いかける。

「どうでしょうね。たまたま近くに来たから寄っただけ、とも考えられますが」

「でも、部長はまっすぐ鷹野さんたちのところに来ましたよ」徳重が言った。「やっぱり鷹野さんは一目置かれていますよね」

「いや、そんなことはないでしょう」鷹野はゆっくりと首を横に振った。「俺は如月のマネージャーみたいなものですから」

またまた、と言って徳重は笑いだした。

昼食を済ませたあと、塔子と鷹野は築地署を出た。

今日も暑い一日だった。空からの日射しと、足下からの照り返しに挟まれて、じわじわと体温が上がっていきそうだ。

「まるでトースターの中にいるみたいですね」

塔子が話しかけると、鷹野は眉を大きく動かした。

「俺はトースターに入ったことがないから、わからないな」

澄ました顔で、彼はそんなことを言う。鷹野なりの冗談なのだろう。

東銀座駅のそばを通って、晴海《はるみ》通りを北西に向かう。やがてふたりは銀座四丁目交差点に出た。右側の手前には、先日訪問した加賀屋百貨店がある。通りの向こうにあるのは和創の時計台だ。

日曜日の今日、中央通りは歩行者天国になっていた。普段はタクシーやトラックが走っている広い道を、大勢の男女が自由に歩いている。

塔子たちも車道に出て、七丁目のほうへと歩きだした。

「今回の事件でひとつわかったことがある」鷹野は言った。「被疑者が女性の場合、やはり女性の捜査員がいると助かるな。身体検査のときはもちろんだが、それだけじゃない。男では見落としてしまうようなことを、女性捜査員が指摘してくれる」

「ありがとうございます」塔子は鷹野の顔を見上げた。「自分では意識していなかったんですが、うまくいったのなら嬉しいですね」

「今後はそこを、意識的にやってくれるとありがたい」

「どういうことですか？」

「直感に頼るばかりじゃなく、ロジカルにものを考えてほしいということだ」

うーん、と唸って塔子は首をかしげた。

「でもそうすると、鷹野さんと同じようになってしまいますよ。発想が似てしまうと思いますけど」

今度は鷹野が唸った。しばらく考えてから彼は口を開いた。

「役割分担ということか。まあ、それはそうかもしれないな。だとすると、このままでいいのか」

「そうですよ。私には私の強みがあると思うんです。鷹野さんは広い心で、後輩がのびのびと活動できるよう見守ってくれれば……」

「少しおだてると、すぐこれだ」鷹野は顔をしかめた。「あんまり、のびのびされても困るんだがな」

沿道の店では冷たい飲み物やアイスクリームが販売されていた。家族連れが保冷ケースを見て、何がいいかと相談している。初老の夫婦がショーウインドウを覗きながら歩いていく。若いカップルが携帯の画面を見て、何か笑い合っている。

この町もようやく落ち着きを取り戻したようだった。

「島本瑞妃にとっては、銀座という町がひとつの舞台だったわけだ」周囲を見渡しながら、鷹野が言った。「彼女は女優になっていくつもの役を演じてきたはずだよな。けっこう人気もあったんだろう？」

「ええ、そう聞いています」

「落ち着いて考えれば、ほかの道が選べたかもしれない。だが島本は、とんでもない暴走をした。……気取った言い方になるが、島本は自分の人生で、きちんと主役を演じることができなかったんじゃないのか？」

そうですね、と塔子はつぶやいた。

「脅迫から逃れるためとはいえ、あんな事件を起こすなんて……。それがどんなに劇的だったとしても、私は見たくありません」

「まったくだ。そんな話は芝居の中だけで充分だよ」

前方、左手に茶色の建物が見えてきた。銀座六丁目交差点に面したビアホールだ。今日は日曜だし、昼間からビールを飲む客が大勢いるに違いない。

交差点を右に曲がり、塔子たちは交詢社通りに入った。

今回さまざまな事件が起こったこの道を、自分はずっと忘れないだろう、と塔子は思った。銀座にやってくるたび、真夏の出来事を鮮明に思い出すはずだ。

塔子と鷹野は交詢社通りを歩いていく。はるか向こうに、巨大な東都ホテルの建物が見えた。その近くにはシアターダイヤがある。これからふたりは、あの劇場で何度目かの聞き込みをする。島本が劇場にいた日付と時間帯を確認し、供述の裏をとる必要があった。

「時間ができたら、俺も芝居を見に行ってみるかな」

突然、鷹野がそんなことを言ったので、塔子は驚いてしまった。

「どうしたんですか、急に」

「今回、こういう事件に関わったんだ。後学のために、いくつか芝居を見ておくべきかと思ってね」

「ああ、なるほど」塔子はうなずいた。「そういうことなら、どのお芝居を見るべきか、私がアドバイスしましょうか」

「それは遠慮するよ。如月の好みはミュージカルだろう？　役者が急に歌いだすやつばかりで……」

「じゃあ、ミュージカル以外にしますから」

ガードの下に入ると、辺りの気温が少し下がったようだった。

今日、全国で何本ぐらいの芝居が上演されるのだろう、と塔子は考えた。多くの俳優が舞台に立ち、熱演するに違いない。それを見て大勢の観客が拍手を送る。その拍手によって、将来の名優が育っていくのかもしれない。

ガードをくぐり抜けると、再び夏の日射しが降り注いできた。

背中にかすかな風を感じながら、塔子と鷹野は日比谷の劇場街へと進んでいった。

◆参考文献

『警視庁捜査一課殺人班』毛利文彦　角川文庫
『警視庁捜査一課刑事』飯田裕久　朝日文庫
『ミステリーファンのための警察学読本』斉藤直隆編著　アスペクト

解説

小柳治宣《おなぎはるのぶ》（日本大学教授・文芸評論家）

シリーズものも、年月を重ねてくると、どこかにゆるみが生じてくるものだ。シリーズ開始当初にみられた張りつめた緊張感が薄れていき、読者とシリーズキャラクターとの間の親近感が反比例的に増してくる。ミステリーとしての謎の妙味やプロットの巧妙さというよりも、むしろキャラクターの魅力で読者に迫る傾向になりがちでもある。もちろんシリーズものの愉《たの》しみ（とくにロングシリーズでは）の一つが、そうした点にあることもまた否定できない。

とはいっても、ミステリーとしての緊張感・緊迫感とシリーズものとしての親和感・親近感——この両者をシリーズを続けながら保持していくのは、至難である。ところが麻見和史は、この高いハードルを軽やかに、しかも鮮やかなフォームで跳び越えていく。『石の繭《まゆ》　警視庁捜査一課第十一係（文庫化にあたり、警視庁殺人分析班に改題）』（二〇一一年五月）からスタートした本シリーズも二〇一八年十月刊の『凪《なぎ》の残響』で十一作目となったが、その間このハードルを一台も倒すことなく走り続けている。むしろ、自らハードルを高くしているのではないかと思われるほどだ。

　こうした特徴は、シリーズ九作目の本作『奈落の偶像』においても瞭然としている。では、その中味を覗《のぞ》いてみよう。その前に言っておくべきことがあった。タイトルの妙だ。『石の繭』、『蟻《あり》の階段』（シリーズ二作目）、『水晶の鼓動』（シリーズ三作目）、『聖者の凶数』（シリーズ五作目）、『蝶の力学』（シリーズ七作目）、『鷹の砦』（シリーズ十作目）等々、タイトルを見ただけで心がざわざわと波立ってくる不思議な力がある。そして、読み終わったあと、そのタイトルを改めて見つめながら、「うーむ」と深いため息をつくことになるのである。では、本作ではいったいどんなため息をつかしてくれるのか……。

　倒叙ミステリーを思わせるような、犯人（「私」）の語りから物語の幕が開く。こんな具合だ。

〈私は一ヵ月かけて計画を練《ね》り上げてきた。これは私ひとりが満足するための行動ではなく、一般市民にも衝撃を与えるものだ〉

　そして第一の事件が起こる。銀座にあるブティックのショーウインドウの中で、四十代半ばと思われる男の死体が発見されたのだ。身元を示すようなものは見当たらない。被害者は、手足を縛られた状態で首にロープを掛けられ、吊るされていた。その姿は、まるで処刑されたかのようだったのだ。というのは、被害者は足の爪先が床に届くか届かないかという位置に吊るされ苦しんでいた。犯人は、被害者がやがて力尽きて窒息するのを、すぐ側でじっと観察していたのではないか――と推測できるからだ。きわめて残酷な殺し方である。犯人の狙いは何か？　銀座という場所を考えれば、大勢の目撃者が出ることは織り込み済みのはずだ。とすれば、愉快犯なのか……。

捜査に当たるのはもちろん、本シリーズのメインキャラクター如月塔子巡査部長と教育役の相棒・鷹野秀昭警部補が所属する警視庁捜査一課十一係だ。彼らに与えられた手がかりはといえば、被害者の穿《は》いていた靴下から出てきた黒いアルミホイルの切れ端と蓄光《ちっこう》テープ（光に当てておくと、暗い場所でも光る）の切れ端のみだった。その他に、ブティックの店内に置かれていた生身の人間そのままのような超リアルなマネキン人形が一体消えていた。犯人が盗んでいったものと思われる。

被害者の身元は、靴下の中に残された品物をたどっていった結果判明した。黒田剛《たけ》士《し》、四十四歳、舞台劇などの演出家だった。二十一年前に劇団ジュピターを旗揚げするも、十三年前に団員の女優に怪我をさせ、逮捕・起訴されてしまったため、客離れが酷く十二年前に劇団を閉じていた。その後はフリーで仕事をしていたようだが、弟はそんな兄を「ゴロツキ」と呼んでいた。決して誉められた生活をしていたようではなく、むしろ金に困っていたらしい。だが、弟によれば、最近パトロンを見つけたと言っていたという。

一方、被害者の消化器からイヤホンの片側が見つかる。犯人を特定するヒントがそこに秘められているのであろうか。超リアルマネキンとイヤホン——この二つの品物を捜査一課十一係の面々が追っている最中、同一犯人によるものと思われる第二の事件が起こった。第一の事件現場近くの同じ銀座で、助けを求める声が吹きこまれたICレコーダーと、その被害者と思われる四十代の男の写真が発見されたのだ。

写真の裏には、《黒田剛士と同罪だ。この男も抵抗できずに力尽き、見せ物になって死ぬ。タロス》というメッセージが残されていた。しかも、被害者の勤務先である加賀屋百貨店・銀座店に、犯人から脅迫電話がかかってきた。八月十六日の昼ごろまでに救出しなければ、拉致《らち》されている被害者が死ぬというのだ。第一の事件とは違って、すぐに殺してしまわないのはなぜなのか。八月十六日という、その日に特別な意味があるのか。しかも、八月十六日にかかわる被害者は一人ではなかったのだ。「タロス」——これが犯人の名前なのか。タロスとはギリシャ神話に登場する青銅人間のことだ。その名に込められた犯人の真意とは何なのか。そして、被害者たちは、どんな罪を犯して、犯人に裁かれているというのか。まさしく一般市民を観客にした劇場型犯罪の典型とも言えそうな事件だが、そこには作者らしい捻《ひね》りが用意されている。

さて、第一の犯行現場から持ち去られたリアルマネキンも犯人を追う重要な手がかりの一つだが、それを製作していた会社が存在しなくなっており、どのような経緯で造られたものかを知ることが難しくなっていた。そもそも、なぜ犯人はマネキンを盗んでいったのか。捜査していくにつれて、マネキンに秘められた謎が次第に明らかになっていくのだが、そこが本編の核と言える部分なので、あとは読んでのお愉しみとしておきたい。

ところで、本作もそうだが本シリーズでは、一見猟奇的と見える殺人事件を主に扱っていながら、読んでいて心地良さを感じてしまうのだが、そう思うのは私だけであろうか。この「心地良さ」は、江戸川乱歩や横溝正史の古典的作品は言うに及ばず、昨今のミステリー作家の作品からも体感できぬ、本シリーズ固有のものである。本シリーズを私（読者）が、次々と読めるのも、そして、くり返し読む気になれるのも、この「心地良さ」に負うところが小さくない。

では、その「心地良さ」は、何に起因しているのであろうか。私が思うに、その核は、異常な犯人に対峙《たいじ》したときの如月塔子の心構えにあるのではなかろうか。直感を最大の武器にしながら、自らの信念を絶対に曲げない、その強さだ。現在の世の中は変化がきわめて激しい。だが、決して変えてはいけないものがあるということに気づかせてくれるのが、如月塔子の存在そのものだ。我々は、世の中の変化につい身を委《ゆだ》ねがちで、時代の波に乗ろうとする。だが塔子は乗ってはいけない波を直感で見分ける。変えてはいけないものを大切に守る。そんな稀有《けう》の、しかも小さな（塔子には失礼な言い方かもしれないが）存在がリードする物語なればこそ、本シリーズは「心地良い」のではなかろうか。

とすれば、本シリーズは如月塔子が警視庁捜査一課の刑事として一人前になっていく成長譚としての一面をもってはいるが、それだけではないということにもなってくる。塔子は自らを成長させながら、彼女の周囲の人たちや組織をも成長させていくのである。塔子の教育係の鷹野は、塔子に刑事としてのノウハウを教える反面、塔子から学んでいくものも少なくない。つまり本シリーズは、理屈一辺倒の敏腕刑事・鷹野が塔子に触発されながら、人として大きくなっていく物語でもあるのだ。

さらに、塔子が捜査一課に入ったことで、組織自体にも良い意味での変化が表われてくる。また、鷹野と塔子は、個人としてではなく、組織の一員として活動することをも学んでいく。つまり、捜査一課十一係という組織の成長譚として読むこともできるのである。シリーズ全体が、こうした重層構造の成長譚になっているあたりも、「心地良さ」を生む土壌となっているのではあるまいか。

ところで、本作の舞台の近くの京橋に、「警察博物館」（入場無料）がある。東京警視庁の歴史から現在の警察の仕事の実態がリアルに再現されていて、大人が行っても勉強になる。モンタージュの作成や変装した犯人を見つけるゲーム、指紋採取の疑似体験コーナーなどもあって愉しむことができる。その一画に、殉職した警官を顕彰するコーナー（遺族の希望があった方のみ展示）がある。そこで遺影と遺品に出会うと、警察官がいかに危険に身を晒《さら》しながら仕事をしているかを改めて痛感させられてしまう。本シリーズでも、鷹野の元相棒の沢木刑事が殉職している。また、捜査一課の刑事だった塔子の父も犯人に刺された傷が遠因となって亡くなってしまうのだから、間接的な殉職と言ってもいい。鷹野・塔子コンビは、この点でも共通の痛みを心に抱えていると言えるのかもしれない。殉職者コーナーの説明文によると、八一七柱の殉職者が弥生慰霊堂に祀《まつ》られており、毎年初代大警視（現・警視総監）川路利良の祥月命日である十月十三日前後に慰霊祭が行われているという。そもそも私が警察博物館に足を運んだのは、本シリーズとの出会いが切っ掛けとなっている。かほどに、警察小説としての魅力に富んでいるのが本シリーズであるということを、言っておきたいがゆえの余談である。間もなく刊行されるであろうシリーズ十二作目で如月塔子たちが、どんな事件に遭遇し、いかなる成長を遂げるのか、待ち遠しい限りである。

この作品は、二〇一七年七月に小社より『奈落の偶像　警視庁捜査一課十一係』として刊行された作品を改題したものです。

この作品はフィクションであり、実在する個人や団体などとは一切関係ありません。

|著者|麻見和史　1965年千葉県生まれ。2006年『ヴェサリウスの柩』で第16回鮎川哲也賞を受賞しデビュー。『石の繭《まゆ》』から始まる「警視庁殺人分析班」シリーズはドラマ化されて人気を博し、累計85万部を超える大ヒットとなっている。また、『邪神の天秤』『偽神の審判』と続く「警視庁公安分析班」シリーズもドラマ化された。その他の著作に「警視庁文書捜査官」シリーズや、『水葬の迷宮』『死者の盟約』と続く「警視庁特捜7」シリーズ、『時の呪縛』『時の残像』と続く「凍結事案捜査班《コールドケース》」シリーズ、『殺意の輪郭　猟奇殺人捜査ファイル』などがある。

奈落《ならく》の偶像《ぐうぞう》　警視庁殺人分析班《けいしちょうさつじんぶんせきはん》

麻見和史《あさみかずし》

2019年8月9日第1刷発行
2025年5月13日第7刷発行

発行者──篠木和久
発行所──株式会社　講談社
東京都文京区音羽2-12-21　〒112-8001
電話　出版（03）5395-3510
　　　販売（03）5395-5817
　　　業務（03）5395-3615

Printed in Japan

講談社文庫
定価はカバーに
表示してあります

KODANSHA

デザイン─菊地信義
本文データ制作─講談社デジタル製作
印刷────株式会社KPSプロダクツ
製本────株式会社KPSプロダクツ

ISBN978-4-06-516612-3

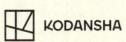

講談社文庫刊行の辞

二十一世紀の到来を目睫に望みながら、われわれはいま、人類史上かつて例を見ない巨大な転換期をむかえようとしている。

世界も、日本も、激動の予兆に対する期待とおののきを内に蔵して、未知の時代に歩み入ろうとしている。このときにあたり、創業の人野間清治の「ナショナル・エデュケイター」への志を現代に甦らせようと意図して、われわれはここに古今の文芸作品はいうまでもなく、ひろく人文・社会・自然の諸科学から東西の名著を網羅する、新しい綜合文庫の発刊を決意した。

激動の転換期はまた断絶の時代である。われわれは戦後二十五年間の出版文化のありかたへの深い反省をこめて、この断絶の時代にあえて人間的な持続を求めようとする。いたずらに浮薄な商業主義のあだ花を追い求めることなく、長期にわたって良書に生命をあたえようとつとめるところにしか、今後の出版文化の真の繁栄はあり得ないと信じるからである。

同時にわれわれはこの綜合文庫の刊行を通じて、人文・社会・自然の諸科学が、結局人間の学にほかならないことを立証しようと願っている。かつて知識とは、「汝自身を知る」ことにつきていた。現代社会の瑣末な情報の氾濫のなかから、力強い知識の源泉を掘り起し、技術文明のただなかに、生きた人間の姿を復活させること。それこそわれわれの切なる希求である。

われわれは権威に盲従せず、俗流に媚びることなく、渾然一体となって日本の「草の根」をかたちづくる若く新しい世代の人々に、心をこめてこの新しい綜合文庫をおくり届けたい。それは知識の泉であるとともに感受性のふるさとであり、もっとも有機的に組織され、社会に開かれた万人のための大学をめざしている。大方の支援と協力を衷心より切望してやまない。

一九七一年七月

野間省一

あさのあつこ　NO.6〔ナンバーシックス〕#4
あさのあつこ　NO.6〔ナンバーシックス〕#5
あさのあつこ　NO.6〔ナンバーシックス〕#6
あさのあつこ　NO.6〔ナンバーシックス〕#7
あさのあつこ　NO.6〔ナンバーシックス〕#8
あさのあつこ　NO.6〔ナンバーシックス〕#9
あさのあつこ　NO.6beyond〔ナンバーシックス・ビヨンド〕
あさのあつこ　待　っ　て　る〈橘屋草子〉
あさのあつこ　さいとう市立さいとう高校野球部（上）（下）
あさのあつこ　甲子園でエースしちゃいました〈さいとう市立さいとう高校野球部〉
あさのあつこ　お　れ　が　先　輩？〈さいとう市立さいとう高校野球部〉
阿部夏丸　泣けない魚たち
朝倉かすみ　肝、焼　け　る
朝倉かすみ　好かれようとしない
朝倉かすみ　ともしびマーケット
朝倉かすみ　感　応　連　鎖
朝倉かすみ　たそがれどきに見つけたもの
朝比奈あすか　憂鬱なハスビーン
朝比奈あすか　あの子が欲しい
天野作市　気高き昼寝
天野作市　みんなの旅行
青柳碧人　浜村渚の計算ノート
青柳碧人　浜村渚の計算ノート　2さつめ〈ふしぎの国の期末テスト〉
青柳碧人　浜村渚の計算ノート　3さつめ〈水色コンパスと恋する幾何学〉
青柳碧人　浜村渚の計算ノート　3と1/2さつめ〈ふえるま島の最終定理〉
青柳碧人　浜村渚の計算ノート　4さつめ〈方程式は歌声に乗って〉
青柳碧人　浜村渚の計算ノート　5さつめ〈鳴くよウグイス、平面上〉
青柳碧人　浜村渚の計算ノート　6さつめ〈パピルスよ、永遠に〉
青柳碧人　浜村渚の計算ノート　7さつめ〈悪魔とポタージュスープ〉
青柳碧人　浜村渚の計算ノート　8さつめ〈虚数じかけの夏みかん〉
青柳碧人　浜村渚の計算ノート　8と2分の1さつめ〈つるかめ家の一族〉
青柳碧人　浜村渚の計算ノート　9さつめ〈恋人たちの必勝法《マーチンゲール》〉
青柳碧人　浜村渚の計算ノート　10さつめ〈ラ・ラ・ラ・ラマヌジャン〉
青柳碧人　浜村渚の計算ノート　11さつめ〈エッシャーランドでだまし絵を〉
青柳碧人　霊視刑事夕雨子《ゆうこ》1〈誰かがそこにいる〉
青柳碧人　霊視刑事夕雨子2〈雨空の鎮魂歌《レクイエム》〉
朝井まかて　花《はな》競《くら》べ〈向嶋なずな屋繁盛記〉
朝井まかて　ちゃんちゃら
朝井まかて　す　か　た　ん
朝井まかて　ぬ　け　ま　い　る
朝井まかて　恋　歌
朝井まかて　阿《お》蘭《らん》陀《だ》西《さい》鶴《かく》
朝井まかて　藪医《やぶい》　ふらここ堂
朝井まかて　福　袋
朝井まかて　草　々　不　一
歩《あゆみ》　りえこ　ブラを捨て旅に出よう〈貧乏乙女の“世界一周”旅行記〉
安藤祐介　営業零課《ぜろか》接待班
安藤祐介　被取締役《とりしまられやく》新入社員
安藤祐介　お　い！　山　田〈大翔製菓広報宣伝部〉
安藤祐介　宝くじが当たったら
安藤祐介　一〇〇〇ヘクトパスカル
安藤祐介　テノヒラ幕府株式会社
安藤祐介　本のエンドロール
青木　理　絞　首　刑
麻見和史　石　の　繭〈警視庁殺人分析班〉
麻見和史　蟻《あり》　の　階　段〈警視庁殺人分析班〉
麻見和史　水　晶　の　鼓　動〈警視庁殺人分析班〉

講談社文庫　目録

麻見和史　虚空の糸〈警視庁殺人分析班〉
麻見和史　聖者の凶数〈警視庁殺人分析班〉
麻見和史　女神の骨格〈警視庁殺人分析班〉
麻見和史　蝶の力学〈警視庁殺人分析班〉
麻見和史　雨色の仔羊〈警視庁殺人分析班〉
麻見和史　奈落の偶像〈警視庁殺人分析班〉
麻見和史　鷹《たか》の砦《とりで》〈警視庁殺人分析班〉
麻見和史　凪《なぎ》の残響〈警視庁殺人分析班〉
麻見和史　天空の鏡〈警視庁殺人分析班〉
麻見和史　賢者の棘《とげ》〈警視庁殺人分析班〉
麻見和史　魔弾の標的〈警視庁殺人分析班〉
麻見和史　深紅の断片〈警防課救命チーム〉
麻見和史　邪神の天秤〈警視庁公安分析班〉
麻見和史　偽神の審判〈警視庁公安分析班〉
有川　浩　三匹のおっさん
有川　浩　三匹のおっさん　ふたたび
有川　浩　ヒア・カムズ・ザ・サン
有川　浩　旅猫リポート
有川ひろ　アンマーとぼくら
有川ひろ　みとりねこ
有川ひろ ほか　ニャンニャンにゃんそろじー
荒崎一海　門前仲町〈九頭竜覚山　浮世綴㈠〉
荒崎一海　蓬萊橋雨景〈九頭竜覚山　浮世綴㈡〉
荒崎一海　寺町哀感〈九頭竜覚山　浮世綴㈢〉
荒崎一海　小《お》名《な》木《き》川《がわ》〈九頭竜覚山　浮世綴㈣〉
荒崎一海　一色町雪花〈九頭竜覚山　浮世綴㈤〉
朱野帰子《かえるこ》　駅物語
朱野帰子　対岸の家事
東　浩紀　一般意志2・0〈ルソー、フロイト、グーグル〉
朝倉宏景　白球アフロ
朝倉宏景　野球部ひとり
朝倉宏景　つよく結べ、ポニーテール
朝倉宏景　あめつちのうた
朝倉宏景　エール〈夕暮れサウスポー〉
朝倉宏景　風が吹いたり、花が散ったり
朝井リョウ　スペードの3
朝井リョウ　世にも奇妙な君物語
有沢ゆう希 末次由紀 原作　〈小説〉ちはやふる　上の句
有沢ゆう希 末次由紀 原作　〈小説〉ちはやふる　下の句
有沢ゆう希 末次由紀 原作　〈小説〉ちはやふる　結び
有沢ゆう希　小説　パーフェクトワールド〈君といる奇跡〉
有沢ゆう希 原作：金田一蓮十郎 脚本：徳永友一　小説　ライアー×ライアー
秋川滝美　幸腹《こうふく》な百貨店
秋川滝美　幸腹な百貨店〈デパ地下おにぎり騒動〉
秋川滝美　幸腹な百貨店〈催事場で蕎麦屋呑み〉
秋川滝美　マチのお気楽料理教室
秋川滝美　ヒソップ亭〈湯けむり食事処〉
秋川滝美　ヒソップ亭2〈湯けむり食事処〉
秋川滝美　ヒソップ亭3〈湯けむり食事処〉
赤神　諒　神遊の城
赤神　諒　大友二階崩れ
赤神　諒　大友落月記
赤神　諒　酔象の流儀　朝倉盛衰記
赤神　諒　空《うつせ》貝《がい》〈村上水軍の神姫《しんき》〉
赤神　諒　立花三将伝
彩瀬まる　やがて海へと届く
浅生　鴨　伴走者

講談社文庫 目録

天野純希 有楽斎の戦
天野純希 雑賀《さいか》のいくさ姫《ひめ》
青木祐子 コーチ！〈はげまし屋・立花ことりのクライアントファイル〉
秋保《あきう》水菓《すいか》 コンビニなしでは生きられない
相沢沙呼 medium《メディウム》 霊媒探偵城塚《じょうづか》翡翠《ひすい》
相沢沙呼 invert《インヴァート》 城塚翡翠倒叙集
新井見枝香 本屋の新井
碧野圭 凛として弓を引く
碧野圭 凛として弓を引く〈青雲篇〉
碧野圭 凛として弓を引く〈初陣篇〉
碧野圭 凛として弓を引く〈奮迅篇〉
赤松利市 東京棄民
赤松利市 風致の島
五木寛之 ソフィアの秋
五木寛之 狼のブルース
五木寛之 海峡物語
五木寛之 風花のひと
五木寛之 鳥の歌(上)(下)
五木寛之 燃える秋
五木寛之 真夜中の望遠鏡〈流されゆく日々'78〉
五木寛之 ナホトカ青春航路〈流されゆく日々'79〉
五木寛之 旅の幻燈
五木寛之 他力
五木寛之 こころの天気図
五木寛之 新装版 恋歌
五木寛之 百寺巡礼 第一巻 奈良
五木寛之 百寺巡礼 第二巻 北陸
五木寛之 百寺巡礼 第三巻 京都I
五木寛之 百寺巡礼 第四巻 滋賀・東海
五木寛之 百寺巡礼 第五巻 関東・信州
五木寛之 百寺巡礼 第六巻 関西
五木寛之 百寺巡礼 第七巻 東北
五木寛之 百寺巡礼 第八巻 山陰・山陽
五木寛之 百寺巡礼 第九巻 京都II
五木寛之 百寺巡礼 第十巻 四国・九州
五木寛之 海外版 百寺巡礼 インド1
五木寛之 海外版 百寺巡礼 インド2
五木寛之 海外版 百寺巡礼 朝鮮半島
五木寛之 海外版 百寺巡礼 中国
五木寛之 海外版 百寺巡礼 ブータン
五木寛之 海外版 百寺巡礼 日本・アメリカ
五木寛之 青春の門 第七部 挑戦篇
五木寛之 青春の門 第八部 風雲篇
五木寛之 青春の門 第九部 漂流篇
五木寛之 親鸞 青春篇(上)(下)
五木寛之 親鸞 激動篇(上)(下)
五木寛之 親鸞 完結篇(上)(下)
五木寛之 五木寛之の金沢さんぽ
五木寛之 海を見ていたジョニー 新装版
井上ひさし モッキンポット師の後始末
井上ひさし ナイン
井上ひさし 四千万歩の男 全五冊
井上ひさし 四千万歩の男 忠敬の生き方
井上ひさし 司馬遼太郎 新装版 国家・宗教・日本人
池波正太郎 私の歳月
池波正太郎 よい匂いのする一夜
池波正太郎 梅安料理ごよみ

池波正太郎　わが家の夕めし
池波正太郎　新装版 緑のオリンピア
池波正太郎　新装版 殺しの四人〈仕掛人・藤枝梅安㈠〉
池波正太郎　新装版 梅安蟻地獄〈仕掛人・藤枝梅安㈡〉
池波正太郎　新装版 梅安最合傘〈仕掛人・藤枝梅安㈢〉
池波正太郎　新装版 梅安針供養〈仕掛人・藤枝梅安㈣〉
池波正太郎　新装版 梅安乱れ雲〈仕掛人・藤枝梅安㈤〉
池波正太郎　新装版 梅安影法師〈仕掛人・藤枝梅安㈥〉
池波正太郎　新装版 梅安冬時雨〈仕掛人・藤枝梅安㈦〉
池波正太郎　新装版 忍びの女（上）（下）
池波正太郎　新装版 殺しの掟
池波正太郎　新装版 抜討ち半九郎
池波正太郎　新装版 娼婦の眼
池波正太郎　近藤勇白書〈レジェンド歴史時代小説〉（上）（下）
井上　靖　楊貴妃伝
石牟礼道子　新装版 苦海《くがい》浄土《じょうど》〈わが水俣病〉
いわさきちひろ　ちひろのことば
いわさきちひろ／松本　猛　いわさきちひろの絵と心
いわさきちひろ／絵本美術館編　ちひろ・子どもの情景〈文庫ギャラリー〉
いわさきちひろ／絵本美術館編　ちひろ・紫のメッセージ〈文庫ギャラリー〉
いわさきちひろ／絵本美術館編　ちひろの花ことば〈文庫ギャラリー〉
いわさきちひろ／絵本美術館編　ちひろのアンデルセン〈文庫ギャラリー〉
いわさきちひろ／絵本美術館編　ちひろ・平和への願い〈文庫ギャラリー〉
石野径一郎　新装版 ひめゆりの塔
今西錦司　生物の世界
井沢元彦　義経幻殺録
井沢元彦　光と影の武蔵〈切支丹秘録〉
井沢元彦　新装版 猿丸幻視行
伊集院　静　乳房
伊集院　静　遠い昨日
伊集院　静　夢は枯野を〈競輪躁鬱旅行〉
伊集院　静　野球で学んだこと ヒデキ君に教わったこと
伊集院　静　峠の声
伊集院　静　白秋
伊集院　静　潮流
伊集院　静　冬の蜻蛉《とんぼ》
伊集院　静　オルゴール
伊集院　静　昨日スケッチ
伊集院　静　あづま橋
伊集院　静　ぼくのボールが君に届けば
伊集院　静　駅までの道をおしえて
伊集院　静　受け月
伊集院　静　坂の上のμ〈野球小説アンソロジー〉
伊集院　静　ねむりねこ
伊集院　静　新装版 三年坂
伊集院　静　お父やんとオジさん（上）（下）
伊集院　静　ノボさん〈小説 正岡子規と夏目漱石〉（上）（下）
伊集院　静　機関車先生〈新装版〉
伊集院　静　ミチクサ先生（上）（下）
伊集院　静　それでも前へ進む
いとうせいこう　我々の恋愛
いとうせいこう　「国境なき医師団」を見に行く
いとうせいこう　「国境なき医師団」をもっと見に行く〈ガザ、西岸地区、アンマン、南スーダン、日本〉
井上夢人　ダレカガナカニイル…
井上夢人　プラスティック
井上夢人　オルファクトグラム（上）（下）
井上夢人　もつれっぱなし

井上夢人 あわせ鏡に飛び込んで
井上夢人 魔法使いの弟子たち(上)(下)
井上夢人 ラバー・ソウル
池井戸 潤 果つる底なき
池井戸 潤 架空通貨
池井戸 潤 銀行狐
池井戸 潤 仇敵
池井戸 潤 空飛ぶタイヤ(上)(下)
池井戸 潤 鉄の骨
池井戸 潤 新装版 銀行総務特命
池井戸 潤 新装版 不祥事
池井戸 潤 ルーズヴェルト・ゲーム
池井戸 潤 半沢直樹 1〈オレたちバブル入行組〉
池井戸 潤 半沢直樹 2〈オレたち花のバブル組〉
池井戸 潤 半沢直樹 3〈ロスジェネの逆襲〉
池井戸 潤 半沢直樹 4〈銀翼のイカロス〉
池井戸 潤 半沢直樹 アルルカンと道化師
池井戸 潤 花咲舞が黙ってない〈新装増補版〉
池井戸 潤 ノーサイド・ゲーム
池井戸 潤 新装版 BT'63(上)(下)
岩瀬達哉 裁判官も人である〈良心と組織の狭間で〉
石田衣良 LAST[ラスト]
石田衣良 東京DOLL
石田衣良 てのひらの迷路
石田衣良 40《フォーティ》 翼ふたたび
石田衣良 sex
石田衣良 逆《さか》島《しま》断《たつ》雄《お》〈進駐官養成高校の決闘編1〉
石田衣良 逆島断雄〈進駐官養成高校の決闘編2〉
石田衣良 逆島断雄〈本土最終防衛決戦編1〉
石田衣良 逆島断雄〈本土最終防衛決戦編2〉
石田衣良 初めて彼を買った日
井上荒野 ひどい感じ―父・井上光晴
飯田譲治 協力 梓河人 神様のサイコロ
稲葉 稔 椋鳥の影〈八丁堀手控え帖〉
いしいしんじ プラネタリウムのふたご
いしいしんじ げんじものがたり
池永 陽 いちまい酒場
伊坂幸太郎 チルドレン
伊坂幸太郎 サブマリン
伊坂幸太郎 魔王〈新装版〉
伊坂幸太郎 モダンタイムス(上)(下)〈新装版〉
伊坂幸太郎 PK〈新装版〉
絲山秋子 袋小路の男
絲山秋子 御社のチャラ男
石黒 耀 死都日本
石黒 耀 忠臣蔵異聞〈家老 大野九郎兵衛の長い仇討ち〉
犬飼六岐 筋違い半介
犬飼六岐 吉岡清三郎貸腕帳
石川大我 ボクの彼氏はどこにいる?
石松宏章 マジでガチなボランティア
伊東 潤 国を蹴った男
伊東 潤 峠越え
伊東 潤 黎明に起《た》つ
伊東 潤 池田屋乱刃
石飛幸三 「平穏死」のすすめ〈口から食べられなくなったらどうしますか〉
伊藤理佐 女のはしょり道
伊藤理佐 また! 女のはしょり道

伊藤理佐　みたび！女のはしょり道
石黒正数　外《げ》天《てん》楼《ろう》
伊与原　新　ルカの方《はこ》舟《ぶね》
伊与原　新　コンタミ　科学汚染
稲葉圭《よし》昭《あき》　恥さらし〈北海道警　悪徳刑事の告白〉
稲葉博《ひろ》一《いち》　忍者烈伝
稲葉博一　忍者烈伝ノ続
稲葉博一　忍者烈伝ノ乱〈天之巻〉〈地之巻〉
伊岡　瞬　桜の花が散る前に
石川智健　エウレカの確率〈経済学捜査と殺人の効用〉
石川智健　60《ロクジュウ》〈誤判対策室〉
石川智健　20《ニジュウ》〈誤判対策室〉
石川智健　第三者隠蔽機関
石川智健　いたずらにモテる刑事の捜査報告書
石川智健　ゾンビ3.0
井上真偽《まぎ》　その可能性はすでに考えた
井上真偽　聖女の毒杯〈その可能性はすでに考えた〉
井上真偽　恋と禁忌の述語論理《プレディケット》
泉　ゆたか　お師匠さま、整いました！
泉　ゆたか　お江戸けもの医　毛玉堂
泉　ゆたか　玉《たま》の輿《こし》猫〈お江戸けもの医　毛玉堂〉
泉　ゆたか　うぬぼれ犬〈お江戸けもの医　毛玉堂〉
伊兼源太郎　地検のS
伊兼源太郎　Sが泣いた日〈地検のS〉
伊兼源太郎　Sの幕引き〈地検のS〉
伊兼源太郎　巨悪
伊兼源太郎　金庫番の娘
逸木　裕　電気じかけのクジラは歌う
今村翔吾　イクサガミ　天
今村翔吾　イクサガミ　地
今村翔吾　イクサガミ　人
今村翔吾　じんかん
入月英一　信長と征《ゆ》く　1・2〈転生商人の天下取り〉
磯田道史　歴史とは靴である
石原慎太郎　湘南夫人
井戸川射子　ここはとても速い川
井戸川射子　この世の喜びよ
五十嵐律人　法廷遊戯
五十嵐律人　不可逆少年
五十嵐律人　原因において自由な物語
五十嵐律人　幻告
一色さゆり　光をえがく人
石沢麻依　貝に続く場所にて
一穂ミチ　スモールワールズ
一穂ミチ　うたかたモザイク
一穂ミチ　パラソルでパラシュート
伊藤穰一　〈増補版〉教養としてのテクノロジー〈AI、仮想通貨、ブロックチェーン〉
市川憂人　揺《ゆり》籠《かご》のアディポクル
五十嵐貴久　コンクールシェフ！
稲川淳二　稲川怪談〈昭和・平成傑作選〉
稲川淳二　稲川怪談〈昭和・平成・令和　長編集〉
石井ゆかり　星占い的思考
石田夏穂　ケチる貴方
内田康夫　シーラカンス殺人事件
内田康夫　パソコン探偵の名推理
内田康夫　「横山大観」殺人事件
内田康夫　江田島殺人事件

講談社文庫　目録

内田康夫　琵琶湖周航殺人歌
内田康夫　夏泊殺人岬
内田康夫　「信濃の国」殺人事件
内田康夫　風葬の城
内田康夫　透明な遺書
内田康夫　鞆《とも》の浦《うら》殺人事件
内田康夫　終幕《フィナーレ》のない殺人
内田康夫　御堂筋殺人事件
内田康夫　記憶の中の殺人
内田康夫　北国街道殺人事件
内田康夫　「紅藍《くれない》の女《ひと》」殺人事件
内田康夫　「紫《むらさき》の女《ひと》」殺人事件
内田康夫　藍色回廊殺人事件
内田康夫　明日香の皇子
内田康夫　華の下にて
内田康夫　黄金の石橋
内田康夫　靖国への帰還
内田康夫　不等辺三角形
内田康夫　ぼくが探偵だった夏
内田康夫　逃げろ光彦〈内田康夫と5人の女たち〉
内田康夫　悪魔の種子
内田康夫　戸隠伝説殺人事件
内田康夫　新装版 死者の木霊
内田康夫　新装版 漂泊の楽人
内田康夫　新装版 平城山《ならやま》を越えた女
内田康夫　秋田殺人事件
内田康夫　孤道
和久井清水　孤道 完結編〈金色の眠り〉
内田康夫　イーハトーブの幽霊
歌野晶午　死体を買う男
歌野晶午　安達ヶ原の鬼密室
歌野晶午　新装版 長い家の殺人
歌野晶午　新装版 白い家の殺人
歌野晶午　新装版 動く家の殺人
歌野晶午　密室殺人ゲーム王手飛車取り
歌野晶午　新装版 ROMMY 越境者の夢
歌野晶午　増補版 放浪探偵と七つの殺人
歌野晶午　新装版 正月十一日、鏡殺し
歌野晶午　密室殺人ゲーム2.0
歌野晶午　密室殺人ゲーム・マニアックス
歌野晶午　魔王城殺人事件
内館牧子　終わった人
内館牧子　別れてよかった〈新装版〉
内館牧子　すぐ死ぬんだから
内館牧子　今度生まれたら
内田洋子　皿の中に、イタリア
宇江佐真理　泣きの銀次
宇江佐真理　晩鐘〈続・泣きの銀次〉
宇江佐真理　虚ろ舟〈泣きの銀次参之章〉
宇江佐真理　室の梅〈おろく医者覚え帖〉
宇江佐真理　涙堂〈琴女《ことじょ》癸酉《きゆう》日記《にっき》〉
宇江佐真理　あやめ横丁の人々
宇江佐真理　卵のふわふわ 八丁堀喰い物草紙・江戸前でもなし
宇江佐真理　日本橋本石町やさぐれ長屋
浦賀和宏　眠りの牢獄
上野哲也　五五五文字の巡礼〈魏志倭人伝トーク 地理篇〉
魚住昭　渡邉恒雄 メディアと権力

講談社文庫　目録

魚住　昭　野中広務　差別と権力
魚住直子　非・バランス
魚住直子　未・フレンズ
魚住直子　ピンクの神様
上田秀人　密封〈奥右筆秘帳〉
上田秀人　国禁〈奥右筆秘帳〉
上田秀人　侵蝕〈奥右筆秘帳〉
上田秀人　継承〈奥右筆秘帳〉
上田秀人　簒《さん》奪《だつ》〈奥右筆秘帳〉
上田秀人　秘闘〈奥右筆秘帳〉
上田秀人　隠密〈奥右筆秘帳〉
上田秀人　刃傷〈奥右筆秘帳〉
上田秀人　召《めし》抱《かかえ》〈奥右筆秘帳〉
上田秀人　墨《ぼっ》痕《こん》〈奥右筆秘帳〉
上田秀人　天下〈奥右筆秘帳〉
上田秀人　決戦〈奥右筆秘帳〉
上田秀人　前夜〈奥右筆外伝〉
上田秀人　軍師の挑戦〈上田秀人初期作品集〉
上田秀人　天主信長〈表〉〈我こそ天下なり〉
上田秀人　天主信長〈裏〉〈天を望むなかれ〉
上田秀人　波乱〈百万石の留守居役(一)〉
上田秀人　思惑〈百万石の留守居役(二)〉
上田秀人　新参〈百万石の留守居役(三)〉
上田秀人　遺臣〈百万石の留守居役(四)〉
上田秀人　密約〈百万石の留守居役(五)〉
上田秀人　使者〈百万石の留守居役(六)〉
上田秀人　貸借〈百万石の留守居役(七)〉
上田秀人　参勤〈百万石の留守居役(八)〉
上田秀人　因果〈百万石の留守居役(九)〉
上田秀人　忖《そん》度《たく》〈百万石の留守居役(十)〉
上田秀人　騒動〈百万石の留守居役(十一)〉
上田秀人　分断〈百万石の留守居役(十二)〉
上田秀人　舌戦〈百万石の留守居役(十三)〉
上田秀人　愚劣〈百万石の留守居役(十四)〉
上田秀人　布石〈百万石の留守居役(十五)〉
上田秀人　乱麻〈百万石の留守居役(十六)〉
上田秀人　要《よう》訣《けつ》〈百万石の留守居役(十七)〉
上田秀人　梟《ふくろう》の系譜〈宇喜多四代〉
上田秀人　竜は動かず　奥羽越列藩同盟顛末〈(上)万里波濤編　(下)帰郷奔走編〉
上田秀人　戦端〈武商繚乱記(一)〉
上田秀人　悪貨〈武商繚乱記(二)〉
上田秀人　流言〈武商繚乱記(三)〉
上田秀人ほか　どうした、家康
内田　樹　下流志向〈学ばない子どもたち　働かない若者たち〉
内田　樹
釈　徹宗　現代霊性論
上橋菜穂子　獣の奏者〈I闘蛇編〉
上橋菜穂子　獣の奏者〈II王獣編〉
上橋菜穂子　獣の奏者〈III探求編〉
上橋菜穂子　獣の奏者〈IV完結編〉
上橋菜穂子　獣の奏者〈外伝　刹那〉
上橋菜穂子　物語ること、生きること
上橋菜穂子　明日は、いずこの空の下
上野　誠　万葉学者、墓をしまい母を送る
海猫沢めろん　愛についての感じ
海猫沢めろん　キッズファイヤー・ドットコム
冲方　丁　戦の国
冲方　丁　十一人の賊軍

上田岳弘　ニムロッド
上田岳弘　旅のない
上野　歩　キリの理容室
内田英治　異動辞令は音楽隊！
遠藤周作　ぐうたら人間学
遠藤周作　聖書のなかの女性たち
遠藤周作　さらば、夏の光よ
遠藤周作　最後の殉教者
遠藤周作　反逆(上)(下)
遠藤周作　ひとりを愛し続ける本
遠藤周作　周作塾〈読んでもタメにならないエッセイ〉
遠藤周作　新装版　海と毒薬
遠藤周作　新装版　わたしが・棄てた・女
遠藤周作　深い河《ディープ・リバー》〈新装版〉
江波戸哲夫　新装版　銀行支店長
江波戸哲夫　集団左遷
江波戸哲夫　新装版　ジャパン・プライド
江波戸哲夫　起業の星
江波戸哲夫　ビジネスウォーズ〈カリスマと戦犯〉
江波戸哲夫　リストラ事変〈ビジネスウォーズ2〉
江上　剛　頭取無惨
江上　剛　企業戦士
江上　剛　リベンジ・ホテル
江上　剛　起死回生
江上　剛　瓦礫の中のレストラン
江上　剛　非情銀行
江上　剛　東京タワーが見えますか。
江上　剛　慟哭の家
江上　剛　家電の神様
江上　剛　ラストチャンス　再生請負人
江上　剛　ラストチャンス　参謀のホテル
江上　剛　一緒にお墓に入ろう
江國香織　真昼なのに昏《くら》い部屋
江國香織他　100万分の1回のねこ
円城　塔　道化師の蝶
江原啓之　スピリチュアルな人生に目覚めるために〈心に「人生の地図」を持つ〉
江原啓之　トラウマ
あなたが生まれてきた理由
円堂豆子　杜《もり》ノ国の神隠し
円堂豆子　杜ノ国の囁《ささや》く神
円堂豆子　杜ノ国の滴《したた》る神
円堂豆子　杜ノ国の光ル森
NHKメルトダウン取材班　福島第一原発事故の「真実」〈ドキュメント編〉
NHKメルトダウン取材班　福島第一原発事故の「真実」〈検証編〉
大江健三郎　新しい人よ眼ざめよ
大江健三郎　取り替え子《チェンジリング》
大江健三郎　晩年様式集《イン・レイト・スタイル》
小田　実　何でも見てやろう
沖　守弘　マザー・テレサ〈あふれる愛〉
岡嶋二人　解決まではあと6人〈5W1H殺人事件〉
岡嶋二人　99％の誘拐
岡嶋二人　クラインの壺
岡嶋二人　ダブル・プロット
岡嶋二人　新装版　焦茶色のパステル
岡嶋二人　チョコレートゲーム　新装版
岡嶋二人　そして扉が閉ざされた〈新装版〉
太田蘭三　殺《さつ》・風《ふう》・景《けい》〈警視庁北多摩署特捜本部〉
大前研一　企業参謀　正・続

大前研一　やりたいことは全部やれ！
大前研一　考える技術
大沢在昌　野獣駆けろ
大沢在昌　相続人TOMOKO
大沢在昌　ウォームハート　コールドボディ
大沢在昌　アルバイト探偵《アイ》
大沢在昌　調毒師を捜せ　アルバイト探偵《アイ》
大沢在昌　女王陛下のアルバイト探偵《アイ》
大沢在昌　不思議の国のアルバイト探偵《アイ》
大沢在昌　拷問遊園地　アルバイト探偵《アイ》
大沢在昌　帰ってきたアルバイト探偵《アイ》
大沢在昌　雪　蛍
大沢在昌　夢の島
大沢在昌　新装版 氷の森
大沢在昌　暗黒旅人
大沢在昌　新装版 走らなあかん、夜明けまで
大沢在昌　新装版 涙はふくな、凍るまで
大沢在昌　語りつづけろ、届くまで
大沢在昌　罪深き海辺 (上)(下)
大沢在昌　やぶへび
大沢在昌　海と月の迷路 (上)(下)
大沢在昌　鏡の顔〈傑作ハードボイルド小説集〉
大沢在昌　覆面作家
大沢在昌　ザ・ジョーカー 新装版
大沢在昌　亡命者〈ザ・ジョーカー　新装版〉
大沢在昌　悪魔には悪魔を
大沢在昌／藤田宜永／堂場瞬一／井上夢人／今野敏／月村了衛／東山彰良　激動　東京五輪1964
逢坂剛　十字路に立つ女
逢坂剛　奔流恐るるにたらず〈重蔵始末(八)完結篇〉
逢坂剛　新装版 カディスの赤い星 (上)(下)
オノ・ヨーコ　飯村隆彦 編　ただの私《あたし》
オノ・ヨーコ　南風椎 訳　グレープフルーツ・ジュース
折原一　倒錯の帰結
折原一　倒錯のロンド〈完成版〉
小川洋子　ブラフマンの埋葬
小川洋子　最果てアーケード
小川洋子　琥珀のまたたき
小川洋子　密やかな結晶〈新装版〉
小野不由美　くらのかみ
乙川優三郎　霧の橋
乙川優三郎　喜知次
乙川優三郎　蔓の端々
乙川優三郎　夜の小紋
恩田陸　三月は深き紅の淵を
恩田陸　麦の海に沈む果実
恩田陸　黒と茶の幻想 (上)(下)
恩田陸　黄昏の百合の骨
恩田陸　薔薇のなかの蛇
恩田陸　『恐怖の報酬』日記〈酩酊混乱紀行〉
恩田陸　きのうの世界 (上)(下)
恩田陸　七月に流れる花／八月は冷たい城
奥田英朗　新装版 ウランバーナの森
奥田英朗　最悪
奥田英朗　マドンナ
奥田英朗　ガール
奥田英朗　サウスバウンド
奥田英朗　オリンピックの身代金 (上)(下)

奥田英朗 ヴァラエティ
奥田英朗 邪魔(上)(下)〈新装版〉
乙武洋匡 五体不満足〈完全版〉
大崎善生 聖《さとし》の青春
大崎善生 将棋の子
小川恭一 江戸の旗本事典〈歴史・時代小説ファン必携〉
奥泉 光 プラトン学園
奥泉 光 シューマンの指
奥泉 光 ビビビ・ビ・バップ
折原みと 制服のころ、君に恋した。
折原みと 時《とき》の輝き
折原みと 幸福のパズル
大城立裕 小説 琉球処分(上)(下)
太田尚樹 満州裏史〈甘粕正彦と岸信介が背負ったもの〉
太田尚樹 世紀の愚行〈太平洋戦争・日米開戦前夜〉
大島真寿実 ふじこさん
大泉康雄 あさま山荘銃撃戦の深層(上)(下)
大山淳子 猫弁〈天才百瀬とやっかいな依頼人たち〉
大山淳子 猫弁と透明人間
大山淳子 猫弁と指輪物語
大山淳子 猫弁と少女探偵
大山淳子 猫弁と魔女裁判
大山淳子 猫弁と星の王子
大山淳子 猫弁と鉄の女
大山淳子 猫弁と幽霊屋敷
大山淳子 猫弁と狼少女
大山淳子 雪猫
大山淳子 猫は抱くもの
大山淳子 イーヨくんの結婚生活
大倉崇裕 小鳥を愛した容疑者
大倉崇裕 蜂に魅《ひ》かれた容疑者〈警視庁いきもの係〉
大倉崇裕 ペンギンを愛した容疑者〈警視庁いきもの係〉
大倉崇裕 クジャクを愛した容疑者〈警視庁いきもの係〉
大倉崇裕 アロワナを愛した容疑者〈警視庁いきもの係〉
大鹿靖明 メルトダウン〈ドキュメント福島第一原発事故〉
荻原 浩 砂の王国(上)(下)
荻原 浩 家族写真
小野正嗣 九年前の祈り
大友信彦 オールブラックスが強い理由〈世界最強チーム勝利のメソッド〉
乙 一 銃とチョコレート
織守《おりがみ》きょうや 霊感検定
織守きょうや 霊感検定〈心霊アイドルの憂鬱〉
織守きょうや 霊感検定〈春にして君を離れ〉
織守きょうや 少女は鳥籠《とりかご》で眠らない
おーなり由子 きれいな色とことば
岡崎琢磨 病弱探偵〈謎は彼女の特効薬〉
小野寺史宜《ふみのり》 その愛の程度
小野寺史宜 近いはずの人
小野寺史宜 それ自体が奇跡
小野寺史宜 縁《ゆかり》
小野寺史宜 とにもかくにもごはん
大崎 梢 横濱エトランゼ
大崎 梢 バスクル新宿
太田哲雄 アマゾンの料理人〈世界一の"美味しい"を探して僕が行き着いた場所〉
小竹正人 空に住む
岡本さとる 駕籠屋《かごや》春秋 新三《しんざ》と太十《たじゅう》
岡本さとる 質屋の娘〈駕籠屋春秋 新三と太十〉

岡本さとる 雨やどり 〈駕籠屋春秋 新三と太十〉
岡崎大五 食べるぞ!世界の地元メシ
荻上直子 川っぺりムコリッタ
小原周子 留子さんの婚活
小倉孝保 35年目のラブレター
海音寺潮五郎 新装版 江戸城大奥列伝
海音寺潮五郎 新装版 孫子(上)(下)
海音寺潮五郎 新装版 赤穂義士
加賀乙彦 新装版 高山右近
加賀乙彦 ザビエルとその弟子
加賀乙彦 殉教者
加賀乙彦 わたしの芭蕉
金井美恵子 タマや 〈新装版〉
柏葉幸子 ミラクル・ファミリー
勝目 梓 小説家
桂 米朝 米朝ばなし 〈上方落語地図〉
笠井 潔 梟《ふくろう》の巨《おおい》なる黄昏《たそがれ》
笠井 潔 青銅の悲劇(上)(下) 〈瀕死の王〉
笠井 潔 転生の魔 〈私立探偵飛鳥井の事件簿〉
川田弥一郎 白く長い廊下
神崎京介 女薫の旅 放心とろり
神崎京介 女薫の旅 耽溺《たんでき》まみれ
神崎京介 女薫の旅 秘に触れ
神崎京介 女薫の旅 禁の園へ
神崎京介 女薫の旅 欲の極み
神崎京介 女薫の旅 青い乱れ
神崎京介 女薫の旅 奥に裏に
神崎京介 I L O V E
加納朋子 ガラスの麒麟 〈新装版〉
角田光代 まどろむ夜のUFO
角田光代 恋するように旅をして
角田光代 人生ベストテン
角田光代 ロック母
角田光代 彼女のこんだて帖
角田光代 ひそやかな花園
角田光代 石田衣良 ほか こどものころにみた夢
川端裕人 せちやん 〈星を聴く人〉
川端裕人 星と半月の海
片川優子 ジョナさん
神山裕右 カタコンベ
神山裕右 炎の放浪者
加賀まりこ 純情ババアになりました。
門田隆将 甲子園への遺言 〈伝説の打撃コーチ高畠導宏の生涯〉
門田隆将 甲子園の奇跡 〈斎藤佑樹と早実百年物語〉
門田隆将 神宮の奇跡
鏑木 蓮 東京ダモイ
鏑木 蓮 屈折光
鏑木 蓮 時限
鏑木 蓮 真友
鏑木 蓮 甘い罠
鏑木 蓮 京都西陣シェアハウス 〈憎まれ天使・有村志穂〉
鏑木 蓮 炎罪
鏑木 蓮 疑薬
鏑木 蓮 見習医《けんしゅうい》ワトソンの追究
川上未映子 そら頭はでかいです、世界がすこんと入ります
川上未映子 わたくし率 イン 歯ー、または世界
川上未映子 ヘヴン

講談社文庫　目録

川上未映子　すべて真夜中の恋人たち
川上未映子　愛 の 夢 と か
川上弘美　ハヅキさんのこと
川上弘美　晴れたり曇ったり
川上弘美　大きな鳥にさらわれないよう
海堂　尊　新装版 ブラックペアン1988
海堂　尊　ブレイズメス1990
海堂　尊　スリジエセンター1991
海堂　尊　死因不明社会2018
海堂　尊　極北クレイマー2008
海堂　尊　極北ラプソディ2009
海堂　尊　黄金地球儀2013
海堂　尊　ひかりの剣1988
門井慶喜　パラドックス実践 雄弁学園の教師たち
門井慶喜　銀河鉄道の父
門井慶喜　ロミオとジュリエットと三人の魔女
梶　よう子　迷　子　石
梶　よう子　ふ　く　ろ　う
梶　よう子　ヨ　イ　豊《とよ》
梶　よう子　立身《りっしん》いたしたく候《そうろう》
梶　よう子　北斎まんだら
川瀬七緒　よろずのことに気をつけよ
川瀬七緒　法医昆虫学捜査官
川瀬七緒　シンクロニシティ〈法医昆虫学捜査官〉
川瀬七緒　水《みな》底《ぞこ》の棘《とげ》〈法医昆虫学捜査官〉
川瀬七緒　メビウスの守護者〈法医昆虫学捜査官〉
川瀬七緒　潮騒のアニマ〈法医昆虫学捜査官〉
川瀬七緒　紅のアンデッド〈法医昆虫学捜査官〉
川瀬七緒　スワロウテイルの消失点〈法医昆虫学捜査官〉
川瀬七緒　フォークロアの鍵
川瀬七緒　ヴィンテージガール〈仕立屋探偵　桐ヶ谷京介〉
川瀬七緒　クローゼットファイル〈仕立屋探偵　桐ヶ谷京介〉
風野真知雄　隠密　味見方同心(一)〈くじらの姿焼き騒動〉
風野真知雄　隠密　味見方同心(二)〈干し卵不思議味〉
風野真知雄　隠密　味見方同心(三)〈幸せの小福餅〉
風野真知雄　隠密　味見方同心(四)〈恐怖の流しそうめん〉
風野真知雄　隠密　味見方同心(五)〈フグの毒鍋〉
風野真知雄　隠密　味見方同心(六)〈鵺《ぬえ》の闇鍋〉
風野真知雄　隠密　味見方同心(七)〈絵巻寿司〉
風野真知雄　隠密　味見方同心(八)〈ふふふの麩〉
風野真知雄　隠密　味見方同心(九)〈殿さま漬け〉
風野真知雄　潜入　味見方同心(一)〈恋のぬるぬる膳〉
風野真知雄　潜入　味見方同心(二)〈陰膳だらけの宴《うたげ》〉
風野真知雄　潜入　味見方同心(三)〈五右衛門の鍋〉
風野真知雄　潜入　味見方同心(四)〈謎の伊賀忍者料理〉
風野真知雄　潜入　味見方同心(五)〈牛の活きづくり〉
風野真知雄　潜入　味見方同心(六)〈肉欲もりもり不精進《ふしょうじん》料理〉
風野真知雄　魔食　味見方同心(一)〈豪快クジラの活きづくり〉
風野真知雄　魔食　味見方同心(二)〈料亭駕籠《かご》は江戸の駅弁〉
風野真知雄　魔食　味見方同心(三)〈閻魔《えんま》さまの怒り寿司〉
風野真知雄　魔食　味見方同心(四)〈おにぎり寿司は男か女か〉
風野真知雄　昭　和　探　偵　1
風野真知雄　昭　和　探　偵　2
風野真知雄　昭　和　探　偵　3
風野真知雄　昭　和　探　偵　4
風野真知雄 岡本さとる ほか　五分後にホロリと江戸人情
カレー沢　薫　負　け　る　技　術

講談社文庫　目録

カレー沢 薫　もっと負ける技術〈カレー沢薫の日常と退廃〉
カレー沢 薫　非　リ　ア　王
カレー沢 薫　ひきこもり処世術
加藤千恵　この場所であなたの名前を呼んだ
神林長平　フォマルハウトの三つの燭台《しょくだい》〈倭篇《やまとへん》〉
神楽坂 淳　うちの旦那が甘ちゃんで
神楽坂 淳　うちの旦那が甘ちゃんで 2
神楽坂 淳　うちの旦那が甘ちゃんで 3
神楽坂 淳　うちの旦那が甘ちゃんで 4
神楽坂 淳　うちの旦那が甘ちゃんで 5
神楽坂 淳　うちの旦那が甘ちゃんで 6
神楽坂 淳　うちの旦那が甘ちゃんで 7
神楽坂 淳　うちの旦那が甘ちゃんで 8
神楽坂 淳　うちの旦那が甘ちゃんで 9
神楽坂 淳　うちの旦那が甘ちゃんで 10
神楽坂 淳　うちの旦那が甘ちゃんで〈鼠小僧次郎吉編〉
神楽坂 淳　うちの旦那が甘ちゃんで〈寿司屋台編〉
神楽坂 淳　うちの旦那が甘ちゃんで〈飴どろぼう編〉
神楽坂 淳　帰蝶さまがヤバい 1
神楽坂 淳　帰蝶さまがヤバい 2
神楽坂 淳　ありんす国の料理人 1
神楽坂 淳　あやかし長屋〈嫁は猫又〉
神楽坂 淳　妖怪犯科帳〈あやかし長屋2〉
神楽坂 淳　夫には 殺し屋なのは内緒です
神楽坂 淳　夫には 殺し屋なのは内緒です 2
神楽坂 淳　夫には 殺し屋なのは内緒です 3
加藤元浩　捕まえたもん勝ち！〈七夕菊乃の捜査報告書〉
加藤元浩　量子人間《クオンタムマン》からの手紙〈捕まえたもん勝ち！〉
加藤元浩　奇科学島の記憶〈捕まえたもん勝ち！〉
梶永正史　銃の啼《な》き声〈潔癖刑事・田島慎吾〉
梶永正史　潔癖刑事　仮面の哄笑《こうしょう》
川内有緒　晴れたら空に骨まいて
柏井　壽《ひさし》　月岡サヨの小鍋茶屋〈京都四条〉
柏井　壽　月岡サヨの板前茶屋〈京都四条〉
神永　学　悪魔と呼ばれた男
神永　学　悪魔を殺した男
神永　学　青　の　呪　い〈心霊探偵八雲〉
神永　学　心霊探偵八雲 INITIAL FILE〈魂の素数〉
神永　学　心霊探偵八雲 INITIAL FILE〈幽霊の定理〉
神永　学　心霊探偵八雲1 完全版〈赤い瞳は知っている〉
神永　学　心霊探偵八雲2 完全版〈魂をつなぐもの〉
神永　学　心霊探偵八雲3 完全版〈闇の先にある光〉
神津凛子　スイート・マイホーム
神津凛子　マ　マ
神津凛子　サイレント　黙認
加茂隆康　密告の件、M へ
柿原朋哉　匿《とく》名《めい》
川和田恵真　マイスモールランド
垣谷美雨　あきらめません！
岸本英夫　死を見つめる心〈ガンとたたかった十年間〉
北方謙三　試みの地平線〈伝説復活編〉
北方謙三　抱　影
菊地秀行　魔界医師メフィスト〈怪屋敷〉
桐野夏生　新装版 顔に降りかかる雨
桐野夏生　新装版 天使に見捨てられた夜
桐野夏生　新装版 ローズガーデン
桐野夏生　O U T (上)(下)

2025年 3 月 14 日現在